KB121800

붉은 마스크

붉은 마스크

○

설재인 장편소설

아작

차례

1 부

○

머리

남희재(19), 고교자퇴생

승조와는 무슨 일이 있어도 수능이 끝나고 결혼하기로 했다. 물론 어른들이 정한 것은 아니고 우리끼리 그렇게 약속했다. 엄마는 학교에서 학생들에게 자유방임형 참교사, 애들을 이해하는, 생각이 쿨하고 젊은, 나이로 권력을 휘두르지 않는 친구 같은 교사로 보이는 것에 어마어마한 자부심을 느꼈지만 그 허황된 자존심을 짓밟아버리는 것은 쉬웠다.

3년 전이라고 했나? 엄마가 담임하던 학생 둘이 야자 시간에 밴드부실에서 섹스하다 교무실로 질질 끌려온 적이 있었다. 둘 다 그날 학원 간다며 야자를 빠진 학생이었는데, 현장에서 적발되었다. 돈이 좀 많거나 동아리에 지원을 잘해주는 학교 였으면 방음이 짱짱해서 걸릴 일이 없었을 텐데, 안타깝게도 우리 학교는 공부랑 관계없는 것엔 돈 쓸 생각이 없었다. 밴드부 애들은 자기들끼리 돈을 모아 계란판을 사서 직접 붙였는데, 섹스가 얼마나 황홀했는지는 몰라도 어쨌든 그 소리를 막기에는 역부족이었나 보다. 밴드부실은 강당에 딸린 골방이었다. 하필 그 시간에 강당 히터 수리한다고 체육 선생님과 행정실 직원들이 들어와 있었던 게 운명의 장난이었지. 체육 선생님이 둘을 질질 끌고 교무실에 도착했을 때 엄마가 속한 2학년부는 수학여행 관련 회의를 하던 중이었고, 한 칸씩 단추를 밀려 채운 여자애와 그마저도 채우지 못한 채 간신히 바지 지퍼만을 올리고 서 있는 남자애가 그 앞에 서자 모두가 기절초풍할 표정으로 엄마의 얼굴만 바라봤다.

그때 엄마는 이렇게 말함으로써 전설이 되었다.

"징계, 내리지 마세요. 제가 책임지겠습니다. 애들이라고 사랑하지 말라는 법은 없잖아요."

파들파들 떨던 남자애는 엄마의 그 말을 듣고 걸음마에 실패한 새끼 기린처럼 무너져 오열했다나 어쨌다나. 동료 선생들은 부장이나 교장 교감더러, 저 선생이 그런 식으로 처신하면 우린 어떻게 생활지도를 하란 거냐, 우리만 악역이 되란 거냐며 투덜대기도 했지만 엄마는 확고했다. 아이들에겐 자기 삶을 맘대로 꾸릴 권리가 있어요. 게다가 중학생도 아니고 고등학생이잖아요?

결국, 그 커플은 무사히 졸업했다.

나는 그러지 못했지만.

다시, 좀 더 분명히 이야기하자면, 엄마의 자존심을 짓밟아버린 방법은….

테스트기의 두 줄이면 충분했다.

어때, 참교사인 척하던 엄마의 말로가?

아이들 앞에 서서, 조금씩 나오기 시작한 배를 쓰다듬으며 나는 일부러, 너희랑 떨어지기 싫다고 울었다. 나를 자퇴시킨 게 교장 교감이 아니라 바로 엄마라는 이야기를 서너 명에게 흘렸으니 들불처럼 퍼질 것이다. 안팎이 다른 사람은 딱 질색이다. 18년간 남에겐 관대하고 딸에겐 서슬 퍼런 악귀였던 사람에게 앙갚음하려면 그 정도론 부족했지만, 난 아직 능력 없는 열아홉이었다.

"지난주에 산 건데 이거 가져가. 대충 자다가 팔 아파서 낑낑대지 말고."

승조에게 팔에 끼울 수 있는 낮잠용 쿠션을 선물해주었다. 승조는 수학 영역 미응시자였다. 100분짜리 2교시 동안엔 미응시자만 모아놓는 교실에 갇혀 닥치고 있어야 한다는 이야기였다.

"영어공부 할 건데."

"자기야. 그 시간에 공부해봤자 뭐가 달라지겠어. 그냥 푹 자고 또랑또랑하게 3교시 보면 안 될까, 응? 자기 식곤증도 심하잖아. 그 시간에 안 자면 3교시 어떻게 될지 몰라."

"그렇긴 한데…."

"그니까 일단 받아놓고. 정 걱정되면 영어 말고 탐구를 봐.

내가 노트 챙겨준 거. 자기 도시락은 뭐 싸 가기로 했어?"

"뭐, 엄마가 대충 알아서….".

"메뉴 정해지면 나한테 얘기해. 부족한 건 내가 채워줄 테 니까."

"아니, 그럴 필요는….".

"자기야."

나는 승조를 진짜 사랑했다. 승조가 없었더라면 이미 지금 쯤 학교 옥상에서 떨어져 대가리가 팍삭 깨진 채 저승행 열차 를 타지 않았을까 싶을 정도로.

"우리 깰꿈이가 어떻게 사는지는 자기에게 달렸어, 알지?"

"응."

"난 믿을게."

이마에 입을 맞추니까 파르르 떤다. 이렇게 순수하고 즉각 적인 반응이 신기해서 얘를 사랑하기 시작했었다. 세상엔 머 리 굴리고 연막 치는 자들이 너무 많아서.

"자기가 내 몫만큼 해줘야 해."

승조는 1학년 때 엄마가 담임했던 학생이었다. 그랬기 때 문에 나랑 안면을 트고 친해지다가, 결국엔 연애하고 몸 붙이 고 사고를 쳤다. 애를 가지자 모두, 왜 네가 여기 있어? 하는 눈빛으로 교복 입은 나를 쳐다보았다. 엄마의 눈빛은 그들의 것과 똑같았다. 그건 엄마가 쌓아올린 대외적 이미지랑은 합 치하지 않았다. 엄마는 배부른 딸이 부끄러워 참교사이길 포 기했고, 배가 얼마나 나오든 상관없다, 배꼽이 턱보다 1미터는 앞으로 나와도 학교엔 다니고 싶다는 내 말을 철저히 무시한 채 자퇴원을 후려갈겼다.

집에서 들고 온 체온계를 승조의 이마에 댔다. 승조가 별실수 없이, 무사히 시험을 마치길 비는 일종의 의식이랄까. 삑 소리를 내며 액정에 불이 들어왔다. 36.1도. 아직 붓기가 안 빠진 승조의 눈엔 쌍꺼풀이 없었다. 한 3교시 즈음엔 생길까? 아냐, 2교시에 퍼질러져 자고 점심시간엔 허겁지겁 고단백의 도시락을 까먹을 테니 모를 일이다. 그래도 괜찮아. 부어도 귀여워. 승조를 힘껏 안았다 놓았다. 부담을 줄까 봐 아이 이야긴 안 하려고 했는데, 나도 모르게 나와버렸다. 깔끔이 생각하면서 봐, 아빠. 알겠지? 핸드폰은 나 주고. 혹시라도 전원 끄는 거 까먹으면 어떡해. 승조는 약간 복잡한 표정으로 핸드폰을 내게 넘기더니, 손을 흔들며 시험장인 능하고등학교의 교정으로 들어갔다. 그리고 나는 마음을 굳게 먹었다. 결과가 어떻든 황승조는 내 남편이야. 파이팅, 황승조. 제발 2교시에만 자라. 다른 땐 깨어 있고. 그렇게 빌었다.

능하고 교문이 닫힐 때까지, 승조와 같은 브랜드로 산 롱패딩을 입은 채 교문 앞에서 발을 동동 구르고 있었다. 그러고 나서는 집에 돌아가는 대신, 승조에게 미리 말해둔 대로 길 건너에 보이는 스타벅스에 들어갔다. 내 핸드폰은 2G폰이어서 QR체크인이 불가능했기에 인적사항을 적었다. 공부해야 한다고 스마트폰을 빼앗긴 지 이미 3년이 넘었다. 아이스 자몽허니블랙티를 시키고는, 집에서 프린트해 온 작년도 수능 시험지를 꺼내 테이블 위에 펼쳐놓았다. 승조랑 같은 시간에 똑같은 과목의 문제를 풀면서 승조를 기다릴 작정이었다. 샌드위치며 음료며, 몇 번을 더 주문하면 온종일 앉아 있어도 눈치 보이지 않겠지. 스타벅스의 의자는 그냥 앉아 있기에 몹시 딱딱하고 불편하다고 사람들은 말하곤 하지만, 그 어른들은 학생 시절 하루 8시간 앉아 있던 고등학교의 의자가 얼마나 최악이었는지는 까먹은 게 분명했다.

엄마는 내게 전화를 할 수 없었다. 감독을 하러 갔으니까. 올봄만 해도 엄마는 자신이 수능 감독을 하러 갈 거라곤 꿈에도 생각지 않았다. 자녀가 수험생이면 감독에서 반드시 제외되어야 했기 때문이다. 교사 된 지 20년 만에 수능 감독에서 해방되는 날이 오다니! 그 생각만 해도 가슴이 두근거린다고 했다. 그럼 그때 뭐 할 건데? 내가 묻자 엄마는 당연히, 나를 배웅한 후 절에 달려가서 기도할 거라고 했다. 우리 딸 수능 잘 보게 해주세요. 우리 딸 대박 나게 해주세요. 다른 애들은 다 못 보고 우리 딸만 잘 보게 해주세요. 정말로? 엄마네 반 애들한텐 미안하지도 않아? 묻자 엄마는 당연하다고 했다. 걔네들은 다 스쳐 지나가는 애들이라고. 백날을 잘해줘 봤자 눈곱만큼도 은혜를 모르고 스물 되자마자 연락 뚝 끊는 애들이라고. 그러더니 이렇게도 말했다. 뚝 끊는 게 차라리 낫지, 어떤 애들은 십 몇 년 후에 갑자기 시커먼 앙심을 품고 찾아와서는 악독하게 해코지를 하려 든다니까.

그러니까, 엄마가 이해심 넘치는 자유방임형 참교사가 되어 인기를 끌었던 이유는 엄마가 애들을 절대로 사랑하지도, 좋아하지도 않기 때문이었던 것이다.

대신 그 에너지를 온통 내게만 쏟아부었다. 엄마는 교육 기회의 불평등을 견딜 수 없다고 말하고 다녔지만 나를 사립 초등학교에 보냈다. 엄마는 사교육이 아이들을 말려 죽인다고 주장했지만 내가 지금껏 다닌 학원의 수를 세어 보면 서른 군데는 넘을 것이다. 엄마는 아이들에게 편견을 가지지 않고 공평하게 대하는 담임으로 알려져 있었으나 내가 누구랑 매점에 가고 누구와 운동장을 도는지를 내내 감시했다. 엄마는 대학이 삶을 정하지 않는다고 말했지만 나는 알았다. 딸이 임신했다는 걸 알기 전까지, 고3 담임용 배치 시스템에 매일같이 내 성적을 넣어 돌려봤다는 사실을.

딸이 자퇴했기 때문에 엄마는 오늘 스물한 번째로 수능 감독을 하러 갔다. 핸드폰도 제출했을 거고, 그곳에 갇혀 나올 수 없다. 엄마가 제2외국어까지 감독하고 최대한 늦게 나오기를 간절히 기도했다. 1.5배의 시간을 제공하는 약시 학생의 감독이라면 더할 나위 없겠지.

핸드폰 진동이 짧게 울렸다.

내가 시험실에 없는 일은 상상조차 해본 적 없었던 이 해의 대학수학능력시험. 1교시가 시작되었다.

민유림(24), 진운고등학교 수학과 기간제 교사

자리에 놓인 전화가 울렸을 때는 수능 사흘 전이었고, 나는 엑셀 테마를 적용한 PC 카카오톡으로 애덤과 데이트 계획을 짜던 중이었다. 시간을 잘 조절하면 꽉 찬 1박 2일도 가능했다. 유림, 이렇게 돌아다녀도 돼? 애덤이 쭈뼛쭈뼛 묻기에 그럼 코로나 종식될 때까지 내내 집에서 파자마 차림으로만 연애하겠다고? 그게 언제인 줄 알고 기다려? 하고 되물었다. 남국의 도미토리 8인실에서 처음 만났을 때의 애덤은 얼마나 대담하고 또 자유로워 보였는지. 그런데 지금의 애덤은 간이 한껏 쪼그라들어서, 한국인들보다도 더 꽉 막히고 더 잔뜩 겁먹은 상태였다. 장소가 사람을 만드는 걸까. 동방예의지국의 기운이 애덤 라나에게 유독 더 파괴적인 걸까. 나는 고개를 흔들며 정신없이 전화를 받았고, 교무부장의 말에 어떤 뜻이

내포되어 있는지는 멍청하게도 대답하고 나서야 알았다. 반대로 답했어야 했는데.

"민유림 쌤, 혹시 수두 앓았어?"

"네? 네!"

"오케이, 됐어!"

"네?"

"수능날 격리실 감독 좀 해야겠어. 갑자기 수두 발병한 애가 있다네."

"네?"

"오케이, 땡큐. 민유림 완전 빠른 데뷔인데? 능력 있네. 스물넷에 수능 감독 가는 사람이 어디 있어? 그것도 정감독으로."

아, 고개가 푹 수그러들었다. 데이트고 뭐고 다 물 건너갔구나. 애덤이 변경된 계획을 못 견디는 척, 그러나 퍽 안도하며 받아들일지도 모른다는 생각에 목구멍이 뜨거워졌다. 결국 또 내가 떼쓰다가, 스스로 포기하는 꼬락서니로 전락한 거였다.

졸업을 한 학기 앞둔 여름에 떠난 여행에서 애덤을 만났다. 우리는 8인실 도미토리에서 함께 묵었는데 애덤은 그곳에서 이미 두 달을 보낸 장기투숙자였다. 뉴욕에서 왔다고 했다. 값비싼 오토바이를 렌트해 몰고 다녔고, 손목엔 2천만 원짜리 시계를 찼으며, 누구에게나 밥과 술을 샀다. 나보다 열한 살이 많았는데 까무잡잡하고 매끈한 피부 덕인지 훨씬 어리게 보였다. 왜 여기 있느냐고 물었더니 자유가 절실했다고 대답했다.

위선적인 프라이빗 스쿨과 끔찍했던 부자 부모의 간섭에 대해서 토로했다. 배가 불렀네. 나는 그렇게 생각했지만 동시에, 애덤이 내게 보내는 호감의 표시를 무시하지 않았다. 뉴욕이라는데, 잘 산다는데. 혹시 모르잖아. 신비한 극동의 여인인 내게서 '데스티니' 따위를 감지해 자기네 나라로 나를 데려갈지. 센트럴파크가 내려다보이는 아파트에서 살 수도 있을지 몰라. 그런 생각을 하며 그 짧았던 여행 내내 손을 붙잡고, 허리를 안고, 입을 맞추다가, 결국에는 아주 비싸고 멋진 호텔에서 몸도 섞었다. 내가 서울에 가서 너희 엄마를 만난다면…. 어쩌다 엄마에 관한 이야기가 나오자 애덤은 날 세게 안고 그렇게 말했는데, 그 순간 미칠 듯 가슴이 뛰기도 했다. 우리 엄마를 만나러 서울에? 왜? 무엇 때문에? 유교 국가에서 태어나 유교 국가에서 평생을 산 내 뇌 속의 알고리즘은 그저 '결혼 승낙' 정도의 결과밖엔 송출하지 못했고, 아, 나진짜 뉴욕에서 살게 될까? 정말? 그런 거야? 같은 두근거림을 안은 채 여행을 끝내야 했다. 돌아오는 날 애덤은 나를 공항까지 배웅했는데, 내가 꼭 서울로 갈게 라는 말을 남기는 바람에 나는 졸업식 날까지 애덤 생각밖엔 못 했다. 나를 이 구덩이에서 좀 꺼내줘, 구원해줘 하는 절박함으로.

구원해달라고 했지, 누가 이 구덩이 안으로 들어오라고 했나. 임용고시에 낙방하고 방바닥을 긁으며 1년을 더 공부할 수 있을지 잔고를 확인하던 2020년 1월의 내 생일날, 애덤은 대뜸 메시지를 보냈다. 나 다음 주에 서울로 가. 아니, 여행 아니고, 일단 2년 정도를 살아보면 어떨까 생각 중이야. 찾아 봤는데 한국은 정말 특별한 에너지를 가진 나라인 것 같아서. 거기서 내 앞으로의 삶을 위한 일종의 영감을 얻으면 어떨까 싶어.

영감은 개뿔. 애덤 라나는 한국에 오자마자 덜컹댔다. 무 엇보다도 피부색이 문제였다. 오히려 흑인이었으면 덜했을 것이다. 요샌 흑인도 TV 예능에 나오고, 모델도 하고, 심지 어는 공립 초등학교에서 원어민 강사로도 근무한다니까. 그 러나 '라나'는 필리핀계 성씨였다. 애덤은 지하철에서 티 나 게 자신을 피해 자리를 옮기는 사람들을 마주해야 했다. 언젠 가는 어떤 아저씨가 아주 순진한 표정으로 물었다고 했다. 너 같은 애들은 1호선이나 4호선을 타야 하는 거 아냐? 안산, 부 천, 뭐 이쪽으로 다녀야 하는 거 아냐? 너 왜 9호선을 탔어? 너 왜 신논현에서 내려? 그런 말을 매우 유창한 영어로 물었 다고 했다. 애덤은 다시 유창한 영어로 아저씨한테 대답했다. 저 여기, 르메르디앙에서 묵는데요. 그러자 아저씨는 다시 물었다. 너 마약 파냐? 골든트라이앵글?

애덤은 서울에서 할 게 그다지 많지 않다는 걸, 언빌리버 블하게 패스트하고 투머치한 배달음식을 잔뜩 시켜 먹어 살 이 찌는 것 외엔 특별할 게 없단 걸 깨닫기 시작했다. 뉴욕으 로 다시 복귀하려니 그곳도 이미 바이러스로 난장판이었고, 서울에 머물렀던 기록 때문에 다른 나라로 출국하는 것도 쉽 지 않았다. 무료함을 달래기 위해 일을 구하기 시작했는데 그마저 난관이었다. 백인도 흑인도 아닌 애덤을 원어민 강사로 원하는 학원은 없었다. 나름 괜찮은 대학에서 영문학을 전공했다는 졸업장도 소용이 없었다. 어떤 원장은 그랬다고 했다. 안산에 가보지그래? '네 타입'의 사람들을 많이 만날 수 있을 텐데. 손목에 찬 비싼 시계를 슬쩍 보여줘도 달라지지 않았다. 너희 동네에 유명한 짝퉁 시장 있지 않냐? 라고 물었다. 뉴욕 출신이라고 소개한 건 까맣게 잊어버렸다는 듯.

결국, 강북의 어느 동네 교습소에서 영어강사 자리를 구하긴 했다. 거기서 가르치는 초등학생들은 툭하면 간식을 사달라고 졸라댔고, 애덤은 코딱지만 한 푼돈으로 피부색을 가릴 만한 애정을 샀다. 내가 가르치는 아이들에겐 절대 시도할 수 없는 종류의 방식이었다.

이경찬이 옆에서 내 파티션 안에까지 고개를 쭉 빼더니 물었다.

"무슨 일인데요?"

이경찬은 올해 3월에 나와 같은 교과 담당으로 함께 들어왔다. 기간제를 뽑는 필기시험을 볼 때 내 뒤에 앉아 있었다고 했다(나는 몰랐다. 교실이 뒤지게 추웠던 기억 외엔 전무하다). 정교사를 거의 뽑지 않고 7할 정도의 교원을 죄다 기간제로 충당하는 학교라는 건 붙고 나서야 알았는데, 학기 시작 전 교무실에 인사차 들렀을 때 이경찬은 내 귀에 대고 이렇게 말했다. 선생님, 저 사실 어떤 학교에서 정교사 붙었거든요? 그런데 거기 안 가고 여기 왔어요. 거기 제물포거든요. 여긴 서울이고 괜찮은 동네에 있잖아요. 서울대도 많이 보내고.

뭐야, 말이 되는 소린가. 왜 철밥통을 걷어차고 1년짜리 계약직을 택해, 월급도 똑같은데. 그러나 나는 뭐, 장소에 아주 예민한 사람이라면 그럴 수 있지, 라고 편하게 생각했었다.

그게 아니고, 이경찬은 그냥 허언증 환자였다. 두어 달을 함께 지낸 후 우리 교과 사람들이 한마음 한뜻이 되어 내린 결론이었다. 이경찬의 친구들은 전부 의사와 변호사와 재벌 2세 혹은 재벌가의 사생아라는데, 그래서 그런지 나를 포함한 진운고의 교직원은 단 한 사람도 이경찬과 친해질 수가 없었다. "우리가 성에 차겠어?" 이경찬을 제외한 나머지 기간제끼리 모여 맥주잔을 앞에 놓은 채 낄낄거리는 것도 재미있었다. 이경찬은 학원 강사를 하며 벤츠를 샀는데 효도하느라 충북 제천 본가의 아버지에게 넘겼다고 했다. 서울에선 아무래도 차가 너무 막혀 운전을 할 이유가 없다나. 벤츠에 대한 미련이 발목을 잡아 그렇게 지각을 밥 먹듯 하고 지하철역에서 전속력으로 질주하다 고꾸라졌나 보다. 이경찬은 학교 다닐 때 비밀로 연애하던 여자가 있었는데 그게 라이징 스타 A라고 했다. 그 말을 들었을 때 이경찬만 쏙 빼놓은 카카오톡 방에서 우리는 조금 진지해졌다. 쟤 진짜 미친 거 아니냐? 신고해야 하는 거 아냐?. 그리고 이경찬은 나를 사랑한다고… 자신과의 연애는 진짜 행복할 거라고… 자기가 누구보다 잘해줄 거라고… 그랬다.

그게 허언이었다면 참 좋았으련만. 넉 달을 걸쳐 간신히 끊어내자 이젠 아주 치졸하고 위험한 짓거리들을 일삼아 나를 괴롭히려 들었다. 예컨대 내가 보관하고 있던 중간고사 주관식 답안지를 몰래 빼돌려 자기 캐비닛 안에 넣어두곤 깜박했다며 사과하거나, 내가 낸 시험문제를 D반(수학과는 수준별 수업을 했다. D반은 맨 아랫반으로, 거의 대부분 수업을 듣지 않았으니 다행이라고 해야 하나)에서 은근히 알려준다거나, 혹은 나와 똑 닮은 여자가 애인이랑 손 붙잡고 모텔에서 나오는 모습을 봤다고 애들한테 소문을 낸다거나(이땐 D반 애들이 모두 깨어 있었다고 한다) 하는. 이경찬은 내가 따지지 못할 걸 알았다. 나는 스물넷이고 여자고 임용고시에 1차조차 붙지 못했으며 초임이고 자기랑 같은 기간제라서 힘도 없고 더욱이 교직 사회는 아주 좁으니까. 게다가, 실수였다고, 하지만 진심으로 너무 좋아해서 그랬다고, 뭐 그렇게 퉁 치면 나만 남자 홀린 여우 꼴 되는 것 아닌가. 어차피 몇 달만 참으면 다시 보지 않을 얼굴인데, 더 심하게 잘못 얽혔다가 무슨 일을 당할지 두렵기도 했다.

저런 정신병자가 교사라니.

"교무부장님인데, 수능 감독 하라고 하시네요. 수두 걸린 애 생겼다고."

내 목소리가 조금 컸는지 파티션 여기저기서 혀를 차는 소리가 들려왔다. 아이고, 저런. 올해 가기 시작하면 내년부턴 이제 빼박이네, 무조건 가겠네.

"그래도 다른 학교로 가는 건 아닌가 봐요. 우리 학교로 오는 응시생이 걸린 거라 본부에서 해결해야 된대요."

"좋겠네요. 난 미황고로 가는데."

저기요, 안 물어봤어요. 이경찬에게 무언의 대답을 하곤 시선을 다시 모니터 쪽으로 돌렸는데, 우리 부서와 옆 부서의 부장 둘이서 쑥덕대는 소리가 들려왔다.

"그래도 그건 좀 낫네."

"뭐가 나아. 젊은 샘들이랑 같이 가서 바깥 공기도 쐬고 다른 학교 밥도 먹어보고, 그러는 게 낫지. 본부에서 나이 든 우리랑 온종일 갇혀 있어봐, 얼마나 피곤해."

"그런데 수두는 방호복 안 입지?"

"그러겠지. 수두는 한번 앓으면 끝이잖아."

"야, 민 쌤. 그래도 다행이네. 그거 입으면 얼마나 무겁고 답답하고 더운데."

"김 부장은 입어봤어?"

"아니, 저번에 이경찬 쌤이 그러더라고. 작년에 다른 학교 근무할 때 입어봤다고. 그래서 이번 감독도 어떻게 하면 편할지 다른 쌤들보다는 더 잘 알 수 있을 것 같다고."

이경찬이 뭔가를 설명하고 싶어 옆에서 엉덩이를 들썩대는 것을 느낄 수 있었다. 그러나 부장들은 확실히 베테랑이라서, 본체만체하며 이야기를 잽싸게 이어 나갔다.

"근데 올핸 확진자랑 의심환자들도 모아서 시험 친다며?"

"워낙 많아서, 어쩔 수 없다는데."

"그래도 작년처럼 혼자 시험 치고 싶어서 뺑 치는 애늘은 없겠네."

"그 교실 방역은 어떻게 하려고. 교실 주인들은 찜찜해 죽을 텐데."

나는 핸드폰을 들어 애덤에게 일정이 바뀌었음을 설명하려다, 해야 할 이야기가 너무 길다고 생각하며 다시 집어넣었다. 퇴근해서 얼굴 보고 설득해야지. 대한민국 땅에서 수능이라는 의식이 얼마나 큰 존재감을 가지고 있는지 애덤이 어떻게 텍스트로만 이해할 수 있을 것인가.

그때 교무실의 문을 열고 남자애 하나가 조용히 들어오더니 부장의 옆에 섰다. 저기요, 선생님. 아이의 말에 부장이 소스라쳤다. 아 씨, 깜짝이야. 너는 인기척 좀 내고 다녀라, 야! 아아, 네, 죄송…. 저 조퇴 좀 시켜주세요. 얌마, 너는 수능 3일 앞두고 조퇴시켜달라는 말이 나오냐? 아, 쌤… 실기가 코앞이라 진짜 급하단 말이에요. 어차피 이제 남은 수업은 다 수학인데… 얌마, 넌 수학을 포기한 걸 아주 자랑으로 여긴다? 엉? 아, 쌤, 제발요…. 그런데 인마, 넌 너네 담임한테 가야지 왜 나한테 와? 저희 쌤이 자리에 안 계셔서… 얌마, 기다려, 인마! 아, 진짜, 급하단 말이에요, 쌤, 제발요…. 얌마, 네가 가려는 대학엔 최저도 없냐?

"아, 쟤."

익숙한 목소리다, 하며 고개를 몇 번 갸웃댔더니 떠올랐다. 3학년 1학기 중간고사, 수학을 다 찍었는데 '찍신'이 강림

하여 B반으로 승급했던 D반 아이. 이름이 뭐더라. 어쨌든 새파랗게 질린 얼굴로 내게 와서 다시 D반으로 떨어뜨려주면 안 되느냐고 사정사정했던 아이. 왜? 내가 묻자 걔는, D반은 수업 안 해서 제가 필요한 걸 할 수 있단 말이에요, 라고 대답했다.

"D반이 수업을 안 한다고?"

"네. 아무도 안 들으니까 쌤이 그냥 칠판에 단원명만 크게 적어놓고는 할 거 하라고 하던데요?"

그 이야길 수학과 주임에게 전한 것은 내가 아니었다. 나는 그저 이경찬을 험담하는 자리에서 그 얘길 했을 뿐이다. 그게 교사냐고. 그 이야기가 어떻게 흘러들어 갔는지는 몰라도, 1주일쯤 후부터는 이어폰 끼고 자기 '할 일' 하는 애들 앞에서 소리를 버럭버럭 지르며 수업을 하는 이경찬을 볼 수 있었다. 그리고 그 애는 B반에서 내내 죽상이 된 채 역대 수능 4점짜리 문제를 풀이하는 내 목소리를 들어야 했고. 다행히 기말고사는 다시 원래대로 망쳐서, 원하던 D반으로 내려갈 수 있었다.

그 애였다. 그래도 진한 눈썹이나 동그란 눈 같은 것이 참 귀여워서 수업하는 내내 볼 맛은 났었는데. D반 내려갈 때 그동안 감사했다며 꾸벅 절하는 앙증맞은 모습도 있었고. 근데 뭘 준비한다고 했더라? 아무리 머리를 굴려도 기억나지 않았다. 음미체 중 하나일 텐데, 대체 뭐였더라…?

박종민(30), YSA아카데미 강사

방호복을 입고 수능 감독을 해야 하는 초유의 사태가 처음 일어났던 바로 그 해, 그러니까 2020년에 나는 그 방호복 속에서 빌어먹을 교직을 때려치우기로 결정했다. 정확히는 방호복 속에서는 7할쯤 마음을 먹었고, 감독이 끝나고 돌아와 고시원 방에서 전기요를 편 채 누워 뒹굴던 밤 10시쯤에 나머지 3할의 결단을 내렸다고 할 수 있을 것이다.

아니, 어떻게 선배가 떨어져요? 처음 임용고시에서 낙방했을 땐 같이 스터디를 하던 후배들이 다 같이 어안이 벙벙해져 물었다. 그땐 그 후배들도 모두 낙방했으니 그저 서로의 어깨를 토닥이며 그래, 우리가 너무 준비를 안일하게 한 게 아닐까? 내년엔 진짜 잘할 수 있을 거야, 라며 파이팅을 외칠 수 있었다.

그러나 다음 해, 그다음 해…를 지나며 그 애들은 점점, 아니, 어떻게 선배가 떨어져요, 같은 말을 함부로 할 수 없게 되었다.

하나둘씩 붙기 시작했으니까.

나 말고는, 다들.

내가 스터디에서 가르치던 애들이 나를 훌쩍 앞지른 점수로 오징어 빨판 쓰듯 단단히 붙어 지상으로 올라가는 걸 보며 끝없이 해저로 가라앉는 게 내 운명이었다. 혹자는 오징어가 지상으로 올라가면 안 좋은 것 아니에요? 라고 물을지도 모른다. 천만의 말씀. 인간들에겐 먹지 못하는 오징어는 필요가 없다고요.

돈이 필요했다. 내가 다니는 대학이 있던 지역엔 기간제 자리가 없었다. 아니, 있었는데, 50대가 넘어 명예퇴직한 교사들이 연줄을 타고 다시 그 자리를 꿰차곤 했다. 시험도 면접도 눈 가리고 아웅 식이었다. 야, 차라리 서울로 가. 거기는 기간제 뽑을 때 시험 제대로 치는 학교가 많잖아. 너 정도면 붙고도 남을걸? 어느 선배의 말에 혈혈단신 서울로 올라와 고시원부터 찾은 게 스물여섯 살 2월의 일이었다.

군대는 왜 면제인가? 면접에서 가장 많이 받은 질문이 그거였다. 기흉입니다, 라고 대답하면 그들의 눈썹이 슬쩍 올라갔다 내려오는 걸 볼 수 있었다. 대학 다닐 땐 신의 아들이라며 부러움도 많이 샀는데, 막상 직장 생활을 하고 나니, 이해할 수 없는 사안들에 항의할 때면 저래서 군대를 안 가면 안 된다니까 하는 말이나 듣게 되었다.

군대에 안 다녀온 사람만 합리를 비합리로 잘못 받아들이게 되는 건 아닐 텐데. 비합리라서 비합리라고 말하는 건데.

의심 증세를 자진 신고하거나 발열 증상이 있는 학생들을 따로 격리한 시험실의 감독은 방호복을 입어야 했다. 교육 당국에서는 학교별로 다섯 명씩 방호복을 입을 '자원자'를 받겠다는 공문을 보냈으나 그 자원이 절대 자원이 될 수 없을 거란 사실은 당국에서도 잘 알았을 것이다. 감독비를 받는 게 아니라 국고에 그 두 배를 자진 납세하고서라도 피하고 싶을 정도로 힘들고 부담스러운 게 수능 감독인데, 방호복을 입고 의심 환자들 앞에서 그 짓을 하라고? 누가 그걸 자원하겠는가?

이듬해의 재계약이 코앞에 닥친 젊은 기간제 교사들 외에는.

그때 근무하던 곳은 미황고등학교라는 공립이었다. 사립학교들은 정교사 자리를 미끼로 삼아 온갖 갑질을 자행한단 이야길 너무 많이 들었기 때문에, 차라리 정치질 따위 하지 않고 수업만 열심히 하면 되는 공립이 낫겠다 싶었다. 그러나 막상 방호복이라는 폭탄을 돌려야 할 때가 되자 이야기가 달라졌다.

정교사들은 기간제만을 솎아내어 연차 순대로 세워놓곤 뒤에서부터 '자원'이란 딱지를 붙였다. 2년 차 정교사는 10년 차 기간제보다 계급이 높았다. 마지막으로 '자원자' 딱지를 붙여야 했던 10년 차 기간제 선생은 온화하게 웃었다. 당연히 이렇게 될 줄 알았다는 듯한 표정으로. 그게 더 화가 났다. 쌤,

쌤은 대체 왜 뭐라고 안 하는 거예요? 내가 자원하지 않았다는 말을 왜 못 해요? 저토록 오래 일한 사람이 침묵하기 때문에, 다 받아들이기 때문에 내 세대에 이르기까지 아무런 발전이 이루어지지 않는 것이 분명했다. 내가 펄펄 뛰며 욕을 퍼붓자 그 선생은 이렇게 대답했다.

박종민 쌤, 진심으로 응원합니다. 쌤의 패기 어린 마음과 밝은 앞날을 말이에요.

어떤 학교에서는 간단한 방호복을 갖추도록 했다고 한다. 그러나 내가 감독을 갔던 학교에선 무조건 우주복 모양의 방호복만을 지급했다. 행여나 일어날지 모를 문제를 미연에 방지하기 위해서였겠지. 그 안에서 보내야 했던 10시간은 지옥같았다. 아무리 봐도 최대한 격리되어 남 없는 교실에서 쾌적하게 수능을 보기 위해 거짓으로 신고한 듯한 수험생을 맡았다. 그 애가 히터를 최대로 틀어달라고 요청하는 바람에 나는 방호복 안에서 땀을 뻘뻘 흘려야 했다. 감독이 끝나고 방호복을 벗었을 땐 목 중간에서부터 가슴, 그리고 팔이 접히는 안쪽과 손목, 사타구니에 이르기까지 온통 붉고 근지러운 발진이 돋아나 있었다. 발진은 지금도 낫질 않았다. 덕분에 지난여름엔 아무리 더워도 강의실에서 긴팔 셔츠만을 고집해야 했다. 쌤, 어디 아프세요? 라는 말을 들을 정도로 땀이 흘러도.

미황고를 뛰쳐나와 잡은 학원 강사 생활은 비교적 편했다. 공립학교에선 아이들 대부분이 수업을 듣지 않았기 때문에 오히려 선생은 과거의 성취, 즉 예컨대 학벌로만 평가되었다. 지방 대학 나온 사람한테 수업 들으면 우리도 인서울 못 하는 거 아니에요? 학교에선 아이들에게 그런 말을 들었다. 그러나 학원에선 달랐다. 모두 피 같은 돈을 내고 자발적으로 왔으므로 강사에 대한 일정 수준 이상의 집중도나 존중이 보장되어 있었다. 서울대 나오고 수업 못 하는 옆 반 강사보단 지방대 나왔는데 수업 하난 기똥차게 잘하고 열심히 비위 맞춰 주는 내가 훨씬 환영받는 세계였다. 그게 만족스러웠다. 비록 휴가도 연금도 없었지만.

하지만 분명 짜증을 불러일으키는 요인도 있었는데, 주로 원어민 강사들이 그랬다. 걔들은 책임감이 없어도 너무 없었다. 흰 피부 하나 가지고 쉽게 일자리를 얻을 수 있다는 자신감 때문인지는 몰라도, 지각과 변명, 거짓말과 기만이 예사였다. 솔직히 가끔은 생각했다. 내가 쟤들보다 이른바 '고등 영어'는 더 잘하지 않을까? 어차피 '미국식 발음'에 집착하는 건 한국 사람들뿐인데. 내 발음이 조금은 토종 한국인 같아도, 구사하는 어휘는 쟤들 수준을 훨씬 웃도는데. 쟤들이 농담이나 픽픽 내뱉는 '하이스쿨 프레시맨'이라면 나는 동아리 면접장에서 걔들을 꼼짝 못 하게 하는 시니어 수준은 되었다. 걸림돌이라곤 피부와 여권의 색깔뿐이었다. 그리고 그건 안타깝게도 여간해선 바꿀 수 없는 운명이었고.

그래서 애덤을 좋아했다. 걔는 가엽게도, 기본 모드가 언제나 '당황'이었다. 왜 한국인들은 자기들과 비슷한 톤의 내 피부색을 검다고 생각하지? 왜 내가 뉴욕에서 나름 괜찮은 대학을 나왔다는 것이 여기서 장점이 되지 못하지? 왜 애들은 내 수업을 많이 신청하지 않지? 왜 내 앞에서 키득키득 웃지? 표정으로 의문과 번뇌가 드러나는 게 다 보여서, 너무나 미안하고, 또 민망했다. 그래서 애덤에게 자꾸만 밥을 사주고, 좀 지나선 술도 사주고, 그랬다.

애덤은 조금 친해지자 애인 이야길 꺼냈다. 애인이 고등학교 선생이라고 했다. 와, 씨발, 좋겠다. 그 얘길 듣자마자 술김에 욕설이 먼저 섞여 나왔다. 진운고등학교라고? 거기 잘 사는 동네에 있는 학교잖아. 그 나이에 사립 정교사를 붙을 정도면 학벌도 괜찮겠네. 결혼할 거야? 한국에서? 아님 미국에서? 물었더니 웃으며, 결혼할 생각은 없다고 했다. 한국에서도 오래 있진 않을 거야. 코로나가 좀 잠잠해지면 집으로 돌아가야지. 여행 겸해서 2년만 살아보자고 온 거였는데 어쩌다 나갈 수도 없게 되어서 이렇게….

"근데 너 그거 아냐? 뉴욕이 코로나 더 심하다는데."

"어, 그래서 뭐, 다른 나라라도 들렀다 돌아가든가 해야지."

애덤은 겁나 비싼 시계가 번쩍대는 손목을 꺾어 소맥을 잘도 마셨다. 이것이 바로 현지인 바이브, 코리안 트래디셔널 알코올! 웬만한 외국인들은 소주를 맛없다고 싫어한다는데 애덤은 달랐다. 그 나라에 살려면 최대한 그 나라 사람이랑 살 부대끼고 그 나라 사람처럼 살아야 한다나. 주야장천 이태원에만 놀러 가서 맥주나 마시는 다른 원어민 강사들이랑은 차원이 다른, 그 철학이 참 괜찮은 녀석. 애덤에게 한국은 폭탄주의 나라였다. 물론 애덤이 술값을 잘 내서도 좋았다. 또 언제 좋았냐면….

"종민, 수능날 곱창에 낮술 콜? 내가 살게!"

예를 들어, 무려 영어로 미국인과 이런 대화를 나눌 수 있었을 때.

"뭐야, 너 그날 애인이랑 놀러 간다며."

"방금 연락 왔는데, 갑자기 감독이 됐다는데? 혼자 시험 쳐야 하는 환자가 생겨서 감독이 더 필요하게 됐대."

"대박. 이틀 날렸네, 예비소집까지 하면. 너 근데 안 아쉬워?"

"아니. 솔직히 좀 귀찮았어."

"새끼가 빠져가지고."

"이번엔 생간 먹는 거 성공할 거라고."

"나 아직 간다고 얘기 안 했는데."

"너 내가 낮술이라는 말 하자마자 입가에 미소가 만개했는데 무슨."

애덤의 단단한 팔을 툭 쳤더니 헤벌쭉 웃으며 낮술, 낮술 하고 노래를 한다.

자식.

고맙다, 전기요 위에서 컵라면이나 마시며 내내 잠이나 퍼자고 있었을 나를 구해줘서.

뭐, 그런 생각이었다.

"지난번 갔던 거기 괜찮았어? 능하고 앞에 있는? 아, 너네 호텔에서 여기까지 오가는 게 힘들까?"

"아냐, 내가 먹자고 했으니까 그쪽으로 갈게. 능하고 앞!"

응시생들이 우르르 몰려 자발적으로 갇힌 고등학교 코앞에서 수능날 마시는 낮술이라, 나쁘지 않지. 기간제 하며 맺힌 물집들도 거기서 좀 후련히 터뜨려 가라앉힐 수 있으면 했지만, 아무래도 이미 1년이나 지난 일이라 터질 시기를 지나, 태어날 때 이미 가지고 있던 반점처럼 거뭇해져 있을 것이다.

그래도 심심하진 않겠네. 한국의 수능 풍경을 처음 보는 애덤에게 수능 감독 이야길 해주면 또 얼마나 신기하다고 손뼉을 치며 웃어댈까. 나는 얼굴도 모르는 애덤의 애인에게 혼자서 잠시 위로를 보냈다. 갑자기 감독이라니, 참 좆같겠죠. 그래도 너는 정교사잖아요. 그러니 감사하는 마음으로 열심히 하세요.

김찬억(55), 미황고등학교 정교사

"뭐 저렇게 힘들게들 아등바등 살려고 하나. 편하게 가자,
편하게."

나는 이 모토 하나로 평생을 살아온 사람이다. 평가도 몰
라요, 승진도 몰라요. 어차피 인문계 간판만 달았지 머리에
똥만 찬 놈들이 절반인 미황고에서 수업은 들을 놈은 듣고 안
들을 놈은 안 들으니 깨워 가며 골치 썩을 일 없다. 맡은 바
업무는 적당히 해치우고, 4시에 퇴근하면 동료 선생들과 함
께 테니스를 치거나 색소폰을 연습하러 간다. 집밥은 영 시원
찮고, 요샌 알아서 차려 먹으라는 기함할 핀잔까지 듣기도 했
지만, 싸움 없이 편하게 살고 싶기 때문에 반발하진 않는다.
그냥 밖에서 먹고 들어간다. 밖에서 밥을 먹으면 당연히 반주
한 잔이 빠질 수 없다. 한 잔이 두 잔 되고, 두 잔이 두 병 될

때까지 마시게 되는 것이 문제이긴 하지만.

사람들의 얼굴에 덕지덕지 붙은 탐욕을 보고 있자면 골이 지끈거리며 아프다. 이 세상의 숱한 문제들이 그놈의 욕심들 때문에 불거지는 것 아닌가. 지위욕(이건 교육청 장학사라는 골문을 눈앞에 둔 선생들에게서 가장 많이 보이곤 했다), 물욕(화장실에 가는 척하며 교무실을 휘이 둘러보면 전부 모니터에 주식 창이나 띄워놓고 앉아 있기 마련이었다), 인정욕(흔히들 '친구 같은 교사'를 표방하는 젊은 선생들이 가진 욕구였는데, 재미있게도 학생이 진심으로 그들을 친구처럼 막 대하는 순간 그들은 가장 고압적인 정복욕을 선보이며 교실의 폭군으로 변하곤 했다), 혹은 맙소사, 교사로서 절대 엄한 대상에게 가져서는 안 될 성욕(10년 전까지만 하더라도 교생에게 손을 갖다 대는 건 예사였고, 학생에게 연애감정을 가지고 멋대로 줄다리기를 하는 젊은 선생들도 흔했다. 나이 든 선생들은 주로 등을 두드려주는 척하면서 음침하게 브래지어 끈을 슬쩍 만지는 쪽이었다)까지. 왜 다들 저럴까.

"거, 김찬억 선생님. 저 좀 보시죠."

지금처럼 부장에게 불려갈 때면 나는 두 눈 꼭 감고 속으로 숫자를 100부터 거꾸로 센다. 원래는 피보나치 수열을 셌는데, 거기 정신 팔려 대답을 제때 못하는 바람에 고성이 터져 나오고 나서는 단순하게 바꾸었다.

"국회의원 요구자료 왜 아직 안 넘겼어요?"

교사의 가장 큰 업무 중 하나가 '국회의원 요구자료 제출'이라는 건 학교 바깥의 사람은 아무도 모른다. 국회의원들은 그렇게 월급을 받아 처먹고 싸움질이나 하면서 자료 하나 스스로 조사할 줄을 몰라 항상 공문을 쏟아 보낸다. 이 자료 내놔라, 저 자료 내놔라. 그 자료들이 찾거나 정리하기 쉬운 거냐, 하면 그것도 아니다. 최근 10년 동안의 방과후학교 학비 지원 학생 현황을 내가 어떻게 다 안단 말인가. 난 이 학교에 2년 전에 왔고, 그 정보는 5년 지나면 파기라고, 새끼들아. 하여간 욕심 많은 놈이 생판 얼굴도 모르는 남은 제일 잘 괴롭힌다.

"의원실에서 전화가 계속 오잖아요, 김찬억 선생님."

부장은 나보다 열다섯 살이 젊다. 내가 제일 싫어하는 타입이다. 욕심이 그득하게 들어차서 점수와 승진에 눈을 희번덕거리는. 아마 몇 년 안에 장학사로 나가겠지.

편하게 살고 싶어서, 빨리 내겠다고 대답하고서는 자리에 앉아 대충 아무렇게나 숫자를 적어 넣는다.

어차피 근거가 될 자료 따위가 존재하지 않는 정보를 내놓으라고 안달이니, 내가 뭘 어떻게 조작해도 내 탓은 아니다. 이건 작년에 있었던 젊은 기간제한테 배운 교훈이다. 걔는 뭐였더라, 하여간 뭔가를 제출하라는 공문을 받은 후 다짜고짜 그 국회의원 사무실에 전화를 걸어 물었다. 이런 정보는 학교 차원에서 수집하지 않는데 이걸 어떻게 제출하란 말씀이신지 설명을 해주실 수 있을까요? 한참을 교무실이 울리도록 쩌렁쩌렁 소리치더니 수화기를 던지듯 내려놓았다.

"뭐래?"

"수단과 방법을 가리지 말고 채워 넣으래요."

그래서 수단과 방법을 가리지 않아도 된다는 교훈을 얻은 그 젊은이가 이 불쌍한 늙은이에게 그 진리를 물려주고 떠난 것이다. 걔가 참 괜찮았는데. 1년을 겨우 참고 뛰쳐나가더니 요 앞의 영어 학원에서 강사를 한단 소문을 들었다. 걱정이었다. 사교육 시장에선 오로지 욕심이 단 하나의 동력일 텐데. 그 친구가 잘해낼 수 있을지.

그런데 그 친구의 이름이 뭐였더라? 하도 많은 사람들이 스쳐 지나가는 공립 기간제 자리에 잠시 머물렀던 자의 이름을 기억하기는 쉽지 않은 게 당연하다.

수능시험 제도가 시작되었을 때부터 단 한 번도 감독을 쉰적이 없었다. 언제나 불려 나갔고, 항상 종아리와 발바닥의 통증을 호소하며 얄팍한 봉투를 든 채 돌아와야 했다. 군대에 있을 때부터 시달린 만성 족저근막염은 나을 기미가 없었다. 그래서 수업할 때 자꾸 앉아 있곤 했는데, 교장과 교감은 툭하면 복도를 오가며 선생들이 어떻게 하고 있는지 감시를 일삼았다. 내 고통을 모르면서. 나는 신체적 고통을 공유할 수 있는 기술이 어서 발명되기를 간절히 기도하는 사람이었다. 되기만 한다면 지독하게 보여주리라. 발바닥이 부어오르는 하루하루가 삶의 질에 얼마나 치명적인지.

그러니 수능 감독은 진짜 죽을 맛이다. 절대 앉을 수도 없고, 절대 움직일 수도 없다. 2000년대까지만 해도 홀렁홀렁 움직이며 몸을 푸는 게 가능했는데 2010년대부터의 애새끼들은 정말이지 이기적이기 이루 말할 수가 없어서, 손가락 하나라도 움찔하면 감독 때문에 시험을 망쳤다고 항의를 하곤 했다. 내가 감독으로 들어가면 응시생들의 표정이 썩어들어가는 게 보일 정도였다. 아, 아저씨네. 아아, 시끄럽겠네. 그런 식으로. 싸가지 밥 말아 먹은 새끼들. 그 누구였나, 나보다 몇 살 많던 교무부 선생이 시험 시간에 응시생 하나에게 말을 걸다가 소송을 당한 적도 있었다. 그 후로 그 선생은 입도 몸뚱어리도 석고로 본떠놓은 듯 옴짝달싹하지 않는다고 했다. 그러나 내겐, 몇십 년 동안 반복된 습관을 버리는 게 쉬운 일은 아니었다. 아니, 애들이 바짝 긴장하고 있으면 무슨 말이라도 하고 싶어지지 않나. 내가 말하고 싶어서 떠드는 줄 아나? 긴장 풀라고, 다 자기들 위해서 그러는 거지.

"아니, 김찬억 쌤은 또 외부야?"

교무실 게시판에 걸린 명단을 보며 이진홍이 피식 웃었다. 저 새끼, 지금 놀리는 거지. 자기는 본부로 간다 이거지.

"능하고? 허이고, 새벽부터 고생 좀 하겠네? 거기 멀기도 먼데, 주차가 아주 지랄 맞거든. 내가 가봐서 알지."

"진홍 쌤은 본부 되어서 좋겠어?"

"뭐, 훨씬 낫지. 그런데 김 쌤은 왜 아직도 외부로 가? 나이가 몇인데. 이제 본부 눌러앉을 때도 되지 않았나?"

내가 그걸 어떻게 아냐.

"근데 능하고 저기, 인문계 아니잖아? 운 나쁘면 골치 좀 아프겠네."

38

"그래?"

"몰랐어? 저기 원래 능하공고였어. 이름만 인문계처럼 바뀠지 지금도 특성화일걸? 그래서 아마 수능 보러 오는 애들도 그쪽 애들일 가능성이 커."

"음."

"그래도 그런 애들이 편하잖아. 애들이 예민하지도 않고 적당히 엎어져 잘 자고. 여러 학교 애들 막 섞이니까 눈치 보느라 싸움박질도 안 하고. 공부에 목숨 건 예민한 애들 상대하는 것보단 백 배 낫지. 나 저번에 이과 계집애들 감독했을 때 생각하면, 어휴… 말도 마."

"그런가."

"어쨌든 김 쌤, 편한 애들 걸리길 기도해줄게. 그리고 밥 잘 나오라고도. 미황고보단 잘 나오겠지. 어휴, 미황국탕만 안 나오면 소원이 없겠네."

그럼 나랑 감독 바꾸든지 하는 말이 혀끝에까지 올라왔다. 미황국탕은, 물론 식단표에는 육개장이라는 가명을 달고 있지만 육개장은 아닌, 빨간색 식용색소 분말과 소금과 아주 작은 무와 너무 잘게 썰어서 파인지 토란대인지 아니면 고기인지 알아볼 수 없는 건더기를 한데 넣고 끓인 후 정체불명의 기름을 친, 그런 국이다. 물론 능하고에 안 가고 익숙한 곳에서 감독 업무 없이 시험지만 잘 챙겨주면 되는 본부요원을 할 수 있다면, 나는 미황국탕만으로 세 끼를 해결해도 좋다는 심정이었건만.

＊

"아, 왜. 언제까지 외부감독인데?"

와이프한테 이야기했더니 대번 잔소리가 날아왔다.

"자기가 부장도 못 단 평교사니까 만만하게 보고 계속 그러는 거 아냐."

"설마. 코로나 때문에 감독도 많이 필요하니까 나한테까지 순번이 돌아온 거겠지."

"장난해? 당신 또래 중에서 누가 외부로 감독을 나가는데?"

"그만하자. 소리쳐봤자 정해진 게 바뀌지도 않고."

"답답해서 그러지, 답답해서. 정영하가 자기 남편 교장이라고 그렇게 유세를 떠는 꼴을 보기도 짜증 나 죽겠는데, 진짜!"

정영하는 와이프와 함께 초등학교 돌봄교실 교사로 근무하는 동갑내기 동료다. 물론 얼굴을 본 적은 없고, 이름만 골백번 들어봤다.

"그만해. 정영하보다 당신이 일 잘하고 인정받잖아. 그거면 됐지, 뭘 더 바라?"

"내가 진짜 속 다 뭉개면서 간신히 자리보전 하고 있는 거야, 지금!"

"내년엔 본부 되겠지. 그러니까 그만하고 자자, 좀. 후리스나 빨아놔. 그거 입고 갈 거니까."

제풀에 지쳐 침대에 풀썩 누운 와이프 옆에 앉아 주섬주섬 테니스공을 꺼냈다. 소리가 들리지 않도록 바닥에 살며시 내려놓고, 발바닥을 그 위에 얹은 후 체중을 실어 공을 굴렸다. 족저근막염에 좋다는 마사지법인데 매일 20분을 투자해도 속 시원히 완치되질 않는다. 그래도 날마다 성실하고 꾸준히 굴리다 보면 언젠간 바뀌는 것이 있겠지. 그런 믿음을 가지고 둥글둥글 발바닥을 마사지했다. 이진홍 말대로 능하고에 실업계 애들이 주로 온다면, 미웅시자의 의자를 빼 앞에 가져다 놓고 앉아 있는 것도 아마 어쩌면 가능할지 모른다.

주예성(22), 사수생

지난 모든 시험을 옆에 앉은 인간들의 냄새 때문에 망쳤다. 이번에도 망친다면 같이 죽자고 엄마는 말했다. 죽지 않기 위해, 죽이지 않기 위해 기필코 성공해야 했다. 어차피 그 집안엔 나밖에 없다. 돈을 처발라도 원하는 대학엘 가지 못한 본처의 후레자식들보단 어떻게든 목표를 이루고 집안에 걸맞은 품격을 얻어내는 사생아가 더 쓸모 있단 거, 그걸 보여야 했다. 그리고 이번엔 정말로 준비가 되어 있었다. 절대로, 절대로 시험을 망칠 수가 없었고 망칠 리도 없었다. 인간들을 최대한 보지 않기 위해, 수두에 걸렸다는 진단서를 위조했다. 위조는 의사인 이모부가 도와주었다. 한심하다는 표정으로 날 보면서, 이번이 진짜 마지막이라고 말했다. 이모부는 여동생을, 그러니까 우리 엄마를 집안의 수치라고 생각했지만 그래도 내게선 제법 똑똑한 끼가 보인다며 응원해주곤 했다. 물론 과거형이다. 삼수 때까지만. 사수를 시작하자 인생 망친 쓰레기처럼 취급했다. 그래도 진단서가 필요했기 때문에 가서 기었다. 어차피 넌 결혼하면 남의 집 식구인데 내가 뭐하러 도와줘야 되냐? 이모부의 물음에 나는 대답했다. 이모부, 난 결혼 안 하고, 그 집안 그 어떤 아들들보다 내가 더 잘났다는 걸 꼭 보여준 다음에야 죽을 거야. 그니까 걱정하지 말아요. 이번엔 진짜 자신 있어. 장담해.

나는 모든 공부를, 이른바 '깜지' 쓰는 방식으로 했다. 눈으로 텍스트를 읽으면 단점이 많았기 때문이었다. 잡념도 잡념이지만, 쓸모없는 인간들이 자꾸만 말을 걸었다. 나는 분명 공부를 하고 있는데, 제발 가만히 내버려뒀으면 좋겠는데, 가만히 앉아서는 눈만 굴리고 있으니 나를 자기들이랑 비슷한 부류로 보았다. 그러나 샤프를 쥐고 무언가를 부지런히 적고 있으면, 눈치만 슬슬 보다가 자기처럼 시간이나 축내는 부류를 찾아 떠났다. 그런 식으로 공부를 했다.

반십 년 넘는 세월 동안 샤프를 손에 쥐고 글씨를 수없이 많이 쓰면 손이 어떻게 변형되는지 아는 사람들이 얼마나 있을까. 오른손 검지의 첫 번째 마디 안쪽에 세로로 기다란 굳은살이 생긴다. 중지의 손톱 바로 아래는 무서울 정도로 크고 둥글게 부풀어 오른다. 중지의 손톱이 엄지 쪽의 손바닥을 파고들기 때문에, 그 부위는 항상 얼얼하고 쓰라리다.

엄마는 밤마다 식탁에 앉아 고량주를 마셨다. 안주는 삼색

43

나물무침이거나, 어묵볶음이거나, 그마저도 없을 땐 푹 익은 총각김치였다. 술이 어느 정도 되면, 파김치가 된 채 학원에서 돌아와 샤워마저 간신히 마친 나를 앉혀놓고 물었다. 너는 어떻게 된 애가, 지금 나이가 몇인데, 연애 한 번을 못 하니? 너 처음 재수 시작할 때, 내 친구들이 뭐라고 했는지 알아? 재수학원 가면 다 연애한다고 그랬어. 연애해서 재수 망한다고. 그래서 재수 시킬 거면 빡세게 기숙학원 보내라고 충고하더라. 그런데 너는 지금, 몇 년을 망해서 무려 사수를 하고 있는데, 연애를 한 것도 아니잖니? 넌 대체 뭘 잘 하니? 넌 대체, 그 기간 동안 뭘 얻었니?

"엄마처럼 살진 않을 거라는 확신."

엄마 앞에서 내내 묵언수행을 하다 방에 들어가라는 체념 섞인 지시를 받고 나면, 나는 벽지의 무늬를 헤아리며 혼잣말로 늦은 대답을 했다. 모기나 집거미 잡느라 생긴 얼룩이 군데군데 섞여 있는 벽지. 그 위로는 아주 작은 권연벌레들이 기어 다녔다. 권연벌레를 누르면 톡, 하는 소리와 함께 몸이 터졌다. 다른 벌레들과는 다르게 체액 따위도 없는지, 권연벌레의 사체는 언제나 건조했다.

왜 엄마는 사랑에 그토록 목을 매며 자신의 삶을 스스로 망가뜨렸을까.

나는 생각했다. 아마 내가 사랑을 믿지 않고 사람에 애정을 가지지 않는 것은, 결국 다 엄마의 탓이 아닐까? 나는 아주 어렸을 때부터, 사랑할 수 있는 기능을 스스로 불구로 만들어버린 것이 아닐까? 아마도 생존을 위해?

"좋은 학교 나왔네. 잘 사는 동네."

재수학원에서 진학 상담을 받을 때마다 선생들은 그렇게 말했다. 맞는 말이었다. 그러나 그 동네에, 비 오면 그대로 세간살이가 잠기는 지하 방이 아주 많단 사실을 학원 선생들은 잘 몰랐다. 학교 선생들은 알았지만. 내가 교무실의 가장 구석에 위치한 담임 자리 옆에 앉아 상담 시간 약속을 지키지 않는 담임을 기다리고 있단 것도 모른 채 선생들은 이야기를 나누곤 했다.

"아니, 나는 이해가 참 안 돼요. 이 동네에 안 살고 다른 동네 가서 괜찮은 방 충분히 얻을 수 있잖아요? 왜 굳이 아등바등 여기서 버티고 있는지 모르겠어. 학군 때문이라고요? 아니, 쌤도 알잖아요. 학군이 무슨 소용이야. 금수저들 사이에 비집어 넣는다고 해서 흙수저가 금수저 되나? 애 비뚤어지기에나 딱 좋지. 생각해봐요, 우리 학교에서 누가 사고 치는지. 다 흙수저들이잖아. 아, 개? 개는요 쌤, 집이 벼락부자잖아. 쌤은 아직 온 지 얼마 안 되어서 모르겠지만, 벼락부자랑 진짜 부자는 애 교육시키는 게 전혀 다르답니다? 집에 돈 많다고 껄렁대는 애들은 죄다 벼락부자예요. 돈은 많지만 천박한 중류층인거지. 진짜 오래도록 잘산 애들은 있죠, 얼마나 깍듯하고 바른지 몰라. 젖 뗄 때부터 그렇게 교육을 받거든요. 그러니 솔직히 있잖아요, 어떻게 생각하면, 계급에서 나오는 품위란 게 분명히 존재하는 것 같아요. 악착같은 거랑

성실한 거랑은 느낌 자체가 아예 다른 것처럼. 뭐, 예를 들까요? 쌤 걔 알아요? 3반에 주예성. 아이, 벼락부자는 아니고, 그냥 가난한 앤데. 근데 걔 눈을 보면 독기가 보이잖아. 쌤 나중에 야자 감독할 때 걔 깜지 쓰는 연습장 한번 봐봐요. 걘 인간이 아니고 로봇이야. 그런 애들이 잘 풀리면 벼락부자가 되는 거지. 그럼 그동안의 고생을 보상받고 싶어 해. 자기를 인정 안 해주면 미치고 팔짝 뛰는 거죠. 걔가 애를 낳는다? 그럼 끝장나는 거예요."

저는 애를 낳을 생각이 없습니다만. 이쑤시개로 이를 쑤시며 들어오다 나를 발견한 담임이 그제야 허둥지둥 다가올 때, 나는 만면에 미소를 지었다. 나는 아무것도 못 들었다고 스스로에게 주문을 외웠다.

선생들에게 잘 보여서 뭐 하나. 성공을 통해 지배하고 싶은 거였지 사랑받고 싶은 생각은 한 톨도 없었다. 사랑은 멸망의 지름길이니까.

이렇게나 지독히 버텨왔는데, 이번엔 정말로 되겠지.
뭔가 이뤄내겠지.
증명해야지.

이번이 정말 마지막일지도 모르는데.

황승조(19), 진운고등학교 3학년

어깨가 너무 아파서, 희재가 챙겨준 진통제를 먹을까 고민
했다. 하지만 타이레놀이 근육통에도 효과가 있던가? 아마
그렇진 않겠지. 그래도 혹시 모르니까 먹는 게 낫지 않을까?
아냐, 긴장해서 아침도 못 먹었는데 약 때문에 속이라도 쓰리
면 어떡해. 내내 우왕좌왕만 하다가 결국 1교시 감독관이 들
어오는 바람에 가방을 교실 앞으로 내야 했다.

"수험표는 본인 왼쪽에 놓습니다."

아, 손이 덜덜 떨렸다.

희재는 좋은 애였다. 내 발전에. 그러니까 다시 말하자면
언제나 빽빽대는 애라는 뜻이다. 우리 깰끔이한테 떳떳할 수
있어? 지금처럼 노력해서 뭐가 될 것 같아? 좋은 아빠가 되려

면 어떤 성취들을 이뤄놓아야 할까? 그러고는 말하는 것이다. 자기는 다 해낼 거야, 사랑해. 우리 깰꼼이는 행복할 거야.

살아서 무엇이고 제대로 '해낸' 적이 없는 사람에게 그토록 확신에 가득한 기대의 말들을 던지는 것은 폭력과 다를 바가 없다는 사실을, 무엇이든 척척 해내는 것에 익숙한 희재는 언젠가 알아차리기는 할까.

'모두가 서로의 일렁이는 바다가 되어.'

1교시 국어영역의 필적확인란 문구였다. 나는 희재랑 갔던 바다를 떠올렸다. 희재네 가정사를 처음 들은 날이기도 했다. 아, 초장부터 다른 생각을 하면 안 되는데. 집중하자, 집중. 옆자리에 앉은 애가 자꾸만 샤프를 딸깍거려 신경이 쓰였는데, 어느 학교의 누구인지도 모르니 섣불리 감독관에게 조용히 시켜달라고 요청할 수가 없었다. 막판에는 언제나 그랬듯 시간이 부족했다. 희재는 글을 어마어마하게 빨리 읽곤 하는데, 그 능력을 부러워하니 이렇게 말했지.

"네 살 때부터 15년 동안 회초리 든 엄마 앞에서 하루에 3시간씩 강제로 책을 읽어야 했다면, 너도 그렇게 됐을걸?"

그래도 부러웠다. 그러자 희재는 마치 손흥민의 훈련량은 생각도 안 하고 연봉만을 보며 감탄하는 꼴이라고 비유를 얹었다.

내가 앉은 시험실의 사람들은 모두 수학 미응시자였다. 교실에 들어온 감독관은 우리더러 3교시 공부를 하라고 했지만, 대부분 엎어져 잠을 잤다. 감독관 역시 결시자의 의자를 끌어다놓고 앉더니 꾸벅꾸벅 졸기 시작했다. 그때 영어를 보는 건 의미가 없어. 영어단어 몇 개 더 봐봤자 뭐하겠어. 안 잘 거면, 차라리 탐구를 봐. 희재가 시켰던 대로, 가방을 뒤져 희재가 정리한 생윤과 사문 요점노트를 꺼냈다.

여기저기서 낮게 코를 고는 소리가 들렸다. 그럴 때마다 교실 앞뒤로 배치되어 있는 감독관들이 툭툭 쳐서 깨우곤 했다. 수학을 보고 있는 옆 교실에 방해된다나. 그러면 애들은 씨부렁대며 입가를 한 번 쓱 닦고는 반대 방향으로 다시 머리를 뉘고 잠을 청했다. 나는 자꾸 감독관들의 표정에 눈이 갔다. 한심한 인생들이라고 생각하겠지, 저 감독관들은. 학교 선생들이니까 더 그럴 것이다. 공부 잘하고 학교 좋아하던 사람들이니까.

어쩌면 내가 지금 노트를 꺼내놓고 있는 이유도, 그저 눈치나 보기 위해서는 아닐까. 쟤들처럼 한심한 인생으로는 보이고 싶지 않다는 발버둥일지도.

점심시간에는 다들 도시락을 얼른 까먹고 담배 한 대씩을 피우더니 누군가의 주도로 나가서 축구를 했다. 서로 전혀 모르는 애들이었는데 갑자기 마음이 척척 맞아 편을 나눈 것도 신기했고, 수능시험장에 축구공을 가져올 생각을 한 애가 있었다는 것도 놀라웠다. 어떤 애들은 아예 마스크를 벗어 던지고 맨얼굴로 뛰었다. 어쩌면 나는 아주 넓은 폭으로 걸어볼 수 있었던 삶의 길을 학교에서 아주 좁게 다시 공사하도록 두 손 놓고 내버려뒀던 게 아닐까? 보온병에 담긴 유자차를 홀짝대다 보니 문득 슬퍼졌다. 나는 인문계엘 왜 간 거지? 어차피 다른 길을 택할 거면.

"새끼들, 하여간 골빈 티를 내네."

십년지기 친구처럼 소리를 지르며 공을 차는 애들을 구경하던 건 나뿐만이 아니었다. 마름모 무늬 니트를 입은 꼰대 하나와 목까지 올라오는 후리스를 입은 꼰대 하나. 자세히 보니 마름모는 2교시에 우리 교실을 감독했던 사람이었다. '골빈 티' 운운한 것도 그의 목소리였다.

"쌤, 저런 애들은 그냥 어디서 직업 교육이나 받을 것이지 왜 수능을 보겠다고 와서 알짱댄대? 세금 아깝게."

"뭐, 어딘가 9등급이 있어야 1등급도 나오고 뭐 그런 거 아니겠어?"

"내가 2교시에 미응시 교실엘 들어갔거든? 근데 진짜, 그런 게 느껴져. 패배자의 공기. 그, 낙오된 인생들 모여드는 새벽 인력시장! 그런 데서 풍기는 냄새 있잖아. 장난 아니었다니까. 순간 흠칫했다고. 다른 공부 해도 된다고 말하는데도 다들 퍼질러 자는데 있지, 아찔하더만. 저런 애들이 우리나라의 미래라고? 우린 전쟁이 안 나도 멸망할 거야."

"쌤. 쌤은 사립에서 계속 있었으니까 잘 모르지. 저런 애들 많아. 엄청 많아. 그래도 다들 자기 앞가림 하고 산다, 왜."

"중국집 오토바이 몰면서 앞가림하겠지."

"자기는 배달 안 시켜 먹는 것처럼 이야기하네."

50

손아귀에 쥔 종이컵이 슬그머니 구겨졌다. 마름모는 후리스에게, 그래, 배달하는 놈들도 차고 넘쳐야 세상이 굴러가는 거지, 알아, 잘 알아 하고 소리치며 껄껄 웃었다. 나는 종이컵을 현관에 비치된 재떨이에 넣었다. 누군가 알아서 잘 치워주겠지. 그런 서비스 받으려고 우리 엄마가 그 비싼 세금 내는 거지.

그때 후리스가 마름모에게 말했다.

"밑바닥 인생들이 얼마나 낭만적이야. 우리 젊었을 때 다 그런 게 멋지다고 생각하지 않았나."

"살아보니까 아니더라고. 물론 말이야 잘해줘야지. 애들은 젊잖아. 그러니 밑바닥 애들을 응원해줘야지. 너희가 최고라고 해줘야지. 학교에 틀어박혀서 책이나 들입다 보는 모범생들보다 너희가 인생 선배다, 같은 말을 해줘야지. 그래야 바퀴가 제대로 또르르 굴러가. 안 그래?"

후리스는 웃더니 말했다.

"하긴, 저런 놈들이 나중에 성공해가지고 거들먹거리면서 선생 찾는다고 교무실 들어오고 그러면 기분이 찝찝하긴 하더라고."

3교시 예비종이 울리고 교실로 들어온 정감독은 놀랍게도 후리스였다. 부감독은 젊은 남자였는데, 몸집이 후리스의 1.5배 정도로 거대했고, 같은 남자끼리인데도 맡을 수 있는 쉰내가 났으며, 마스크로 가린 코와 입에서 계속 쌕쌕거리는 소리가 나는 게 거슬렸다. 그래도 나는 앞자리 쪽이라서 다행이었다. 뒷좌석 애들은 저 소리 신경 쓰느라 듣기평가를 망칠지도 몰랐다.

"뭐 이렇게 어수선하냐?"

미적대며 느릿느릿 봉투를 열어 시험지를 꺼내는 후리스 때문에 몸이 급속도로 뜨거워지며 어깨의 근육통이 더 심해졌다. 아, 제발. 저렇게 달팽이처럼 준비하다가 듣기평가 시작할 때까지 시험지 못 받으면 어떡하라고, 제발 좀 더 빨리! 손을 들어 올려 "감독관님, 빨리 좀 나눠주시죠?" 하는 항의를 하고 싶은 마음이 굴뚝같았지만, 아는 얼굴 하나 없는 이 교실에서 그렇게 나대기란 내 성격에 불가능한 일이었다.

그 마음도 모르고 후리스는 계속 헛소리를 해댔다.

"거, 여기가, 수학 미응시자 교실이라고 들었는데 맞나?"

아무도 대답하지 않았다.

"멋있다, 인마들아. 그런 패기가 아주 좋아. 대학이며 학벌이며, 성적에 목매 죽으려는 범생이들보단 너희가 진정한 인생 선배야, 알지. 사람 냄새 나잖아, 응? 1, 2점 가지고 질질짜지 않는 호방한 놈들. 진짜 사나이지, 너희가. 응?"

아무도 대답하지 않았다. 몇몇은 소리가 남에게까지 들리도록 일부러 크게 한숨을 쉬더니 책상에 고개를 묻었다. 나는 그때부터 후리스가 정말로 증오스러워졌다. 두 콧구멍을 내놓은 채 마스크를 쓴 꼴도, 침을 발라 종이를 세던 버릇이 남아 있는지 자꾸만 마스크로 가려진 입가로 손가락을 가져가는 어리석음도, 그저 수학 하나 안 봤을 뿐인데 수능과 대학 자체를 포기하는 애들이라고 평가하는 것도, 그리고 당연히, 아직도 시험지를 나눠주지 않은 무능함도.

저런 인간도 자신을 어른이라 생각하고 할 말 못 할 말 구분 못 한 채 충고를 내뱉는구나.

"감독관님, 마스크 제대로 쓰시고 시험지 얼른 나눠주시죠."

어깨까지 내려오게 머리를 기르고 펌을 해서 처음부터 눈에 띄었던 수험생 하나가 손도 들지 않고 내뱉었다.

"이러다 시험지도 못 받고 듣기평가 시작하겠어요."

후리스가 눈을 치켜뜨더니 두 손가락으로 마스크를 올렸다.

"오호, 알겠습니다, 알겠어요. 내가 수능 감독한 세월이 여러분 나이보다 더 될 텐데 뭐가 그렇게 걱정이야. 얼른 나눠줄 테니 기다려요."

그러더니 오히려 시험지를 교탁에 내려놓고, 안절부절못하며 서 있던 부감독을 불러 시험지를 나눠주라고 이른 후, 함께 들고 왔던 원서 철을 천천히 넘기며 그 수험생의 이름을 찾는 것이었다.

"그러게 학생, 이젠 정말 잘 봐야겠네. 나이가 좀 많은 게 아니구나. 응원합니다, 학생! 파이팅! 대박 나기를!"

시험지가 책상 위에 하나씩 놓이기 시작했다. 다들 시선 앞으로 하세요. 바들바들 떨리는 목소리로 부감독이 말하자 그 형을 쳐다보던 사람들이 모두 고개를 돌려 멀거니 교실 앞을 바라보았다. 후리스는 숨을 죽여 웃고 있었다.

개새끼.

후리스는 한 번도 나를 직접적으로 모욕한 적이 없지만, 나는 내가 운동장 위의 그 애들이고 저 형이라고, 그렇게 느꼈다.

그러나 어쩌겠는가. 70분간의 시험이 끝나면 다시 볼 사람도 아닌 것을.

마지막 학생의 책상 위에 시험지가 놓이자마자 시작종이 쳤다. 아슬아슬했네. 후우 하고 숨을 몰아쉬며 듣기평가 안내 방송이 나오기 전에 한 문제라도 더 풀기 위해 서둘러 18번 문제가 실린 페이지를 찾아 폈다.

그때는 몰랐다.

그 시험이 절대로 끝나지 않을 줄은.

2부 ○

가슴

1

퍽 하는 소리는 영어 듣기평가 13번 문제가 나오던 중에 시험실 뒤쪽에서 처음 울렸다. 아, 씨발. 누군가 아주 작게 속삭이듯 욕을 뱉었다. 그것마저도 역시 소음이건만. 아무도 시험지에 처박은 얼굴을 들어 소리의 진원을 바라보지 않았다. 그러기엔 13번 문제가 아무렇지 않게 강물 흐르듯 지나가고 있었으니까. 대한민국 국민 모두가 숨을 죽여야만 하는, 코로나가 유행하기 전에는 비행기들마저 착륙을 미루고 상공을 빙빙 돌아야 했다는 바로 그 영어 듣기평가 시간이었으니까.

두 번째의 퍽, 소리는 14번 문제가 흘러나올 때였다. 미치겠네. 승조는 머리카락을 헤집었다. 13번 문제에서부터 금 가기 시작한 집중력이 이번엔 산산이 조각나는 중이었다. 누가 저렇게 이상한 소리를 낸담. 고개를 빼서 뒤로 돌려 확인하고 싶었지만 감독관에게 제지를 당할까 봐 그럴 수도 없었다. 할수 있는 건 그저 앞에 서 있는 후리스의 표정을 힐끗 바라보는 것뿐이었다. 후리스의 얼굴은 죽은 사람의 데스마스크처럼 미동이 없었다. 하긴, 저런 사람에게 무슨 올바른 대응을 바라겠나. 승조는 다시 시험지에 얼굴을 묻었다.

세 번째의 픽, 소리는 마지막 듣기 문제가 끝날 무렵에 났다. 그 소리는 앞의 두 번보다 제법 컸고, 한 번이 아니라 여러 번이었다. 그 소리 때문에 결국 승조는 뒷부분의 중요한 정보를 듣지 못한 채 놓치고 말았다. 보통 듣기평가는 중간까지만 들어도 답을 유추할 수 있도록 출제가 되는 경우가 많았는데 왜 하필 마지막 문제에 그런 반전을 숨겨두었는지 모를 일이었다. 한 문제 날렸구나. 호흡이 가빠지기 시작했다. 안돼, 정신 차려, 정신 좀 제발 붙들어 매자. 다리를 달달 떨며 샤프 끝을 물어뜯을 때 이번엔 아주 큰 쿠당탕, 소음이 터졌다.

이건 너무한 거 아닌가. 감독은 대체 뭘 하고 있는 거지? 왜 제지하지 않지?

"이거 뭐야…!"

시험실에서 자꾸만 마스크를 벗어 주의를 받았던 사람. 공을 가져온 장본인이기도 했던 덩치가 벌떡 일어난 것은 그때였다. 그제야 승조는 고개를 돌려 뒤를 보았다. 그곳은 온통 시뻘건 액체로 뒤범벅이었으며 마스크로 가려진 코와 입에서 피를 질질 흘리며 책상 위로 엎어진 수험생이 셋이었다.

시험이 중단되는 걸까.

승조는 후다닥 다시 시험지에 머리를 박았다. 모의고사를 볼 때마다 국어만큼이나 영어에서도 항상 시간이 부족했다. 한눈팔 여유가 없었다. 희재가 일러줬던 걸 떠올렸다. 의미 단위별로 빗금을 쳐 가며 읽고, 접속사를 이용하는 부분은 무조건 강조 혹은 반전이니까 밑줄을 쫙쫙 쳐보고, 또….

"이게 뭐냐고!"

"조용히 좀 하죠. 문제 풀게!"

두 사람의 외침이 맞물렸다. 아까의 그 덩치와, 장발의 형이었다. 장발은 마치 자신은 아무 말도 안 했다는 듯 다시 문제에 덤벼들었다. 덩치가 장발에게 덤벼들듯 돌진했다. 승조는 후리스를 바라보았으나, 역시나 아무것도 안 한 채 데스마스크 같은 그 표정을 유지하고 있었다.

그러나 덩치가 장발에게 달려들기 전, 갑자기 괴롭게 몸을 뒤틀며 그대로 무너지는 바람에 한판 싸움은 일어나지 않았다. 곧 다른 시험실 여기저기서 연달아 거센 고함이 터져 나왔다.

✳

민유림은 거세게 흔들리는 시선을 단단히 동여매려 애썼다. 밖에서 이미 숱한 비명과 아우성이 몰아치는데도 눈 앞에 있는 여학생은 미동조차 하지 않았다. 민유림은 다시 원서 철을 들여다보았다. 주예성, 우리 나이로 스물둘. 민유림과는 겨우 두 살 차이였다.

예성은 지금까지 문제를 곧잘 풀었다. 종료 5분 전에 척척 막힘없이 OMR 카드를 완성하곤 두어 번 검토를 하는 게, 짬밥이라 표현해도 될지는 모르겠고, '전문가' 같아 보였다. 민유림이 감독을 하러 처음 단독시험실에 들어왔을 때도 저 애의 눈빛에서 그런 느낌을 받긴 했다. 뭐야, 너 같은 애가 감독이야? 그런데 왜 이렇게 쩔쩔매? 내가 해도 더 잘하겠다, 말하는 듯한 그런 느낌.

부감독으로 함께 들어온 정보부 기획 선생은 무슨 소리가 들리는 줄도 모른 채 뒤에서 졸고 있었다. 숨이 막히는지 자꾸 코를 골아서, 스무 번쯤 머리를 짚었던 민유림이 결국 졸고 있는 그의 옆으로 다가가 마스크를 콧구멍 아래로 내려놓은 것이 10분 전의 일이었다.

"감독관님, 밖이 시끄럽네요."

얼굴에 온통 분홍색 약을 바른 예성이 먼저 입을 열었다. 답답했다. 정감독이란 작자가 아무것도 하지 못한 채 그저 겁 먹은 표정으로 벌벌 떨고만 있잖아?

"문을 잠그는 게 어떨까요? 저는 방해받고 싶지 않아서요. 혹시… 모르잖아요."

예성은 허둥지둥 움직이는 민유림을 잠시 동안 주시했다. 그러고는 다시 시험지에 시선을 떨궜다. 1, 2교시에 이어 3교시까지, 하나도 어려운 게 없었다. 이토록 자신 있는 시험은 태어나서 처음이었다. 그러나 그럴수록 더 긴장해야 했다. 자신에게 쉬운 건 남에게도 쉬울 확률이 높았으니까. 실수 하나가 인생을 가를 것이다.

격리실까지 걸어오면서 구경한 이 학교의 교실들은 희한했다. 격리실은 책상들 대신 둥그런 탁자를 놓아두어 회의실로 쓰이는 듯했지만, 구조는 마찬가지였다. 아마 예전엔 교실로 썼을 것이다. 복도 쪽으로 난 창은 키 높은 캐비닛으로 죄다 막아두어 열거나 밖을 볼 수 없었다. 출입문은 묵직한 철로 만들어져 있었고 문마다 작은 유리창이 하나씩 나서, 교실에 들어오지 않아도 선생들이 학생을 감시할 수 있는 모양이었다. 다른 시험실에서는 모두 하얀 전지로 그곳을 막아두었는데, 이 시험실만 뻥 뚫린 채였다. 급하게 만들어진 격리실이라 일 처리가 소홀했던 게 분명했다. 사실 유리가 가려지든 말든 예성에겐 크게 중요치 않은 일이라 항의하지 않았는데 밖이 소란스러우니 자꾸만 집중력이 흐트러지고 눈이 창문을 향했다.

정신 차리자, 주예성. 너 1, 2교시 대박 났어. 내가 알아. 여기서 무너지면 안 돼. 그럼 잘 본 시험까지 날려먹는 거야.

지문을 절반까지 읽다가 순간 집중의 끈을 놓치는 바람에, 다시 처음부터 읽어야 했다.

'불가해한 상황이 발생하여 벗어날 수 없을 때 사람들은 어떤 가치를 가장 우위에 두고 행동할까… 이해인가, 수용인가, 혹은 부정인가… 그리고 그 세 가지 길 중 어느 길을 택한 사람들이 그 상황을 가장 잘 버텨낼까… 최근의 연구에 따르면, 자신이 어떤 타입인지보다도 어떤 타입의 사람과 함께

그 상황을 맞닥뜨렸는가가 상황을 견디는 인내심에 유의미한 차이를 불러온다고 한다….'

앞문 쪽에서 퍽, 소리가 났을 때 예성은 눈을 시험지에서 떼지 않았다. 다시 처음부터 읽을 수는 없었으니까. 누군가 잠긴 문손잡이를 달그락거리며 시끄럽게 돌리는 소리가 날 때도 마찬가지였다. '놀랍게도 이해-타입과 부정-타입이 함께 있을 때 사람들은 문제 상황에서도 적당한 스트레스 지수를 유지하며 오래 버틴다.' 달그락달그락. '이유가 무엇일까?' 달그락달그락. '그 열쇠는 바로, 서로 자신의 의견을 관철시키기 위해 정력적으로 대화를 하는 행위에 있다….' 달그락달그락.

'그러나,' 라는 단어가 나오자 예성의 독해가 빨라졌다. 그렇지, 여기서부터가 진짜네. 아, 그냥 아까 읽은 거 까먹었어도 넘길 걸 괜히 다시 읽어서 시간만 낭비했네.

어디선가 악취가 풍겼다. 진짜, 너무하네. 이 문제만 다 풀고 한마디 해야겠네. 냄새와 냄새와 냄새들을 피해서 혼자 시험 보겠다고 별 지랄을 다 했건만 이젠 감독관이 지뢰인 건가. 꾹 참고 답을 골랐다. 3번이었다.

"감독관님."

고개를 들었을 때 예성은, 땀을 뻘뻘 흘리는 감독관의 얼굴과 마주했다. 이상하다. 그렇게 더운가? 그런데 더 이상하게도 감독관의 얼굴은 하얬다. 발밑에는 동그란 웅덩이가 생긴 채였다. 교실 바닥이 나무가 아니라 허연 콘크리트여서,

액체의 색이 아주 적나라하게 보였다. 노란색. 저기가 악취의 근원이었다.

다시 덜컥 하는 소리가 들렸다. 문으로 고개를 돌렸다.

창문의 색이 이상했다.

온통 빨간색으로 칠해진 사람의 기괴한 얼굴….

그리고 동시에, 시험실 뒤의 의자에 앉아 있던 부감독이 그대로 바닥에 널브러지는 소리가 요란하게 울렸다.

✳

'미황고등학교의 이 시험실 안에서 군필자는 나뿐이다.'

세 번째로 컥컥대던 학생이 손을 허우적대다 뒤로 넘어져 뒤통수가 박살 났을 때, 이경찬의 머릿속에 가장 먼저 떠오른 생각이었다.

'고로 전시에 대비한 훈련을 받은 사람 또한 나뿐이다. 이건 어쩌면 진짜 전쟁인지도 모른다. 호흡기에 아주 치명적인 독소 같은 걸 공기 중에 퍼뜨렸을 수도 있어. 다들 당황하겠지. 어찌해야 할지 전혀 모를 거야. 그러므로 이 교실에서 이성적인 판단을 내릴 능력을 갖춘 사람은 나뿐이고, 따라서 모든 사람들은 내 말에 절대적으로 복종해야 한다.

게다가 나는, 정감독이 아닌가.'

이경찬은 술렁이는 학생들에게 대뜸 소리를 질렀다. 일동 차렷! 엄청난 음량의 소리에 학생들의 몸이 뻣뻣하게 굳었다. 뒹굴며 움직이는 것은 네 번째로 숨이 막히기 시작한 학생

하나뿐이었다.

"거기, 부감독관님, 뭐하십니까. 앞으로 좀 오시죠."

아아… 예… 예에. 이경찬과 마찬가지로 방호복을 입은 여자가 교실 뒤편에서 뒤뚱뒤뚱 걸어왔다. 얼핏 보이는 눈가의 주름으로 미루어보아 마흔은 족히 넘었을 여선생이 어쩌다 방호복을 입어야 하는 의심환자실의 부감독을 맡게 되었을까? 이경찬은 원서 철로 부감독의 어깨를 툭툭 쳤다. 전력을 빠르게 정비하기 위해 가장 중요한 것은 뭐니뭐니 해도, 서열의 재확인이었다. 부감독이 몸을 움츠리는 걸 확인하곤 학생들에게로 입을 열었다.

"너희, 다 잘 들어. 나를 믿고 따르면 아무 탈 없이 무사히 살아남을 수 있어. 이미 더 이상 시험은 의미가 없거든? 밖에서 비명 소리 나는 것, 다 들리지. 하지만 침착해. 나를 믿으면 돼. 나는 특전사 출신이거든. 이런 식의 생화학 전쟁에 대비한 훈련도 숱하게 받았고. 일단 다들 소매로 코 막고, 책상 밑으로 낮게 앉아. 소매를 액체로 적시면 더 좋아. 물 같은 거 다 챙겨 왔잖아?"

"마스크를 썼는데 왜 소매로 코를 막으라는 거예요?"

이렇게나 빨리 반기에 봉착하다니. 이경찬은 눈썹을 치켜올렸다. 태클을 건 학생은 미국 사람 같은 제스처(두 손을 W 모양으로 들어 올리며 어이없다는 듯 고개를 까딱 움직이는, 몹시 재수 없는, 학급당 대여섯 명씩 있던 꼴 보기 싫은 국외파들을 연상시키는 바로 그 제스처)를 과시하더니 다시금 물었다.

"마스크가 소매보다 차단력이 약한가요?"

저… 저 씨발새끼가.

"지금 나를 못 믿겠다는 거야? 특전사 에이스 출신이라고, 못 들었나?"

"시험은 어떻게 되는 건데요? 감독관님 믿고 시험 포기했는데 다른 시험실은 정상시험 치렀다면. 그럼 감독관님들이 다 책임지실 거예요? 부감독관님, 예? 그럴 거예요?"

영악한 놈이었다. 상대적으로 약하고 물렁해 보이는 부감독을 칭칭 감아 넘어뜨리다니.

"감독관님, 아무래도 일단 시험을 빨리 다시…."

부감독이 입을 열었을 때, 앞문이 벌컥 열리더니 거세게 몸부림을 치는 남자 하나가 교실로 쏟아지듯 들어왔다. 마스크로도 가려지지 않을 정도로 여드름이 가득한 피부에, 앙상한 팔다리, 그리고 불룩 나온 배. 남자는 쉬지 않고 경련하다가, 방호복을 입은 두 사람 앞에서 맥없이 쓰러졌다. 그 모습이 마치 뜻을 알 수 없는 현대무용 같다고 이경찬은 생각했다. 대학 다닐 때 저런 현대무용을 보러 다니는 교양강의를 들었지. 거기서 춤을 추는 남자들은 모조리 다 게이 같아서 역겨웠다. 물론 그걸 상쇄할 만한 좋은 점이 있어서 그 강의를 끝까지 들었지만. 그 강의엔 여자들이 많았고 조별 과제도 넘쳐났다. 라이징 스타 A도 거기서 만났다. 그 쌍년이 어떻게 나를 이용하고 버렸는지 얼른 전 국민이 알아야 할 텐데. 얼마나 쓰레기 같은지, 얼마나 걸레짝 같은지.

교실 바닥에 엎어져 마치 헤엄을 치는 듯 허우적거리는 몸뚱이에 누구도 가까이 갈 생각을 하지 못했다.

'큰아버지.'

이경찬의 머릿속에 가장 먼저 떠오른 단어였다.

전쟁도 돌림병도 없으니 요새의 젊은것들은 유사 이래 가장 평화롭게 일생을 살다 가는 세대일 거라고, 어린 시절 6·25 전쟁을 겪었던 이경찬의 큰아버지는 그렇게 빽빽 소리를 치곤 했다. 2020년 초까지만 해도 그랬다. 그러나 지금 큰아버지는 아무 말도 할 수 없다. 듣도 보도 못했던 세 글자의 돌림병에 걸려 무력하게 생을 다하고, 가족들에게조차 마지막 모습을 남기지 못한 채 그대로 화장되었기 때문에. 그리고 이제, 젊은이들이 그토록 싸가지 없게 굴 때마다 그 큰아버지가 주기도문처럼 외웠던, 저들을 벌해주십사 외쳤던 바로 그 재난이 눈앞에 펼쳐지고 있었다.

이미 패닉 상태에 빠진 학생들은 이경찬이 말했던 대로 마스크를 쓴 코와 입을 다시 소매로 틀어막은 채 의자 밑으로 몸을 숨기는 중이었다. 그러나 아직 교실 밖으로 뛰쳐나가는 사람은 없었다. 오늘은 1년에 한 번밖에 없는 수능일이니까. 혹시나 혼자 도망쳤다가 다시 시험이 재개된다면, 손해 볼 것은 결국 본인뿐이니까.

"가, 감독관님. 마스크를 벗겨야 하지 않을까요…."

부감독이 쓰러진 학생을 가리켰다. 학생은 엎어진 채로 경련하다가, 갑작스레 다시 몸을 천장을 향해 반듯하게 누운 상태였다. 움직임은 점차 줄어들었고, 피로 젖은 마스크는 콧구멍과 입에 철썩 들러붙어 있었다. 코와 입의 실루엣이 적나라하게 드러날 정도로 붙어 있으니 호흡이 제대로 될 리가 만무했다.

"숨을 못 쉴 텐데…."

"내버려두세요."

"하지만…."

"함부로 손댔다가, 부감독관님도 저 꼴이 될 생각입니까? 절대 접촉하면 안 돼요. 거기, 학생!"

이경찬은 슬쩍 뒤를 돌아 남의 시험지를 훔쳐보는 수험생에게 냅다 소리를 질렀다.

"부정행위로 쫓겨나고 싶으면 그렇게 해!"

✳

능하고 앞의 곱창집은 이미 너무 유명한 맛집이어서, 평일 점심에도 줄을 서야 했다. 애덤과 박종민은 둘 다 수능일에 할 일이 없었으므로 굳이 사람 많은 점심시간에 맞춰 만날 필요는 없었다. 1시 반쯤이 어떨까? 어차피 그 곱창집, 브레이크타임이 4시부터니까. 2시간 반이면 기분 좋게 취하고도 남지.

그러나 10분 늦은 박종민이 서둘러 곱창집 앞으로 뛰어갔을 때 애덤은 그 앞에 목석처럼 서서 굳은 얼굴로 가게 안을 바라만 보고 있었다. 미안, 미안. 늦었지. 얼른 들어가자. 사과하는 박종민의 손목을 애덤이 덥석 잡더니 손가락으로 유리창을 가리켰다.

"이게… 무슨 일이야?"

"저 안에 있는 사람들이 이상해."

"왜?"

"저길 봐."

동물의 내장을 익히는 뿌연 연기가 아직 가시지 않은 유리창을 통해 박종민은 보았다. 모든 사람의 얼굴에 마스크가, 희거나 검은 마스크가 아니라 붉게 젖은 마스크가 씌여 있는 것을.

"저 사람들 목 쪽을 봐. 아, 저기, 저기! 저기 있는, 등산복 입고 모자 쓴 남자, 저 남자 목을 한번 봐."

박종민은 피가 철철 흐르고 사지가 잘려 나가는 고어물을 좋아했다. 겁이 많은데도, 혹은 겁이 많기 때문에 더 그랬다. 고시원에 틀어박혀 따뜻한 전기요 위에 누운 채 고어 영화를 보고 있노라면 세상살이가 견딜 만해졌다. 내 입 하나 풀칠하며 사는 일이 저 주인공들보단 편하겠지. 그 주인공들의 연출된 불행과 자신의 진짜 불행을 견주는 방식을 통해 억지로 힘을 내야만 다음날을 생각할 수 있었다.

유리창 안은 그런 고어물에 나오는 장면 같았다. 붉은 마스크를 쓴 남자의 목이 꿀렁꿀렁 움직였다. 마치 아주 두툼한 애벌레가 피부밑에서 기어 다니는 듯. 그러더니 목의 피부가 서서히 갈라졌다. 그냥 갈라지는 게 아니라 피를 철철 쏟으면서 갈라졌다. 아마 그 애벌레는 외피가 온통 예리한 칼날로 이루어진 모양이었다.

"저건…."

목에서 피를 한 바가지 쏟고 난 남자는 식당용 물수건을 들어 목을 천천히 닦아냈다. 뻐끔, 뻐끔. 두 동강이라고 표현해도 될 정도로 깊은 흠집이 난 목의 피부가 서서히 일렁였다.

"저건, 아가미잖…."

애덤은 말을 채 잇지도 못했다.

"언제부터 그랬다고?"

"내가 여기 도착하고 거의 바로… 그러니까 1시 25분쯤이었어."

"그 10분 사이에 곱창집 안에 있던 사람들이 다 저렇게 됐다고?"

"5분 정도 쓰러져 있다가, 그다음부터 한 명씩 서서히 아가미가 생겼어. 저기 봐, 저 사람은 불판 위로 그대로 엎어졌어. 이마가 다 익었잖아. 그래도 멀쩡하게 앉아 있어. 그리고 모든 사람이 저렇게 된 건 아니야."

"그럼?"

"종업원들은 지금 다 도망가서 안 보이는데, 한 명도 저렇게 되지 않았어."

"그런데 애덤, 너 원래 이렇게 강심장이야? 왜 이렇게 태연해?"

"술 마셨어."

"뭐?"

"너 기다리는 동안 먼저 한잔했거든."

애덤은 점퍼 안주머니에서 힙플라스크를 꺼내더니 뚜껑을 따고 입을 갖다 대었다.

"너 술 약해서 난 성에 안 찬단 말이야. 그래서 미리 준비해 왔지."

"이 미친 필리핀 놈아⋯."

"야, 나 미국인이야."

"맞네. 미안."

둘은 유리창 너머로 유혈이 낭자한 내부를 계속 들여다보았다. 이젠 한 명도 빠짐없이 모든 손님의 목에 아가미가 나서 열심히 뻐끔대고 있었다. 붉은 피로 물든 마스크가 얼굴에 척 들러붙어 있었지만 아가미 덕에 전혀 숨이 막히지 않는 것 같았다. 그런데 저 사람들, 말은 어떻게 하지? 조금 뒤늦게 박종민의 머릿속에 떠오른 의문이었다. 평소엔 시장통처럼 왁자지껄하던 곱창집 안은 고요했으니까. 모두 침묵 속에서 서로의 눈만 바라보며 아가미를 뻐끔대고 있었다.

"좀비⋯ 같은 건 아닐 것 같지?"

"뭐?"

"저 물고기들. 딱히 공격성이 없어 보인단 말이야. 가만히 앉아 있잖아."

"종민, 넌 못 봐서 그렇지. 피 토하고 경련할 땐 진짜 무서웠어."

"어쨌든 지금은 아니잖아."

"언제 돌변할지 모르지."

그 순간, 가게 안에 있던 모두가 일제히 고개를 돌려 두 사람을 똑바로 바라보았다. 아, 오금이 저리다는 표현이 이런 거구나. 박종민은 처음 느꼈다. 불알 두 쪽이 얼어붙는 느낌이었으니까.

유리창에서 가장 가까운 테이블에 앉아 있던 여자가 자신의 핸드폰을 들어 박종민과 애덤의 쪽으로 액정을 돌렸다. 번쩍이는 전광판 앱이었다.

"뭐라고 쓰여 있는 거야?"

애덤이 물었다.

"꺼, 꺼지라는데."

＊

희재는 정신없이 스타벅스를 뛰쳐나가 능하고의 교문을 두드렸다. 뱃가죽이 미친 듯 당겼다. 이렇게 흥분하면 안 되는데. 깰꼼이한테 좋을 게 하나 없는데. 그러나 깰꼼이가 살아갈 이 세상이 사정없이 뒤틀리고 붕괴하는 중이었다. 그리고 희재는 어떻게든 가족을, 그러니까 자신이 선택하지 않은 아빠 엄마가 아니라, 자신이 선택한 깰꼼이와 승조를 지켜야 했다. 그런데 그토록 거세게 교문을 두드리는데도 누구 하나 얼굴을 내밀지 않았다.

"거, 거 미친…! 조심해! 떨어져요!"

담을 기어오르려 안간힘을 쓰는 희재를 남자 둘이서 막아

섰다. 한쪽은 외국인이었는데, 떨어지라고 한국말로 외친 것 역시 그 외국인이었다.

"아저씨들, 저 좀 들어 올려서 저쪽으로 넘겨주시면 안 될까요."

"미쳤어요? 저기 수능시험장이잖아."

"제발요, 아저씨. 지금 큰일 났단 말이에요. 혹시 모르세요?"

"아가미 인간들 얘기하는 거라면 우리도 봤어요."

희재는 허리를 튕겨 둥근 배를 한껏 드러내 보였다.

"애기 아빠가 저 안에 있어요."

이 아저씨들에게 부성애라는 게 존재하길 바라며 희재는 말을 이었다.

"저, 얼른 만나야 돼요. 이거 어떡해요. 어떻게 할 거냐고 물어봐야 한다고요. 해 다 질 때 시험 끝나는데, 나도 물고기 되면 어떡해요? 우리 애는 어떻게 하고 남편은 어떻게 하냐고요. 아저씨들, 저 좀 도와줘요. 그냥 담만 넘게 해주면 돼요. 그럼 제가 알아서 할게요. 부담 안 줄게요."

애덤이 먼저 달려들어 허리를 굽혔다. 자기 등을 밟고 올라가라 이거였다. 새끼, 매너에 로맨티스트까지. 박종민은 감탄하다가, 갑자기 깨달았다. 근데 쟤 저 한국말 다 알아듣는 거야?

"야."

허리를 굽힌 애덤이 대답했다.

"왜."

"너 한국말 하냐?"

72

"못 해 보이는 게 더 이득이라 숨겼다, 왜."

얼씨구, 발음이 거의 원어민급이었다. 그제야 박종민은 어디선가 주워들은 이야길 기억해냈다. 역시 언어 공부의 영순위 왕도는 연애라고 하지 않았나.

애덤의 등을 밟고 올라선 여자애가 훌쩍 담을 넘었다. 배 속에 애가 있다면서 저렇게 함부로 몸을 날려도 돼? 아연실색한 박종민이 애덤을 바라보았다. 애덤은 두 손바닥을 툭툭 털며 일어나더니 담을 붙잡는 중이었다.

"난 따라간다."

"뭐?"

"걱정되잖아."

그러더니 담을 아주 쉽게 타고 넘었다. 박종민은 어쩔 수 없이, 애덤이 갔던 방법 그대로 담을 올랐다. 이건 애덤에 대한 의리였다. 물론 곱창에 낮술은 못 얻어먹었지만.

근데 저 녀석 막상 자기 애인 걱정은 안 되나? 갑자기 작은 의문이 뇌리를 살짝 스쳐 지나갔다.

담을 넘은 희재는 빠른 속도로 달리기 시작했다. 아니, 임산부라며? 임산부가 어떻게 저렇게 빨리 달려? 박종민은 숨을 몰아쉬며 멈춰 섰는데, 그렇게 죽어라 뛰었는데도 겨우 운동장의 한가운데였다.

"장난 아니겠네."

"뭐?"

"저 유리창들 봐."

애덤이 벌건 손자국으로 가득한 창을 가리켰다. 저기… 뉴욕에서 온 멋진 친구야… 이제 그만 발을 빼고 서로의 길을 찾아가는 게 어떨까? 박종민은 다시 담을 넘어 밖으로 뛰쳐나가고 싶어졌다.

"임산부는 지켜야지."

"뭐?"

"살면서 뿌듯한 일 하나 정도는 해야 하지 않겠어?"

애덤은 다시 뛰었다. 경중경중 뛰더니 금세 여자애와 가까워졌다. 박종민은 애덤을 따라 뛰면서 자신의 행동을 합리화했다. 어차피 전국에서, 혹은 전 세계에서 이런 일이 벌어지고 있다면 두 평짜리 고시원에 틀어박혀 봤자 답이 없었다. 차라리 밖에서 활개 치며 뭐라도 알아내는 게 나았다.

혹시 감염이 된다면?

박종민은 좀비 영화를 볼 때마다, 자신은 누구보다 먼저 좀비가 되어 맘 편하게 사람들 물고 다닐 거란 입장이었다. 인간성이 뭐 그리 대단하다고. 내 행복이 제일 중요하지, 안 그래? 행복한 좀비가 될 수 있다면 그쪽이 낫지, 기약 없는 공포에 시달리며 사는 것보단.

아가미를 가진 사람들은 지금쯤 어떤 생각을 하고 있을까?

희재를 따라 뛰는 애덤을 따라 뛰면서도, 박종민은 자꾸 그게 궁금했다.

"저, 저기."

민유림은 바닥에 엎어져 경련하다 지친 듯 축 늘어진 예성에게 달려갔으나, 무엇을 해야 할지 몰랐다. 감독관도 시험 전에 핸드폰을 제출해야 해서 119에 전화하는 것은 불가능했다. 교실 밖으로 나가 도움을 요청해야 할까. 그러나 아까 창을 통해 본 것처럼 복도는 온통 저 얼굴 빨간 인간들이 설치고 다닐 터였고, 게다가 바지에 실례까지 한 터라 더더욱 밖으로 나갈 수가 없었다. 함부로 몸을 돌려 눕혔다가 더 큰일 나는 건 아닐까? 민유림은 예성의 앞에 무릎을 꿇고 어깨를 몇 번 주무르며 뺨도 두들겨보다가, 결국엔 멀거니 방송 스피커만 바라보았다. 제발 무슨 방송이라도 해줘요. 교장이든 교감이든 아니면 부장이든 간에, 제발! 그러나 스피커는 묵묵부답이었다. 이미 오래전에 미동 없이 드러누운 부감독 역시.

이 교실을 빠져나가야 할까? 하지만 무슨 수로? 민유림은 울 것 같은 기분이 되어 무릎 위에 두 팔을 꼬아 얹고 그 위로 엎드렸다. 만에 하나 빠져나갈 수 있다 하더라도, 학생이 깨어나거나 시험이 재개된다면 민유림은 그야말로 전 국민의 대역죄인이 될 것이다. 재난의 한복판에서 자신이 책임져야 할 수험생을 포기한 채 겁에 질려 저 하나 살겠다고 도주한 어린 '여교사'. 익명성에 숨어 타인 증오하기 레이스를 펼치는 사람들에게 신상 털리기 딱 좋았다.

예성이 쿨럭 하고 기침하듯 피를 토했다. 피를 토하는 사람을 본 것도 난생처음이었는데 그 양이 어린 시절 만화영화에서 보던 가녀린 결핵 환자의 그것과는 차원이 달랐다. 거의 토사물 수준이었다. 피를 잔뜩 먹고 체한 흡혈귀가 변기통을 잡고 토한다면 저만큼의 양이 나오지 않을까. 뒤통수를 보인 채 엎어져 있는 예성의 머리에서부터 천천히 피 웅덩이가 번졌다. 그걸 본 민유림은 마스크를 황급히 내리고 울컥 토했다. 물론 민유림의 경우엔 피가 아니라 점심때 먹은 것들이 곤죽이 되어 쏟아졌지만.

'아, 아까워.'

점심 급식은 호화스러웠다. 다양한 학교의 교사들이 마구 뒤섞이는 수능일의 감독관 급식을 가지고 학교들은 미묘한 자존심 싸움을 했다. 간단했다. 누가 누가 가장 맛있는 밥을 많이 주는지였다. 학생들이 사용하던 식판에 반찬 자리는 셋밖에 없었지만 준비된 것은 10첩이었다. 그러니 밥 칸에도 반찬을 두 개나 담고, 또 여분의 플라스틱 그릇에 다른 반찬을 담고, 후식은 또 저쪽에 따로 준비되어 있고 하는 식이었다.

"민유림 쌤, 맨날 이렇게 먹는 척해."

눈이 휘둥그레진 민유림의 옆에 앉은 부장이 속삭였다.

"네?"

"다른 학교 사람들 보고 부러워하게. 역시 진운고는 동네가 동네라서 급식도 부티 나게 먹네, 하고 생각하게."

그러더니 크게 목청을 틔워 외치는 것이었다.

"아이고, 오늘은 특식을 줄 줄 알았는데 평소랑 별반 다를 게 없네? 하하."

창피해! 어차피 저 선생들도 다 알 텐데! 민유림은 자기 얼굴이 대신 화끈거려 억지 미소를 지으며 주위를 둘러보다가, 흐뭇하게 웃으며 부장에게 엄지손가락을 들어 보이는 교장과 눈이 딱 마주쳤다. 아, 이 인간, 이래서 오버하는구나.

"민유림 쌤! 맛있게 먹었어요?"

다 먹고 나올 때 누군가 말을 걸었다. 민유림이 이 학교에서 가장 좋아하는 사람. 조리사 중 한 명이었다. 이름은 모르고, 그냥 조리사 중 한 명. 밥을 다 먹으면 이쑤시개로 이를 쑤시며 쌩하고 나가버리거나 맛이 없다며 불평하는 교사들 사이에서 혼자 인사를 꾸벅꾸벅 곧잘 하는 민유림을 보곤, 딸뻘이라 귀엽다며 배식하고 남은 초코에몽이나 바나나 따위를 더 챙겨주곤 했던 조리사였다. 게다가 지금 우르르 뭉쳐 나가는 진운고 교사 무리 중 유일하게 민유림만이 그를 '아줌마'나 '여사님'으로 부르지 않는 사람이었으니.

"네, 조리사님! 저 감독 처음 하는데 진짜 대박이네요. 이거 다 준비하느라 엄청 힘드셨겠어요."

"우리 영양사님 머리 터지기 직전까지 갔잖아요. 메뉴 결재받는데 교장 선생님한테 네 번이나 까여가지고."

"정말요?"

"응. 부실하다고. 메뉴 더 추가해놓으라고. 정해진 식비 안에서 메뉴를 더 추가하려면 한 가지 방법밖에 없어요. 다 수제로 만들어야지. 완제품 절대 쓰지 않는 거. 완제품이 뭐야? 깐마늘 살 돈이 부족해서 마늘도 죄다 우리가 깠어."

"와, 그럼 그 마늘떡갈비, 그거 다 손으로…."

"그랬지, 뭐. 에휴! 그래도 우리 민유림 쌤이 대박이었다니 다행이네. 그러면 됐지요."

"식사는 그럼 1시 지나서 하시는 거죠?"

"그렇죠. 한 1시 반쯤에나 대충 먹을 수 있을까 싶네요."

그래, 급식실. 민유림의 머리가 빠르게 돌아갔다. 어디론가 도망쳐야 한다면 무조건 급식실로 가야 한다. 교무실이 아니다. 어차피 교무실에 가도 그다지 도움이 되지 않을 것 같았다. 본부로 쓰이는 진운고 교무실엔 모두 나이 든 교사만 남아 있었다. 만약 이게 좀비 영화라고 친다면, 체력도 머리도, 젊은 수험생 좀비보다 못할 것이다. 제 한 몸 건사하기 바쁘겠지. 그러나 조리실에서 다져진 근력을 사용할 줄 아는, 그리고 인사 잘하는 민유림을 예뻐하던 조리사들은 민유림을 지켜줄 수 있었다. 게다가 조리실은 온통 무기창고 아닌가. 교내방송도 나오는 곳이니 만약 시험이 재개된다는 방송이 나온다면 급식실에서도 충분히 듣고 대처할 수 있겠지.

급식실로 내려가는 것도 교무실에 비해 어렵지는 않을 것이다. 급식실은 지하에 있긴 하지만 2층 맨 끝에 있는 이 회의실에선 복도를 달리거나 다른 교실을 지나치지 않고 바로 층계만으로 그곳까지 도달하는 게 가능했다. 게다가 1층과 지하 사이에 방화용 철문도 있어서, 타이밍만 잘 맞으면 그걸 닫고서 빗장을 걸어놓는 것도 가능했다.

그리고 조리사분들은 딸 같은 민유림이 바지에 실례한 것도 이해를 해주지 않을까…. 아닐까. 그래도 나, 선생인데. 어른인데. 딸뻘임에도 선생님, 선생님, 이라고 불렸는데. 체면이 있지.

그렇다면 혹시.

민유림은 경련하다 지친 듯 멈춰 길게 누운 예성의 하반신을 흘끗 바라보았다. 몸집도 키도 엇비슷했다. 어쩌면 저 애의 바지를….

아냐, 무슨 큰일 날 소리를. 민유림은 자기 뺨을 스스로 아프지 않을 정도로 내리치곤, 급식실까지 내려가는 동안 무기로 삼을 만한 게 고사장에 있지 않은지 빠르게 둘러보았다. 그러나 시험실 준비를 도와봤기 때문에 알았다. 문제가 될 만한 것들은 모두 빼놓은 후였다. 특히 이곳은 회의실 용도로 쓰이는 곳이라 더더욱 뭔가가 없었다.

"미안해. 이거라도…."

결국 찾아낸 것은 예성의 필통 안에 들어 있던 커터칼이었다. 나중에 다시 만나게 된다면, 꼭 반납할게. 민유림은 속으로 말하며 시험실의 문을 열었다. 아까 창문에 머리를 박던 학생은 어딜 갔는지 보이지 않았다. 부감독은… 신경 쓰지 말자. 민유림은 마음을 다잡았다.

뒤돌아보지 말아야 해, 절대. 겁먹은 만큼이나 빠르게 다리가 움직였다. 누가 뒤에서 쫓아오는 소리가 들리는 것만 같아, 민유림의 몸이 마치 우르르 쏟아지는 폭포수처럼 층계를 타고 내려갔다. 철문에 이르러서는 허겁지겁 문을 닫고 빗장도 걸었다. 됐다. 이제는 친절하고 상냥한 조리사님들의 보호 아래 급식실에 머물며, 본부의 방송을 기다리면 될 것이다.

그러나 식당 입구에 들어서며 "조리사님!"을 부르짖은 민유림의 얼굴을 향해 돌아선 것은, 빨갛게 젖은 마스크를 쓰고 목에 뻐끔대는 아가미를 장착한 스무 개의 '조리사였던 육체들'이었다.

∗

이경찬은 아직 물고기가 되지 않은 사람들에게 자리에서 일어나라고 지시했다. 탈출이라는 시나리오는 머릿속에 존재하지 않았다. 전시에 그 어느 군인이 적군을 뒤로하고 도망칠 수 있단 말인가. 이경찬의 머릿속엔 오로지 한 가지 생각뿐이었다.

저 고약하고 역겨운 물고기들을 없애야만 한다.

유증상자들이라 열 기운이 돌고 있어서인지, 아니면 그저 말 잘 듣는 남학생들이 모여서인지 몰라도 학생들은 이경찬의 지시에 비척비척 일어나 두 줄로 맞춰 섰다. 자신의 옆에서 자꾸 얼쩡대려는 부감독을 윽박질러 줄의 끝으로 보낸 후, 이경찬은 외쳤다. 방호복을 입고 있어서 목소리를 크게 낼 수밖에 없었다.

"전시 상황이다. 냉철하고 이성적으로 생각하길. 옆에 있는 사람은 전우이지만, 피를 토하고 목이 갈라지는 순간부턴 적군으로 여기고 궤멸한다. 알았나?"

조용했다.

"왜 아무런 대답이 없어?"

네…, 네. 쭈뼛대며 터져 나오는 작은 목소리들에 이경찬이 혀를 찼다. 저래서 미필들은 남자가 덜 되었단 소리를 듣지.

이 시험실에서 물고기가 된 사람은 다섯이었다. 아직 나머지는 멀쩡했다. 이경찬은 머리를 굴렸다. 다른 시험실의 수험생들도 이 정도의 비율로 변이했다면, 아직 아군이 훨씬 많다. 그러니 먼저 아군을 최대한 불러모으는 것이 급선무였다.

"본부인 중앙 교무실로 간 후 방송장비를 확보하도록 한다. 무기가 될 만한 것은 뭐든 들어도 좋아. 덤벼드는 변이체가 있다면, 역시 손봐도 좋다. 다만 더럽혀진 손을 절대로 호흡기나 목 쪽으로 가져가지 않도록 한다."

"아까부터 궤멸, 손본다, 그런 단어를 쓰시는데… 무슨 의미입니까?"

키가 작은 남자아이 하나가 바들바들 떨리는 손을 올리더니 물었다.

"말 그대로야."

나약한 애들은 딱 질색이었다.

"죽여도 좋다, 이거다. 그것들은 인간이 아니니까 죄책감을 느낄 필요도 없어."

잔뜩 비장하게 출발한 것과 달리 복도에선 그 누구도 이 오합지졸 부대를 건드리지 않았다. 이경찬은 여간 맥이 빠진 게 아니었으나, 아무렇지 않은 척 미황고 중앙 교무실의 문을 일부러 거세게 밀었다.

"뭐야."

오래되어 굳게 닫히지 못하고 앞뒤로 덜컹대던 나무문이 안에서 잠겨 있었다. 심지어 문 뒤의 뭔가에 부딪히는 느낌까지 들었다. 내부에서 무언가로 바리케이드를 친 게 분명했다. 허, 대단하네. 이경찬은 헛웃음을 뱉으며 자기 부대를 향해 몸을 돌렸다.

"봐라. 이게 바로 대한민국 교사들의 민낯이다. 무슨 일이 생기자마자 자기들만 살겠다고 수험생들은 아랑곳하지 않고 안에서 문을 잠가버리는 것. 너희는 누굴 믿어야 할까? 나일까, 아니면 저 안에 있는 늙은이들일까?"

좌중이 고요해진 가운데 누군가 불쑥 뭐라 고함을 질렀다. 재수생인지, 머리를 노랗게 물들이고 복슬복슬하게 볶은 학생이었다.

"거기, 뭐라고?"

"너도 방호복 벗으라고."

"뭐?"

"그렇게 잘났으면, 방호복 벗고 우리처럼 맨몸으로 버티라고. 이 바이러스가 어떻게 퍼지는지 누가 아는데? 우리 중에서 너랑 저 부감독이 제일 안전해. 그러면서 이것저것 시키고 명령하고 좆나 뭐라도 되는 것처럼 행동하는 거, 좆나 비겁해."

저 새끼가. 이경찬은 그 앞으로 천천히 걸었다. 그러나 노란 머리는 더 크게 소리쳤다.

"왜, 왜. 선빵이라도 날리게? 야, 얘들아, 저거 봐. 자긴 죽어도 손해 안 보겠다 이거야. 야, 저런 사람을 믿냐? 무슨 일 터지면 자기가 제일 먼저 도망갈 사람이라고. 나도 아깐 정신 살짝 나가서 등신처럼 따라왔는데, 아닌 것 같다. 야, 너희가 꼴리는 대로 해. 내 말이 맞는지, 아닌지."

저런 반동분자가 없을 거라곤 생각지 않았지만, 막상 등장하니 뒤통수와 목구멍이 삽시간에 뜨거워졌다. 이경찬은 멈추지 않고, 계속해서 성큼성큼 그 앞으로 걸었다. 그 거침없이 빠른 보폭에 노란 머리는 조금 당황한 것처럼 움찔했으나 뒷걸음질하지는 않았다.

그래, 그렇게 똥구멍에 힘 잔뜩 주고 있어. 원래 부드러운 갈대보다 빳빳한 나뭇가지가 더 부러지기 쉬운 법이니까.

이경찬은 저런 애들을 잘 알았다. D반에 있는 애들이 꼭 저랬다. 교칙은 개나 주라는 듯 엉망진창의 헤어스타일로 등교를 해서는, 책상 위에 올린 두 발을 내리지도 않은 상태로 수업을 들으려 했다. 아니, 수업을 '듣는' 것이 아니라 수업을 조롱하고 이경찬을 진창으로 끌어내렸다. 남자애들이니까 기선 제압을 해야겠다고 생각하며 첫날부터 특전사 시절의 무용담이나 숱한 여성편력을 늘어놓았는데도 눈 한번 깜박거리지 않았다. 그놈들 중 하나는 손을 들고 이렇게 물은 적도 있었다.

"쌤, 쌤 같은 씹멸치도 특전사에 가요? 대한민국 군대 좆나 허접하네."

그러자 폭소의 해일이 교실을 덮었다.

"새끼야, 그따위로 얘기하면 골프채로 네 머리를 아작 내는 수가 있어."

이경찬이 말하자 걔는 킥킥 웃었다.

"아작 내라, 체벌로 신고할 테니까. 이 씹멸치 새끼야, 골프채도 없으면서 깝싸지 마. 허언증 치료나 받아. 정신병자 새끼, 딱 봐도 아다구만."

저 노란 머리는 딱 봐도 그런 애였다. 이경찬의 심장에서 피를 마구 펌프질해 내보내는 것이 느껴졌다. 적군의 궤멸만큼이나 중요한 것이 바로 반동분자의 색출과 제거 아닌가. 패배는 외부에서 도달하지 않는다. 내부가 분열되면서 먼저 시작된다. 그러니 윗사람이 내려주는 호의를 능멸로 갚는 저런 새끼는 죽는 게 답이다.

이경찬은 덧신 쪽으로 허리를 숙였다. 교실을 나오면서부터 그걸 내내 발목 밴딩 안에 감추고 있었다. 저를 보란 듯 따돌리는 교무실의 남교사 양아치들과, 사정없이 꼬리 치길래 목걸이 사주며 고백했더니 쓰레기 쳐다보듯 먹고 버린 민유림 같은 년과, 인성이란 걸 가지고 태어났는지 의문스러운

84

D반 애새끼들을 매일 마주했는데도, 단 한 번을 쓰지 못했는데. 이걸 드디어, 여기서 쓰게 되다니. 이럴 줄 알았으면 좀 더 들고 올 걸 그랬지. 나머지는 감독교사 대기실로 지정된 시청각실에 놓인 자신의 가방 안에 있었다. 아마 한 번쯤은 그곳에 갈 일이 있을 것이다.

노란 머리에게 냅다 달려들었다. 손아귀에 든 것을 그대로 노란 머리의 얼굴에 씌웠다. 여러 사람의 입에서 비명이 터졌는데, 노란 머리보다는 그 거구의 아줌마 부감독관의 소리가 더 컸다. 노란 머리는 아무리 고통스러워도 큰 소리를 낼 수 없을 것이다. 성대가 조금은 녹았을 테니까.

"반역하면, 죽인다."

그 순간 모두의 머릿속에선 단 하나의 생각만이 메아리쳤다.

좆됐다. 저 새끼, 진짜 미친놈이구나.

2

"민유림 쌤!"

손을 등 뒤로 빼서 더듬거리며 다시 문고리를 돌려 밖으로 내빼려는 민유림의 귀에 익숙한 목소리가 들려왔다. 촉촉하고 짭조름한 목소리. 맛있는 밥과 국 냄새가 나는 목소리. 바삭바삭한 튀김을 하나 더 얹어주는 손을 떠올리게 하는 그런 목소리.

점심시간에 이야기를 나눴던 그 조리사였다. 혼자서 붉은 피로 젖지 않은 마스크를 쓰고, 아무 흠집 없이 그저 나이가 묻어나는 두 줄 주름만 존재하는 깨끗한 목을 가진 사람. 그 사람이, 조리모를 쓰고 앞치마를 맨 수많은 물고기들 사이로 헤엄쳐 나와, 민유림에게로 팔을 벌리고 걸어오고 있었다.

"조리사님."

민유림은 다리가 풀려 주저앉았다. 어머 어머, 이를 어째. 조리사가 민유림을 대번에 잡아 일으켰다. 허리를 쥐어 지탱해주는 악력이 셌다. 그렇게 민유림을 다시 세워놓고는, 등을 돌리더니 허공 어딘가에 대고 빠르게 손을 휘저었다. 그러자 물고기 중 하나가 일어나 비슷한 속도로 응답했다. 물론 손으로.

"내가 다 설명해줄게요, 선생님. 저 사람들, 나쁜 사람들 아니에요. 좀비도 아니고 괴물도 아니니까, 걱정하지 말고, 일단 물 한잔 마시자."

민유림은 조리사의 손목을 덥석 잡았다.

"조리사님."

"응?"

"저, 저⋯."

"응, 말해, 말해요."

"바지가 젖어서요⋯."

펑펑 나오려는 눈물을 조리사가 얼른 낚아채 쑥 들어가게 만들었다.

"어머, 그래, 선생님. 요 옆에 우리 사물함 있거든요? 나랑 거기 가서 바지 갈아입자. 내가 빌려줄게. 여기 잘 왔다, 우린 여벌 옷이 많거든."

그러더니 다시 뒤돌아서서 팔을 허우적거리고는, 민유림을 이끌고 식당 옆의 쪽방으로 들어가는 것이었다.

"왜, 캐비닛에 여벌 옷이 이렇게 많아요⋯?"

"당연하죠, 애들 밥하려다 보면 땀을 한 바가지 흘리니까. 한 바가지가 뭐예요, 여름엔 탈수 증세 오는 사람도 많아요. 그렇게 땀을 흘리니 옷을 여기다 많이들 두고 다녀요. 쌤 혹시 속옷도 필요해요? 나는 새 속옷이 없는데, 아까 물어보니까 정숙이가 새로 산 속옷을 오늘 들고 왔다네. 아까 허락받았어요, 민유림 쌤한테 빌려줘도 된다고."

"네?"

"일단 갈아입어요. 설명은 나가서 할게. 여기 정숙이 속옷, 태그도 안 뗀 새것이네. 그리고 내 바지는 여기 있어요. 나나가 있을게요, 얼른 갈아입고 나와요."

"조리사님."

"네?"

"같이 있어주시면 안 될까요. 무서워서요."

"어머, 그래. 그럼 나는 뒤돌아 있으면 되죠? 다 갈아입으면 얘기해요."

민유림은 조리사의 등을 바라보며 옷을 갈아입었다. 이 쪽방이 처음은 아니었다. 수능일 전에 반드시 잘 부탁드린다고 조리사들에게 간식을 제공하는 전통이 있다고 해서, 민유림과 몇몇 기간제 교사들이 싸게 주문한 과자 세트를 들고 들른 적이 있었다. 그 쪽방 안에 다닥다닥 붙어 앉은 조리사들을 보며 누군가가 물었다.

"왜 식당에서 편하게 안 계시고."

그러자 누군가가 그랬지.

"거기 CCTV 있잖아요, 앉아 있으면 우리 논다고 교장이
안 좋아해."

다 입었어요, 조리사님. 민유림이 속삭이자 조리사가 몸을
돌려 민유림을 쳐다보곤, 다행이다, 잘 맞는다 하고 웃었다.

"그럼 나갈까요. 우리, 설명할 게 좀 많으니까."

"우리요?"

"응, 우리."

소개할게요, 여긴 내 동생 정숙이. 민유림을 다시 물고기
들 앞으로 데리고 나간 조리사가 한 물고기의 팔을 잡고는 민
유림과 악수를 시켰다. 괜찮아요, 괜찮아. 해코지하지 않아.
그러더니 정숙에게 다시 복잡한 손짓을 했다.

아. 그제야 민유림은 깨달았다. 그러나 민유림이 묻기 전
에, 조리사가 먼저 선수를 쳤다.

"물어보려고 했죠? 정숙이는 말을 못 해요. 그래도 청각은
좀 살아 있어서, 보청기 끼면 남의 말은 다 들을 수 있는데.
학교에서 장애인을 뽑으면 뭐 교육청에서 지원을 좀 더 받고
그러나 봐요? 어쨌든 그렇게 뽑힌 애예요. 친언니도 같이 일
하니까 적응을 잘하겠다 싶었는지 어쨌는지."

"아니요. 그걸 여쭤보려고 한 게 아니에요."

"그럼요?"

"저는, 조리사님 성함을 모르잖아요."

한 번도 당신들에겐 이름이 없었다. 조리사이거나, 여사이

거나, 혹은 밥 해주는 아줌마였다. 모두가 이름으로 호명되는 곳에서 흰 모자와 옷, 파란 앞치마와 장화를 신고 돌아다니는 사람들은 하나도 압축된 집단일 뿐이었다. 학교의 그 어느 구성원도 개개인에게 주목하지 않았다.

조리사는 빙긋 웃었다.

"아, 그렇지. 저는 정심이에요. 김정심."

"제가 다 기억은 못 할 테지만…."

민유림은 침을 꿀꺽 삼켰다.

"다른 분들 성함도 알 수 있을까요."

"근데 쟤들은 이제 말을 못 해요."

"네?"

"우리 처음 들어올 때 받았던 명찰이 있어. 물론 아무도 안 차지만. 그거 차고 있으라고 할까요? 쌤이 익숙해지게."

"왜… 왜 말을 못 하시나요?"

처음 누군가 피를 토하며 쓰러진 것은, 전쟁 같았던 감독 교사 배식이 모두 끝나고 설거지거리를 물에 잔뜩 담가놓은 채, 남은 음식으로 서둘러 점심을 때웠던 직후였다. 그리고 뭔가 조치를 취하거나 어딘가 보고를 남기기도 전에 너무나 빠르게 모두가, 영양사까지 모두가 쓰러져버렸다. 속이 아프다며 점심을 거른 김정심만 빼고. 그리고 물론, '일개' 계약직 조리사인 김정심은 이 학교의 구성원 중 그 누구의 연락처도 알지 못했기에, 어디에도 도움을 요청할 수 없었다. 그저 동생의 머리통을 끌어안은 채 안절부절못했을 뿐이었다. 동생을 두고는 도망갈 수도 없었다.

그로부터 겨우 5분 후, 쓰러진 사람들이 뻐끔거리는 아가미를 달고 깨어났다. 그리고 기겁하는 언니에게 김정숙이 마찬가지로 아가미를 단 채 빠르게 수화를 통해 설명했다.

"나더러 '언니, 공기가 진짜 맑아.' 하고 말했어요."

"네?"

"그리고 또 그랬어요. 언니, 여기 있는 모두의 말이 들려, 하고요."

"네?"

"쟤들은⋯."

김정심의 말에 동조하는 듯 물고기들이 모두 고개를 끄덕였다.

"쟤들은요, 선생님. 아가미로 시원하게 숨 쉬고, 텔레파시를 쓸 수 있게 됐어요. 사람에게 들릴 만한 목소리는 못 내고 듣기만 하지만요. 자기들끼리는 다 통해요."

"마스크를 벗을 순 없대요?"

"안 벗겨진대요. 그냥 코랑 입에 들러붙은 자기 피부가 된 느낌이래요. 벗을 수도 없지만, 불편하지도 않대요. 당연히 안 불편하겠죠. 호흡도 되고, 자기들끼리는 말도 통하니까."

김정심의 목소리가 떨렸다.

"내 동생이 저렇게 밝은 표정으로 청인들의 팔을 치고, 어깨를 두드리며 눈가가 온통 휘도록 좋아하는 건 처음 봤어요."

그런데…. 민유림이 물으려 할 때 김정심은 다시 말을 낚아챘다. 마치 민유림의 마음에 스며든 의문을 다 읽어내는 사람처럼.

　"그런데 왜 이 중에서 저만 그대로인 걸까요? 저도 제 동생이랑, 그리고 정든 동료들이랑 같이 웃고 떠들고 싶어요. 동생이랑 내 동료들이 동시에 걸림돌 없는 대화를 하게 된 건 이번이 처음이에요. 그전까진 항상 내 통역이 필요했으니까요. 근데 지금은 나만 필요 없는 사람이 됐어요. 다들 뇌가 연결되어 있으니까."

　아니야, 아니야, 네가 왜 필요 없어, 너는 아주 소중해, 하고 위로하는 듯한 물고기들의 팔들에 에워싸여 김정심은 소리쳤다.

　"왜 저만 그대로일까요, 선생님? 예? 왜요? 나도 똑같은 사람이 되고 싶어요. 내 동생이랑 동료들이랑 똑같은 사람이고 싶은데요. 선생님이라면 아시지 않을까요? 공부 많이 했잖아요. 공부 잘해서 선생님 됐잖아요?"

＊

　"허, 이놈 새끼는 어느 학교 출신인지 참…."

　김찬억은 원서 철을 넘겨보며 다시금 부감독관에게 손짓했다. 부감독관이 척, 척 소리를 내며 승조의 앞에 섰다. 김찬억은 뒷골이 당기는 걸 느끼며, 서둘러 손아귀에 쥔 지압볼을 둥글둥글 문질렀다. 평정, 평정. 그렇게 자신을 가다듬으면서.

"이 교실 나가게 해달라고요, 시험 포기할 테니까."

"본부에서 안내가 떨어지기 전까지는 교실을 나갈 수 없다고 몇 번을 말해. 이건 학생을 위해서야. 수험생들의 안전을 보장해야…."

"말씀드렸잖아요, 저 수능 안 봐도 실기로 갈 수 있는 대학 있어요. 게다가 여자친구 배 속에 자식이 있단 말이에요."

어이가 없었다. 그걸, 그 뭐라고 하냐, 소, 속도위반, 그런 걸 이렇게 당당하게 얘기할 수가 있나. 절대로 정상적인 삶의 경로에 합치하지 않는 방향인데.

"결시 처리 하시면 되잖아요. 나간 거로 하시면 되잖아요!"

"그래도 본부 안내가 필요해."

"지금 다른 교실들에서 나는 소리 안 들리세요? 다른 교실 상황도 똑같아요, 그리고 벌써 30분이나 지났다고요. 그런데도 안내방송 하나 안 나왔어요. 계속 믿고 여기 갇혀 있으라고요?"

"이름이…."

김찬억은 원서 철을 넘겨보았다.

"황승조… 학생? 승조 학생, 학생 같은 사람에게야 이 수능이 중요하지 않을지도 모르지. 하지만 그렇다고 해서 그 뭐냐, 절차를, 그렇지. 절차를 거스를 수는 없는 겁니다. 그리고 유사시에는 당연히 위의 안내에 따라 질서 있게 행동해야 하는 것이 모범 시민의 자세이고…."

"위요? 위 어디요? 어차피 당신 같은 선생들은 우리를 1인분의 사람으로도 안 보잖아요. 다 들었어요, 점심시간에. 수학 하나 안 봤다고 밑바닥 인생 취급하는 거. 당신도 그랬고 당신 친구도 그랬잖아요. 모범 시민이라니, 좆 까. 어차피 인간 대접 못 받을 거, 내 살 길은 내가 찾을 거야."

승조는 그대로 가방을 척 둘러메더니 마스크를 내려 바닥에 침을 한 번 캭, 뱉곤 성큼성큼 걸어나갔다. 김찬억이 그대로 2초간 멍하니 굳어버린 것은 그 침 때문이라기보다, 머리에 피도 안 마른 애가 쏟아놓은 말들 때문이었다.

사람은 기본적으로 자신의 가치관과 행동을 언제나 '옳은' 방향이라고 여기며 합리화한다. 인구 절반의 손가락질을 받는 정치인도, 수많은 사람을 죽음으로 몰아간 기업을 변호하는 변호사도, 아랫사람의 성과를 그대로 가로채 자신의 것으로 만드는 학자들도, 그리고 여기, 저 애들을 '밑바닥 인생'이라고 믿어 의심치 않았던 55세의 교사 김찬억도 그러하다. 그러나 자신이 지금껏 투명하게 보여준 말과 행동을 다른 사람이 그대로 따라 할 때 위화감을 느끼게 되는데, 그것은 본인의 입과 귀가 각각 내재하고 있는 기준이 다르기 때문이다. 사람들은 자기 자신에게 더욱 관대하고(그러므로 입으론 쉽게 말하고), 남에겐 엄격하다(그러므로 귀에 들려오는 말들의 8할에 시시콜콜 딴지를 걸고 싶어 안달하는 것이다). 그러므로 김찬억은 당황했다. 귀에 들어온 말들이 너무 쓰레기 같아서. 내가 언제, 언제 그런 생각이며 말을 했다고, 저 새끼가.

승조가 걸어 나간 후 다른 수험생들도 슬금슬금 교실 앞에 쌓아둔 가방 더미 중 자기 것을 찾아 둘러메기 시작했다. 그제야 정신이 돌아왔다.

"뭐 하는 거야!"

"저도 나가게 해줘요."

"학생들, 당장 자리에 앉아!"

"결시하겠다고요. 내보내주세요."

실랑이가 벌어질 찰나 구세주가 등장했으니, 본부에서 전교에 송출하는 방송이었다. 스피커가 켜지자 우왕좌왕하던 모두가 쥐죽은 듯 가라앉았다. 조용, 조용! 방송 좀 들어봅시다! 소리치던 누군가의 목소리가 머쓱하게 허공을 맴돌았다.

"본부에서 알려드립니다. 수험생들은 추후 다른 통보가 있을 때까지 절대로 본인의 시험실을 이탈하지 말기 바랍니다."

거봐, 내가 뭐라고 했어. 의기양양해지려던 찰나 뒤이은 내용이 김찬억의 뒤통수를 세게 후려갈겼다.

"또한, 감독관님들은 3교시에 응시한 모든 학생이 반드시 시험실에 위치하도록 지도하시기 바랍니다. 시험 시작 시의 인원과 잔류 인원이 일치하지 않을 경우 감독관에게 책임을 묻겠습니다. 반드시 모든 학생을 감독관님의 통솔하에 두시기 바랍니다. 다시 한 번 말씀드립니다…."

젠장! 본능적으로 김찬억이 창문 쪽으로 고개를 돌리자, 빠른 걸음으로 운동장을 가로지르는 바로 그 새끼의 뒷모습이 눈에 들어왔다. 부감독관님, 애들 좀 부탁합니다! 김찬억은 부감독의 얼굴도 제대로 보지 않고 소리친 후 뛰었다. 책임을 지지 않으려면, 저 새끼를 다시 잡아와야 했다. 김찬억은 그때부터 똘똘 뭉친 개수대의 머리카락처럼 오로지 한 가지 생각에 엉켜 있을 수밖에 없었다. 저 새끼를 다시 잡아와야 내가 산다. 머리에 피도 안 마른 꼴통 새끼가 김찬억의 평온을 도둑질한다? 있을 수 없는 일이었다.

시험실이 있던 5층에서 두 층을 내려갔을 때, 김찬억은 고래고래 소리를 지르면서 층계를 오르는 괴이한 조합의 삼인방과 마주쳤다. 배가 제법 나온 여자애 하나에 동남아인처럼 생긴 남자 하나, 그리고 저 얼굴은 뭔가 익숙한데….

"김찬억 선생님?"

익숙한 얼굴의 남자가 먼저 멈춰 섰다. 왜 길을 가로막고 지랄이야, 나는 빨리 앞으로 가야 하는데. 김찬억은 두 가지 생각을 동시에 할 수 없는 사람이었다. 남자의 어깨를 밀쳤다. 애새끼는 이미 교문을 통과했을지 모른다. 어쩌면 굳게 닫힌 교문을 통과할 수는 없어 담을 넘었을지도 모른다. 걔 잃어버리면 끝이다. 문책, 문책…. 내가 몇십 년간 이 직업에 뼈를 묻으며 가장 잘해낸 게 뭔데? 아무런 책임도 지지 않도록 아무런 욕심도 내지 않은 것 아닌가.

김찬억이 다시 층계를 내려가려 발을 뻗었을 때였다.

"6시험실로 가야 해요! 승조야! 황승조!"

새되게 외치는 배불뚝이 여자애의 목소리가 귓구멍을 파고들었다.

6시험실.

김찬억의 감독 시험실.

황승조.

방금 뛰쳐나간 그 후레자식의 이름이었다.

그러고 보니, 여자친구가 임신했다, 운운하며 지랄을 했었지. 그 새끼가.

김찬억의 머릿속에서 저 배불뚝이 여자애와 아까 뛰쳐나간 후레자식을 연결하는 과정은 조금 오래 걸렸는데 그 까닭은, 아주 먼 옛날 자기 아내가 아이를 가졌을 때 집에 제대로 들어가 그 몸을 마주한 일이 거의 없었기 때문이었다. 김찬억의 기억에 아이는 쉽게 생겼다. 배부른 아내와는 할 게 딱히 없었다. 그래서 밖을 몇 달 좀 나돌다 보니 금방 주먹만 한 갓난아기가 태어났다. 그땐 젊은 선생들끼리 죽이 잘 맞아 밤에 같이 할 수 있는 것들이 넘쳐났다. 아주 오래전의 일이었다. 교무실에서 아이들 뺨을 때리며 담배를 피우는 것이 가능했던, 그리운 시절. 어쨌든 그게, 저 여자애가 공부하느라 살찐 고등학생이 아니라 임산부라는 당연한 사실이 김찬억의 머릿속에서 덜컹대며 늦게 입력된 이유였다.

"황승조 학생 찾는 거면 나 좀 보자!"

복도를 쩌렁쩌렁 울린 김찬억의 목소리에 다시 여자애가 쪼르르 내려왔다. 뒤이어 새까만 동남아인도 함께였다.

"어딨는데요, 우리 승조?"

김찬억은 여자애의 어깨를 가볍게 쳤다.

"그렇지, 내가 감독관이었는데 말이야, 걔가 어디 있을까? 지금 뛰쳐나갔거든, 수능을 포기하고."

"포기했다고요? 시험을요?"

"응, 아무도 안 그러는데, 혼자 포기하고 나가버렸거든. 조금 전에. 아마도 엇갈린 모양인데, 지금쯤 교문을 넘었을지도 몰라. 그럼 어디 갔을까, 승조 그 친구가, 응? 어디, 짚이는 데 없어?"

여자애의 얼굴이 시뻘게졌다.

"혼자… 혼자만 포기했다고요?"

"응, 그러니까 쌤이 걱정되어서 쫓아가려고 내려왔지. 근데 젊은 애 발이 빨라서 잡기가 힘드네. 그러니까 네가 승조를 위해서 좀 귀띔해줄 수 있을까? 승조가 어디 갔을지. 우리가 어떻게 해야 우리 승조 인생이 망하는 것을…."

김찬억은 옆얼굴이 괜히 따가워 손으로 광대를 쓱쓱 문질렀다. 그러자 누군가의 한숨이 뒤를 따랐다. 어떤 자식이야? 김찬억은 여자애에게만 시선을 집중하고 있어서 몰랐다. 박종민이 한숨을 쉬고 있었다는 사실을. 아니, 사실 그 사람이 박종민이었다는 것도, 김찬억은 기억하지 못했다.

"…막을 수 있을까? 어떻게 해야 돌아오라고 할 수 있을까?"

그 말을 들은 여자애가 갑자기 폴더형 핸드폰을 꺼내는 바람에 김찬억은 잠시 뒤로 넘어갈 뻔했다. 대낮의 수능시험장에서 핸드폰이라니. 절대로 존재해서도, 작동해서도 안 될 물건이었다.

＊

　대체 어떤 까닭으로, 이 식당에서 몇 시간을 함께한 사람 중 김정심 혼자만 변이가 일어나지 않았을까. 선생님이라면 그 이유를 알 수 있을 거예요, 라며 기대에 찼던 김정심의 미소가 조금씩 사라지는 것을 보는 민유림의 마음속엔 무력감이 휘몰아쳤다. 그건 괜히 다 뒤집어엎고 싶어 하는 어린애의 반항과도 비슷했다.

　조리사님. 제게 선생님, 선생님 하고 부르셨지만 저는 사실 이제 스물네 살에다 세상에 대해 하나 아는 것 없는데 애들 앞에선 다 아는 척만 해야 하는 연극이 직업인 초짜일 뿐이에요. 아니에요, 저는 ‘다 아는 척’도 못해요. 진운고 애들은 유학도 많이 다녀왔는데 전 꿈도 못 꿨고요. 겨울이면 스키장 간다고 난린데 전 평생 한 번도 못 가봤어요. 걔들 사이에서 올해 유행하는 점퍼가 저의 9호봉 월 실수령액보다 비싼 거 아세요? 그런 저한테 너무 많은 걸 기대하신 거예요. 저는 아무것도 몰라요. 제게 해주신 거, 바지랑 속옷, 그 마음에 보답해드릴 능력조차 제게는 없어요.

　침묵을 깬 것은 김정숙의 손이었다. 자기 언니의 어깨를 톡톡 두드리더니 바삐 팔랑댔다.

　“응? 정말?”

　김정심이 묻자, 다시 나비처럼 팔랑.

　“선생님, 여기 오실 때 저 위의 방화문 닫으셨어요?”

"네."

"저랑 같이 가요. 정숙이가 그러는데, 그 앞에 누군가 있다 네요."

"네?"

"텔레파시가 통한다니까. 거기까지도 읽히나 봐요. 우리한 테 도움이 될 사람인 것 같다는데, 일단 아래로 데려와야겠 어요."

예성은 민유림이 시험실을 빠져나간 직후 눈을 떴다. 부감 독은 여전히 누워 있었다. 정감독은 날 버리고 어딜 가는 중 이지? 이번 시험, 절대로 놓치면 안 되는데. 코와 입에 축축 한 무언가가 달라붙어 있는 것도, 그런데도 호흡이 지나치게 맑고 시원한 것도 예성에겐 제대로 느껴지지 않았다. 자기 몸 의 안위는, 지금 예성의 삶에서 결코 중요한 게 아니었으니까. 딱 한 가지만이 머릿속을 울릴 뿐이었다.

제자리에 그대로 있어야 할 정감독이 탈주했다, 라는 경 보음.

벌떡 일어나 시험실의 문을 나섰다. 오른쪽으로 고개를 돌 려 길게 뻗은 복도를 보았으나 감독관의 뒷모습은 보이지 않 았다. 그저 아까 유리창을 통해 봤던 시뻘건 얼굴의 사람 하 나만 하릴없이 멀거니 서 있을 뿐이었다. 중요한 시각 정보가 아니었으니, 왼쪽으로 고개를 돌렸다. 그곳은 층계였다.

아마 저쪽으로 향했을 것이다. 예성은 확신했다. 그 겁쟁이가 저 얼굴을 지나쳐 긴 복도를 내달렸을 리 없다. 그리고 당연히, 위로 올라가지 않고 내려갔을 것이다. 어떻게든 이 현장을 빠져나가고 싶었을 테니. 어떻게 이토록 무책임할 수가 있지? 층계를 내려가는 예성의 눈이 일그러졌다. 자기가 내 인생에 얼마나 큰 영향을 미칠 수 있는지에 대해선 아랑곳하지 않고, 혼자 무섭다고 뛰쳐나갔단 말인가?

1층에 다다랐을 때 예성은 두 갈래 길 앞에서 잠시 고민했다. 복도를 통해 현관으로 나갔을까, 아니면 지하로 더 내려갔을까. 그런데 그때, 저 아래에서 묵직한 철문을 미는 소리가 들렸다. 더불어, 힘겹게 빗장을 거는 소리도.

늦었구나.

예성은 그 철문 앞에 우두커니 서서 입 안쪽 살이 너저분해지도록 씹었다. 많은 여자들이 또랑또랑 수다를 떠는 소리가 뇌리에 갑자기 메아리칠 때까지. 그 소리의 끄트머리를 붙잡아 구조 신호를 보낼 때까지.

"웨이브 단발 한 젊은 여선생 본 적 없느냐고 묻더래요. 자기 감독인데 사라졌다고, 제발 도와달라고."

민유림은 예성과 김정심 앞에서 어찌할 바를 몰랐다. 이젠 진짜로 내 편이 없구나. 아가미를 단 예성은 금세 조리사들과 통성명을 마친 듯했다. 무능의 끝을 보여주는구나. 옷 빌려 입어, 의문엔 대답도 못 해줘, 이젠 애 버리고 도망친 감독이라는 낙인까지. 그러나 그 와중에도 여기 민유림에 대한 인사

권에, 내년의 재계약 여부에 영향을 미칠 사람이 없다는 사실에 다행을 느끼는 자신을 발견했다. 와, 민유림, 너 미쳤구나. 민유림은 혼잣말했다. 뻔뻔하기도 하지. 이렇게 사고를 치곤 재계약 생각을 한다고?

그때 갑자기 조리사들의 눈이 일제히 휘둥그렇게 커지더니 곧 김정숙이 김정심에게 열심히 뭔가를 설명했다. 하루아침에 무력해져 머쓱한 존재밖에 되지 못한 음성언어의 도구(그러니까, 이젠 무거운 살덩이 외의 기능을 하지 못하는 혀)를 입천장과 바닥에 번갈아 꾹꾹 누르며, 민유림은 기다렸다. 김정심이 자기를 봐주기를, 소외시키지 않기를 간절히 바랐다.

"그게… 맞는 말일지도 몰라."

김정심이 탄식하듯 혼잣말을 했다. 그러더니 민유림을 돌아봤다.

"자, 선생님. 들어보세요. 이건 저 학생의 생각인데, 어쩌면 정말로 맞을지 몰라요."

아래로 내려와서 조리사들의 얼굴을 마주하자마자 예성이 가장 먼저 던진 물음은 이것이었다.

왜 단 한 분만 변하지 않았을까요?

자기 처지를 설명하기도 전에, 이들이 누구인지 알아보기도 전에, 예성의 레이더에는 이질적인 한 사람의 얼굴이 가장 먼저 잡혔던 것이다. 어쩌면 이것은 수험 생활을 너무나 오래 한 사람의 본능 혹은 직업병일지도 모른다고 예성은 생각했다. 옳거나 다르거나 틀린 한 가지의 돌연변이를 찾아 답으로 체크해야 하는 삶만을 지나치게 오래 살아서. 그래서 김정심 혼자 다른 모습인 이유가, 그렇게도 궁금했던 것이다.

예성은 그렇게 생각했지만, 민유림은 그저 어안이 벙벙하고 동시에 창피할 뿐이었다. 나는 어쨌거나 대졸자이고 학생을 감독하던 교사인데, 왜 김정심을 비롯한 사람들의 증언에 제대로 집중하지 않은 채 그저, 내가 어떻게 알아, 라고만 툴툴댔지?

"맞아요. 나만 밥을 안 먹었죠, 속이 안 좋아서. 그래서 내내 마스크를 쓰고 있었어요. 벗을 일이 없었고. 좀 답답하긴 했는데, 사실은 마스크를 벗고 말고 할 힘도 없었거든요. 수능날 감독관 선생님들 급식 준비하는 거, 죽을 맛이니까."

그 10첩 반상을 말이죠. 민유림이 고개를 끄덕였다.

"그런데 저 학생이 그러더라고요. 자기도 점심 먹고 3교시 시험 볼 때, 마스크를 제대로 쓰고 있지 않았다고요. 선생님, 모르셨어요?"

어? 민유림은 자기도 모르게 예성을 돌아보았다.

"그랬다는데요, 선생님한테. 수두 때문에 얼굴이 간지럽고 너무 불편한데, 어차피 단독 시험실이니까 턱에 내리고 있으면 안 되느냐고요. 그래서 선생님이 허락하셨다는데요. 1교시 때부터 내내 그러고 있었다고."

맞다.

그랬다.

마스크를 제대로 쓰고 있지 않았더라면 아이의 얼굴이 온통 분홍색 약을 치덕치덕 바른 상태라는 걸 자신이 어떻게 알았겠는가. 그걸 연결하지 못했다니. 민유림은 부끄러웠다. 내가 수험생보다도 못한 추론 능력을 가지고 있구나. 언제 이렇게 망가졌지.

"그러면 그 말씀은⋯."

"마스크를 제대로 쓰고 있지 않았던 사람들이 이렇게 변했다는 거예요, 저 학생 말은."

"하지만 저도 마스크 내리고 점심식사를 했잖아요, 조리사님⋯."

"그러니까, 저 학생이 뭐라고 하느냐면."

민유림은 바보가 된 것 같은 느낌을 지울 수가 없었다.

"딱 그때, 그러니까 3교시 중간쯤 있죠, 우린 밥 먹고 학생들은 듣기평가하고. 그 시간 즈음에 마스크를 잘 쓰지 않은 사람들만 이렇게 변했을 거라고 생각한대요. 선생님, 어때요? 선생님 생각에도 저 말이 맞는 것 같으세요?"

코를 하도 골아서 부감독의 마스크를 내려준 일이 기억났다.

"그리고 저 학생이 하나 더 이야기하는데요."

김정숙의 수화를 본 김정심이 말을 얹었다.

"여기 틀어박혀 있지 말고 나가서, 자신과 같은 사람들을, 그러니까 아가미가 생긴 사람들을 같이 찾아보자네요. 왜냐하면⋯."

김정심의 두 눈이 다시 흔들렸다.

"왜냐하면, 자신들은 이제 보통 사람보다 더 많이 진화한⋯

생명체들이기 때문이라고.”

“네?”

“호흡이 그렇게 편하대요. 마스크 없이 살던 때보다도, 훨
씬 더요. 어쩌면 당연하겠죠. 저렇게 큰 아가미로 뻐끔거리
는데 얼마나 시원하겠어요. 조그만 콧구멍이나 입이랑은 비
교가 안 되겠죠. 게다가 이제 말을 할 필요도 없죠. 자기들끼
리는 텔레파시로 서로 대화할 수 있으니까. 그리고 얼마나 멀
리 퍼져나가는지도 봤잖아요. 우리가 급식실에서 백날 소리
를 질러봤자 방화문 닫히면, 그 밖으로는 안 들려요. 하지만
저 사람들은 서로 통하잖아요.”

민유림의 대뇌가 덜컥 하고 어딘가의 돌부리에 걸려 넘어
졌다.

그러니까, 그 말인즉슨.

저 애가, 수두 걸려서 온몸에 분홍색 약을 바르고 손을 덜
덜 떨며 수능 문제를 풀던 저 애가 지금 하는 말들은.

자신들이 우월한 개체가 되었다는 뜻이었다.

전혀 다른 종이 되었다는 의미였다.

그러니 열등한 종들은 버려두고 동종을 찾아 이동하겠다
는 말이었다.

하지만 왜?

‘마스크를 벗지 말라’가 이 나라 모든 국민의 강박적인 의
무였잖아.

마스크 없이는 외출하지 못하고, 마스크를 벗으면 죽일 놈이 되어 몰매를 맞을 것 같아 코도 제대로 못 푼 지 벌써 2년 가까이 되어 가는데. 그런데 왜 마스크를 제대로 쓰지 않은 사람들이 변이, 아니 예성의 주장에 따르면 진화하게 된 거지?

그렇다면 그것은 진화가 아니라 징벌이어야 하지 않는가? 그게 아니라면 너무 억울한 것 아닌가?

민유림은 예성을 가만히 바라보았다. 예성은 고개를 돌리지 않고 눈을 그대로 마주했다. 이젠 이전의 음성언어를 말할 수 없는, 혹은 말하지 않아도 되는 사람이었다. 민유림보다 겨우 두 살 어린 저 아이는.

✳

승조는 물고기 반, 인간 반(전자는 모두 손님이었고 후자는 새파랗게 질렸으나 아직 교대 시간이 되지 않아 자리를 지킬 수밖에 없던 파트너들이었다)인 스타벅스 매장 안에서 파트너가 건네준 전화기를 받았다. 그러니까, 매장별로 정말이지 '유사시'에 써야 할 만한 유선전화는 갖춰놓고 있는 셈이었다. 수화기 안에서 그토록 애타게 찾아 헤매던 희재의 목소리가 메아리쳤다.

"자기야! 거기 갔을 줄 알았어. 왜 거기 있어, 도대체? 얼른 다시 능하고로 돌아와!"

왜라니. 승조는 딱딱해진 가슴을 치며 포효하고 싶어졌다. 왜 여기 있느냐고? 그걸 질문이라고 하는 거야? 너 걱정되어서 왔는데, 그런데 그러는 자기는 왜 거기 있는데?

"학생들 다 여기 있어야 한대. 안 그럼 색출해서 불이익 준
대. 여기서 자기 감독선생님 만났어. 자기야, 얼른 빨리 돌아
와. 지금 돌아오면 아무 일도 없었던 거로 해주겠대. 선생님이
약속하셨어, 황승조. 제발….."

"그 사람, 후리스 입었어?"

"뭐?"

"갈색 후리스, 목까지 올라오는 거, 가슴 높이까지만 반집
업. 그거 입었냐고."

그때 스타벅스의 통유리 밖으로 우르르 뛰는 군복 무리가
보였다. 승조는 눈을 질끈 감았다. 내게 순간이동 능력이 있
다면 얼마나 좋을까. 그렇다면 얼른 저 저주받을 능하고 안으
로 돌아가서, 희재만을 찾아 꼭 껴안고, 다시 시공간을 거스
르며 날아오를 거야….

"맞아, 그 사람. 근데 왜?"

"자기야."

나는 가장이다, 나는 가장이야.

"최대한 빨리 거길 나와."

"왜?"

희재야, 너도 우리나라 근현대사를 배웠잖아. 나보다 훨씬
공부 잘하잖아.

"군인들이 능하고로 가고 있어."

✳

교무실을 정복했다. 이경찬은 브레이크 없이 밀려드는 뿌듯함에 정신을 차릴 수 없을 지경이었다. 이런 게 바로 성취감이었다. 세상에, 얼마만인가, 이런 호르몬의 분비가. 그러고 보니 한 몇 년간 제대로 정복한 대상이 없었다. 이경찬은 교무부장의 빈자리에 앉아 평소 드나들던 커뮤니티를 계속 새로 고침했다. 다들 흥분하여 자기 주변에서 벌어지고 있는 일들을 마구잡이로 써 올리는 중이었다.

"군대가 투입된 학교들이 점점 많아지고 있어요. 아직 우리 고사장인 미황고까진 오지 않은 것 같은데, 사실 미황고는 별로 중요하게 여겨질 만한 곳이 아닙니다. 이미 아시겠지만요."

미황고의 교장은 멍청한 얼굴로 표정으로 이경찬에게 물었다. 왜… 왜 그렇게 생각하시죠?

"군인들이 먼저 진입한 학교들을 보면 답이 나옵니다. 일단 강남 학교들, 아니, 정확하게 말한다면 강남 애들이 시험 보러 간 학교들, 그곳들이 가장 먼저였습니다. 중요한 자제분들이 많으니 당연했을 거고요. 구해내야죠. 그런데 그다음이 특성화고들입니다."

"예?"

"교장 선생님, 미황고가 특성화보다 못한가요? 여기 공립이잖아요. 꼴통 공립입니까? 저는 잘 몰라서."

교장의 얼굴이 구겨졌다.

"말씀이 심하시네요."

"그런 게 중요한 게 아니잖아요. 왜 특성화를 먼저 가느냐 이거죠. 교장 선생님, 왜일까요?"

저 새끼가 빙빙 돌리지 말고 얼른 답변을 주면 좋겠다고, 교장은 생각했다. 새로 산 골프채를 자랑한답시고 교무실에 두었던 게 실수였다. 그걸로 머리를 맞은 물고기 하나, 그러니까 조금 전까지만 해도 미황고 교무부장이었던 사람이 교무실 바닥에 엎어져 있는 현장을 외부인에게 들키게 되다니. 문을 걸어 잠그고, 어떻게든 목격자들을 회유해 좋게 해결하려 했건만. 어쨌거나 모두 내부 교직원이었으니까.

"답은요, 교장 선생님. 이거 교장 선생님께 좋을 얘깁니다."

귀가 쫑긋했다.

"말썽을 가장 많이 부릴 것 같은 곳으로 먼저 힘을 쓰고 있단 얘기는, 당국이 물고기들을 좋게좋게 어르고 달래지 않을 거라는 겁니다. 위험 집단으로 파악했다는 뜻이죠. 오토바이 훔치고 폭주하고 머리에 피도 마르기 전부터 술담배하던 놈들이 물고기가 되었어요. 이 얼마나 끔찍한 일들을 저지를지 상상조차 안 되지 않습니까?"

교장은 고개를 여러 번 끄덕거렸다. 그렇다, 위험했다. 위험했기에 먼저 선수를 쳐야 했다. 안 그럼 나도 감염될 것 아닌가. 나는 교무실 사람들을 위해 한 짓이었어, 나는!

"그리고 지금 막 올라온 소식인데, 물론 진위 여부는 확실치 않습니다만, 발포를 했다고 하네요?"

"학교에요?"

"그럼 어디에 발포하겠습니까? 능하고등학교라는 곳이라는데, 저는 처음 들어보네요."

"거기 우리 학교 선생님들이 여럿 감독을 가 있는데…."

"그래요? 거기 특성화죠?"

"네."

"그러니까요."

이경찬은 턱을 긁으며 말을 이었다.

"어쨌든 우리 눈엔 군인 같은 건 안 보이니까, 미황고는 아주 하찮은 학교인가 봅니다. 제2외국어 선택 안 한 문과 애들만 온 학교라서 그런 걸까요? 어쨌거나 저희에겐 다행이죠. 교장 선생님, 이제 저희가 뭘 하면 될까요?"

"네?"

"답답하네. 군인 총에 맞아 죽기 전에 우리가 먼저 무슨 일들을 선행해드리면 되겠냐, 이 말입니다."

2분 후, 미황고등학교의 모든 시험실에 방송이 울려 퍼졌다.

교육 당국에서 방금 내려온 긴급 처분입니다. 학생들을 격리하여 시험을 재개합니다. 감독 선생님들께서는 변이가 일어나지 않은 학생만을 인솔하여 운동장으로 모여주시기 바랍니다. 다시 한 번 말씀드립니다. 감독 선생님들께서는, 변이가 일어나지 않은 학생만을 인솔하여 운동장으로 모여주시기 바랍니다. 변이가 일어난 학생이 운동장으로 내려올 경우 1교시부터의 모든 시험이 결시 처리됨을 유념해주시기 바랍니다. 변이가 일어난 학생은 본인 시험실에 그대로 착석해주시기 바랍니다….

"물고기들이 말을 들을까요?"

"그럼요, 교장 선생님. 물고기가 되었어도 시험은 봐야 하니까요. 얼마나 중요한 수능입니까. 절대적으로 말을 들을 겁니다."

"그럼 제가 해야 할 일은….."

"신고를 하셔야죠. 우리가 미리 다 가둬놓았으니 알아서 처리하라고. 물론 혹시 모르니까 그 전에….."

이경찬은 손으로 얼굴을 쓸어내렸다. 아무것도 믿어서는 안 됐다. 변이하지 않은 사람이라고 해치지 않을 리 없었다.

"우리는 학교 건물을 조금 벗어나 있는 게 좋을 겁니다."

"그런데 아직 당국에서 아무 명령이 떨어지지 않았는데 이렇게 멋대로 행동해도 되는지….."

"교장 선생님."

공립 교장이라 이렇게 꽉 막혀 있나? 이경찬은 교장의 넥타이를 움켜쥐고선, 모니터 앞으로 거세게 끌어당겼다. 교장이 컥컥 소리를 냈다. 자, 보시라고요. 방금 무슨 영상이 커뮤니티에 올라왔는지, 보시라고요.

누군가 핸드폰으로 찍은 동영상 속에서, 능하고등학교가 거세게 불타고 있었다.

3

"자기야!"

영화 속 공항에서나 연출될 법한 포옹 신을 눈앞에서 3D로 보고 있자니 어찌할 바를 몰라 박종민은 헛기침만 했다. 애덤은 오우, 쐿, 댐을 연발하며 스타벅스의 통유리창 밖에 비치는 능하고등학교를 핸드폰 카메라에 담는 중이었다. 이건 미쳤어, 미친 짓이야. 종민, 여긴 미쳐 돌아가고 있어! 너희 나라는 원래 이래? 이렇게 일단 죽이고 보는 거야? 제일 중요한 시험이라며! 오늘이 제일 중요한 날이라며!

"야…. 나도 이런 건 난생처음이라 아무것도 모르거든?"

정말이지 아찔했다. 서른의 나이에 하마터면 남의 수능 고사장에서 통구이가 될 뻔했으니. 저 여자애의 남자친구 덕에 꼬리에 불붙은 개처럼 헐레벌떡 학교를 빠져나와 냅다 운동장을 달리고 다시 담을 넘었다. 그 직후에 도착한 군인들은 학교의 담을 둥글게 빙 둘러섰고, 몇몇은 담을 기어올랐으며, 곧 불길이 치솟았다. 가끔 건물에서 탈출하는 데 성공한 사람들이 있었으나 곧 머리에 총을 맞았다. 물고기든, 사람이든 예외는 없었다.

집에 가고 싶다. 박종민은 생각했다. 그 좁고 남루한 고시원 방에 다시 들어가서, 아무도 만나지 않고, 아무에게도 존재를 알리지 않은 채로 계속 지내고 싶다. 밖에서 학교가 불타고 군인이 학생들에게 총질해대고 사람의 형상을 한 물고기, 혹은 물고기의 형상을 한 사람들이 우후죽순 생겨나도 전혀 모르게. 그러한 일련의 사건들을 그저 모니터 속의 남들 사연으로만 마주하고 싶다.

뒷걸음질 치고 싶다.

"선생님, 선생님은 진짜 우리 승조 덕에 살아남으신 거예요!"

여자애의 말에 퍼뜩 고시원 방에서 흩뿌려져 있던 혼을 주워담고 스타벅스 1층으로 복귀한 박종민이 고개를 돌렸다. 여자애가 후리스의 앞에서 떵떵거리고 있었다. 김찬억. 미황고등학교에서 기간제를 하던 당시 같은 부서에서 일했던 선생이었다. 일을 하는 족족 시원하게 사고를 치고 말아먹어서, 제대로 된 업무를 받지 않은 채 떵까떵까 놀던 사람. 담임을 맡겼는데 1년간 자기 반 학생의 이름조차 다 기억하지 못해서, 결국엔 담임 업무에서도 해방된 사람. 세상에서 제일 편하게 살던 교사. 저런 식충이도 호봉이 저리 높은데 나는… 하고 고시원 장판을 쥐어뜯게 만들었던 그 사람이었다.

여자애의 말에도 김찬억에게선 아무런 대답이 나오지 않았다. 그저 멍하니 뼈대를 드러내며 무너져가는 능하고 건물을 바라볼 뿐이었다. 통유리를 통과하느라 약해진 비명 소리와 총소리, 그리고 무언가 활활 타오르는 열기. 그것들은 김찬억의 세상이 붕괴하고 있다는 가장 잔인한 증명이었다. 몇십 년간 아무것도 안 하며 모든 것을 누릴 수 있던 그 세상.

"어쨌든, 자기야. 이분들이 나를 도와주셨어. 안 그랬으면 나는 정말, 정말 저 안에서 불타 죽었을지도 몰라."

"아아, 정말 너무 감사합니다."

"아니에요, 뭘⋯ 저희더러 얼른 도망치라고 말씀해주신 게 더 감사하죠⋯."

박종민은 대답하며 팔꿈치로 애덤을 툭 쳤다. 어이, 너도 한마디 해. 그러나 승조가 먼저 입을 열었다.

"옆에 계신 분은 외국인이신 거죠? 아, 땡큐 쏘 머치⋯."

"한국에 오지 말았어야 하는데."

"네⋯ 네? 한국말 잘하시네요."

"들어왔을 때부터 코로나 터져서 아무 데도 못 갔는데, 이젠 저게 뭐예요, 총으로 사람을 죽이는 군대라고? 어떡해, 진짜 들어오자마자 2년 내내 나갈 기회만 꿈꿨는데. 이 나라 뭐예요? 나, 죽기 전에 뉴욕으로 돌아갈 수 있는 거 맞아요?"

저기, 잠깐. 박종민은 이제야 알 것 같았다. 오늘 애덤을 만나고 나서부터, 아니, 사실은 훨씬 이전부터, 그러니까 어쩌면 애덤을 YSA아카데미에서 처음 마주하고 대화를 나눴을 때부터 느꼈던 정체 모를 거부감이 어디서 기인한 것인지를. 그러니까 사실 박종민 역시도 과거 몇 번의 연애를 통해 자신이 딱히 크게 다정하진 않은 사람이란 건 익히 알게 되었지만, 애인에 대한 애덤의 무관심은 특별히 더 서늘한 면이 있었다.

"너, 애인도 오늘 감독이라고 하지 않았냐?"

쟤는 한국인 애인에 대한 생각을, 걱정을 왜 이렇게 하지 않는 것일까.

박종민의 물음에 먼저 반응한 건 희재였다.

"뭐야, 아저씨 애인 있어요? 한국 사람?"

"…네."

"감독이라고요? 어디? 미쳤다, 진짜. 빨리 가봐야 하는 거 아니에요? 거기도 여기처럼 난리 났으면 어떡해요. 아냐, 아니지. 나쁜 상상하면 안 돼. 거긴 괜찮을 거예요, 분명 그럴 거야. 그래도 아저씨, 어떻게 애인을 거기 두고 여기서 미적 댈 수가 있어요. 얼른 가요."

희재는 그러더니 허리를 곧게 펴고 선언했다.

"저랑 승조도 같이 갈게요. 도움이 될지도 모르잖아요."

"자기야, 무리하지 말고…."

"야, 황승조. 신세 진 건 갚아야지. 정신 차려, 깰끔이한테 부끄러운 아빠 될 거야?"

어쩜 저렇게 당찰까. 알면서 만나긴 했지만. 승조는 울고 싶었다. 이건 가혹했다. 희재의 배 속에선 아이가 자라고 있는데 저쪽에선 학교에 불을 지르고 학생들에게 총을 쏘아댄다. 그런데 이쪽에선 정신을 차리라고 한다. 어떻게 정신을 차려, 사람들이 변하거나 죽어가고 있는데. 운동화 안쪽에 모래알이 들어갔는지 자꾸만 발바닥이 결렸다. 겨우 그 정도의 자그마한 불편에 고통을 느끼는 자신의 육체가 혐오스러웠다. 언젠가 역사책에 기록될 현장에 자신이 위치하고 있다는 느낌은 확실히 들었는데, 그것을 부끄러워하지 않고 되새길 수 있을지는 자신 없었다.

"어디인데요? 빨리요. 우리 같이 가서 애인도 구해요. 아저씨가 저 구해준 것처럼."

*

'나도 물고기로 변할 수 있었다면 얼마나 좋았을까.'

민유림과 김정심은 침묵 속에서 똑같은 생각을 하고 있었다.

김정심은 동생에게 자신이 혹 한 덩어리로 순식간에 전락했다는 사실을 알아챘다. 그전까지는 반대였다. 김정숙은 무조건 김정심의 통역이 있어야만 청인 동료들에게 발화할 수 있었다. 김정숙이 수어가 아닌 다른 방식, 예컨대 필담 같은 것을 통해 직접적으로 말을 걸려 시도해도, 청인들은 머쓱한 표정을 지으며 다급히 김정심을 불렀다. 동료들은 모두 선량했으나, 음성언어를 구사하지 못하는 것과 논리적인 사고를 하지 못하는 것을 자꾸 동일시했다. 그래서 김정숙이 아주 기본적인 의견만 제시해도, 과한 미소를 지으며 대견해했다. 심지어 나이가 김정숙보다 어린 동료들조차도 그랬다.

자매에겐, 특히 김정숙에겐 '열심히 사는'이나 '천사 같은'이란 수식어가 따라다녔다. 김정숙은 그걸 전혀 마음에 들어하지 않았지만, 김정심은 자주 타이르곤 했다. 사람들이 좋게 생각해줘서 손해 볼 거 없어. 너 똑똑한 거 누가 모르니, 내가 제일 잘 알지. 그래도 방긋방긋 웃어. 있지, 언니 보고 배우면서 정신 똑바로 차리고. 실수하지 말고. 언니만 믿으라고! 알겠지?

지금 김정숙의 볼은 발갛게 상기되어 있었다. 예성이라는 여자애랑 둘이 붙어서 머리를 서로와 더욱 가까워지는 각도로 기울인 채 계속해서 고개를 끄덕이고, 또는 가로젓고, 자신의 핸드폰으로 함께 무언가를 검색하기도 했다. 그러더니 아가미를 펄럭이며 제 무리에게로 걸어가 화면을 보여주었다. 예성의 눈은 빠르게 충혈되었고, 반대로 김정숙의 눈에선 빛이 났다. 핸드폰 화면을 본 사람들의 반응 역시 제각기 달랐다. 머리를 감싸 쥐는 사람도, 눈을 동그랗게 뜨고 눈알을 굴리는 사람도, 그리고 탄식하듯 두 팔을 한 번 번쩍 들었다 내리더니 옆의 동료를 껴안는 사람도 있었다.

"조리사님."

"네, 선생님."

"우리 소외당하는 거 맞죠."

"에이, 아니에요. 선생님."

어린 선생 앞에서 시무룩한 모습을 보일 수는 없었다. 김정심은 팔을 걷어붙였다.

"제가 얼른 가서 물어보고 올게요."

얼른 '가서' 물어보고 '와야만' 하는 거리로까지, 이미 저자매의 간극은 멀어졌구나. 민유림은 성큼성큼 걷는 김정심의 등을 보며 퍼뜩 생각했고, 슬퍼졌다가, 다시금 화가 났고, 몹시 궁금해졌다.

이 현상이 어디에까지 퍼진 걸까? 이 학교 안에서만일까? 아니면 서울? 한국? 아니면, 전 세계적으로 다 물고기 판이 되어버린 걸까?

애덤은 이 사실을 알까?

혹시 애덤도 붉은색 마스크를 피부에 붙인 채 아가미를 달게 되었을까?

혀와 성대를 이용하여 내는 익숙한 소리로 소통할 수 있는 사람들이 다수를 차지하는 곳으로 가고 싶었다. 핸드폰의 존재가 이렇게 고팠던 적은 없었는데. 그 언어로 이야기하고 싶었다.

김정심이 민유림을 끌어당겼다.

"이거 봐요. 학교에 총질하더니 건물을 불태웠대요."

사진이었다. 믿을 수 없어. 누가요? 누가 학교에 그런 짓을 해요? 민유림은 물으려 했지만, 곧이어 깨달았다. 이곳도 학교였다. 저 학교가 저렇게 당했다면, 이 학교도 충분히 가능하다. 어쩌면 이미 시작되었을지도 몰랐다. 여기가 지하여서 미처 알아채지 못하고 있는 것일지도.

"얼른 도망쳐야 한다고 다들 의견을 모은 것 같아요."

"그럼 일단 1층으로···."

"올라가야죠. 아직 별일 없으니, 선뜻 가자고 하는 거겠죠. 위층에 있는 사람들과도 생각이 통하나 봐요."

김정심은 답답했는지, 손가락으로 마스크의 코 부분을 잠시 잡아 들고는 퓨우 하고 깊은 한숨을 쉬었다.

"나도 저렇게 될 수 있다면 얼마나 좋을까."

조리사들은 신속했다. 각자의 소지품을 챙기더니, 조금 고민하다가 칼도 하나씩 손에 들었다. 핸드폰을 들고는 토독토독 화면을 두드리며 누군가에게 메시지를 날리는 사람도 있었다. 김정숙은 민유림과 김정심에게도 칼을 하나씩 쥐여주었다. 그러고는 몸을 휙 돌려 예성의 옆에 가서 섰다.

"저 친구랑 정숙이가 먼저 올라간대요. 우린 가운데에 섞여 올라오라는데."

"왜 굳이 우리가 가운데죠?"

"우린 힘이 없으니까. 말도 통하지 않으니까. 지켜줘야 할 대상이래요, 우리가."

김정숙과 다시 한바탕 수화를 주고받은 김정심이 눈을 질끈 감았다.

"위의 상황이 점점 나빠지고 있대요."

"군인들이 왔대요?"

"남자들이 아주 많이 들어왔다는데, 사복 차림이라 군인은 아닌 것 같고."

"그러면요?"

"아직 잘은 모르겠대요, 위층으로 먼저 올라가서 1층은 비어 있는 것 같다는데. 그러니까 우리 일단은 움직여요. 벗어나는 게 가장 급한 것 같으니까."

김정심이 민유림을 아프지 않게 잡아끌었다.

김정숙과 예성은 서로의 손을 잠시 맞붙잡더니 다시 놓고는, 닫혀 있던 급식실의 문을 열었다. 둘이서 무언가를 두고 아주 잠깐 아옹다옹했는데, 누가 먼저 층계를 올라가는지를 놓고 의견이 갈렸던 것임을 민유림도 눈치챌 수 있었다. 결국 예성을 뒤로 밀어놓곤 어깨를 토닥인 김정숙이 먼저 올랐다. 예성이 그 뒤를 바짝 쫓았다. 민유림은 왠지 그들 사이에서 무슨 대화가 오갔는지 알 수 있을 것만 같았다. 학생은 어리니까 뒤에서 따라와. 내가 그래도 나이가 많고 경험이 있으니 더 잘 대처할 수 있을 거야. 그 말엔 예성에 대한 걱정과 애정 역시 녹아 있었을 것이다.

민유림은 예성이 궁금해졌다. 반나절을 같은 공간 안에서 함께 보냈는데도 저 아이에 대해 아는 것이 이름과 나이밖엔 없었다. 그저 감독과 수험생일 뿐이었으니까. 절대 말을 섞어서도 안 되고, 언제나 서로를 철저하고 엄격하게 대해야만 하는, 좋은 쪽으로보다는 나쁘게 얽힐 확률이 훨씬 높은, 그리고 오늘이 지나면 다시 보지 않을 관계. 그리고 아주 잠깐이었지만, 저 아이의 바지를 훔쳐 입을까, 라는 생각까지 (예성이 평생 절대로 이 일을 몰랐으면 좋겠다고 민유림은 간절히 바랐다) 했었다. 민유림은 교사지만, 교사로서 가져야 하는 직업적인 애정의 대상에 예성은 포함되어 있지 않았다. 지금까진 그랬다.

그러나 사수생인데. 오늘의 이 시험이 이렇게 엉망진창이 되어버린 것이, 저 아이의 삶이 굴러가는 길 위에서는 얼마나 거대한 싱크홀로 느껴질까. 그런 와중에도 의연하게 믿을 사람을 찾아내고, 함께 머리를 맞대어 의견을 나누고, 먼저 행동하며 앞장을 서는 예성은, 내가 시험실에서 가졌던 선입견과는 참 다른 모습이구나. 그땐 너무나 예민해 보였고, 예의도 좀 없어 보였고, 그래서 불편했고, 결국엔 싫었는데.

왜 그렇게 오해를 했을까?

먼저 올라간 둘에게서 신호가 왔는지, 다른 조리사들도 일렬로, 혹은 간간이 짝을 지어 층계를 올랐다. 한 조리사가 김정심과 민유림에게 손짓했다. 자신의 앞으로 끼라는 뜻이었다. 민유림은 김정심의 팔을 붙잡았다. 둘이서 함께 층계를 올랐다. 민유림이 빗장을 닫아걸었던, 지금은 활짝 열린 방화문을 지났다. 위층이 소란스러웠다. 복도를 달리는 소리, 책상을 질질 끄는 소리, 육두문자, 그리고 웃음소리. 웃음소리? 잘못 들었다고 생각하기에는 너무 음량이 큰 그 소리를 털어내려는 듯 고개를 거세게 저으며 민유림은 계속해서 앞

사람을 따랐다.

"뭐야. 이건 어디서 기어 나온 물고기들이야."

그리고 가장 가까운 출입구에 다다랐을 때 민유림이 마주한 것은 익숙한 목소리였다.

"1층까지 못 내려오게 다 막으라고 했더니 어디서 구멍이 뚫린 거야?"

지하에도 사람이 있다는 걸 대부분의 사람은 잘 모르지. 김정심은 생각했다. 이 공간에서 단 한 순간도 주인공이 되지 않으니까. 우리는 언제나 거기 머물며 밥을 하고 국을 끓이고 설거지를 하는, '아줌마'라는 단 하나의 호칭만을 공유한 채 똑같은 앞치마를 맨 부품들이어야만 했으니. 지금까지는.

그나저나 그 사람의 목소리는 김정심에게도 어딘가 낯설지 않았다. 민유림과 김정심은 누구랄 것도 없이, 우뚝 멈춘 조리사들을 헤치고 앞으로 나아갔다. 앞으로 앞으로, 나서지 말라며 저지하는 손들을 가만히 뿌리치며. 그리고 예성과 김정숙이 우두커니 선 맨 앞까지 다다랐을 때, 방호복을 입은 형체 하나와 그렇지 않은 남자 여럿을 발견했다.

방호복 안의 얼굴을 바로 알아보기가 힘들어 민유림은 눈을 살짝 찌푸렸다. 오히려 먼저 민유림의 이름을 부른 것은 그쪽이었다.

민유림은 한때 그 목소리의 주인을 남들과 함께 조롱하고 희화화하는 것을 즐겼었다.

그리고 그 이후의 몇 달 동안은 그가 증오스러워져서, 매일 아침 빌었다. 그 사람이 아주 지독한, 그러나 목숨에는 지장이 없고 다만 절대 다시는 자신의 옆자리로 출근하지 못할 만한 어떤 사고에 휘말리기를. 평생 그 얼굴을 다시 보는 일이 없기를.

이런 곳에서 가장 마주하고 싶지 않은 동료였다.

"뭐야, 민유림이네?"

이경찬은 '선생'이라는 호칭을 빼고, 이름만을 불렀다.

✳

김찬억은 5년 전의 1월부터 하나밖에 없는 딸의 얼굴을 한 번도 본 적이 없었다. 그때 딸은 스무 살이었고, 목표로 했던 대학의 수시모집에 별 탈 없이 합격했으며, 세상에 이보다 쉬운 일은 없다는 듯 떡하니 면허를 땄고, 자신이 다니던 입시학원의 데스크 담당이라는 아르바이트 자리를 구해 용돈을 벌기 시작했다.

그리고 방을 구해 집을 나가서는, 5년 동안 단 한 번도 돌아오지 않았다.

왜? 김찬억에겐 이유를 직접 물을 기회조차 없었다. 어느 날 집에 들어와보니 딸의 방이 텅텅 비어 있었고, 옷이나 신발들도 모두 사라진 뒤였으며, 핸드폰 번호는 결번으로 안내되었다. 식탁에 앉은 김찬억에게서 등을 진 채 설거지를 하는 아내에게 김찬억은 물었다. 이 애가 혹시 미쳤느냐고.

당신한테 양심이 있으면 그런 소릴 하면 안 되지. 아내가 그런 말을 하길래, 김찬억은 식탁 위에 놓인 찻잔을 아내의 발치를 향해 집어 던졌다. 아마 그게 아내에게 가장 크게 화를 냈던 일일 것이다. 아내는 무표정한 표정으로 제 발치를 보더니, 앞치마의 주머니에서 핸드폰을 꺼내 깨진 찻잔과 피투성이가 된 발의 사진을 찍었다.

"이런 증거를 모아놓아야 나중에 헤어질 때 깔끔하겠지?"

놀랍게도 그런 말을 하면서. 김찬억을 나무토막처럼 굳게 만드는 말이었다. 지금 뭐라고 하는 거야? 장난하나? 네가 나 없이 무슨 돈으로 살 수 있다고 생각해? 돌봄교사 월급, 그 푼돈 가지고 서울 시내에서 방 한 칸 제대로 얻을 수 있을 것 같아? 언제 그 제도가 없어지거나 천지개벽하듯 뒤바뀔지도 모른다는 생각은 안 하나?

그러나 김찬억은 아무것도 묻지 못했다. 갈라선다면, 아내가 추레한 거렁뱅이가 되는 것은 10년 후일 터지만, 자신이 거지꼴로 변하는 것은 10주 후일 테니까. 보통 아내를 잃은 노인들은 이제 누가 밥을 차려주느냐며 슬퍼한다는데, 김찬억은 밥이야 어디서든 잘 먹을 수 있었다. 급식실도 있고, 같이 색소폰 부는 동료 선생들도 있고. 그러나 세탁기를 돌릴 줄 몰랐고, 다림질을 할 줄 몰랐으며, 어느 서랍에 양말이 있는지, 자신의 속옷이나 셔츠 사이즈가 무엇인지를 몰랐다. 모든 것은 아내의 뇌 속에 저장되어 있었고, 그래 씨발 헤어져, 하며 사이즈를 보려 자기 옷을 뒤집어봤더니 태그가 다 잘려나간 채였다. 김찬억은 피부가 껄끄러운 게 질색이라며 옷을 사면 무조건 태그를 잘라달라고 아내에게 15년 전쯤 했던 이야기를, 당연히 기억하지 못하고 있었다.

그리고 딸이 자신을 떠난 이유 역시, 아직도 몰랐다. 아내는 가끔 반찬을 이것저것 해서 가져다주는 모양이었지만.

"쌤은 어떻게 하실 거예요? 저희랑 가실 거예요?"

여자애의 물음에 김찬억이 퍼뜩 고개를 들었다. 제법 맹랑한 아이. 이름이 뭐였더라. 기억나지 않았지만, 열아홉이라고 했다. 두 달 후면, 딸내미가 자신을 떠난 때와 같은 시기를 살아가게 될 것이다.

내 딸도 저렇게 까랑까랑하고 대책 없었나? 아니지, 내 딸은 쟤랑은 다르지. 열아홉의 나이에 배 잔뜩 부른 애랑 어떻게 비교를 해. 안 돼. 절대로. 너무 많이 달라.

그러나 어디로 가야 한담? 자신이 자리를 지키고 있어야 할 능하고가 신나게 불타고 있는데. 미황고로 돌아간다면 대번에 교장이 붙잡아놓고 무슨 일이 있었는지, 왜 혼자 돌아왔는지 추궁할 것이다. 그렇다고 집으로 간다? 아내가 돌봄 업무를 끝내고 교실을 정리한 후 퇴근해 집에 돌아오면 5시가 넘은 시각일 텐데, 그때까지 혼자 있을 자신이 없었다. 아파트가 온통 물고기로 득시글한 양어장이 되어버렸을 수도 있으니까. 지금 김찬억에게 가장 필요한 것은, 함께 놀라고, 함께 두려워하고, 함께… 아니 김찬억 대신 무언가를 결정해줄 동료들이었다. 그리고 이런 상황에서는 같이 색소폰 부는 늙

다리보다는 저 짱짱한 젊은 애들이 더 믿음직한 방패가 될 수 있을 듯했다. 물론 예의나 현명함 따위는 장착하지 못한 애들이지만.

"같이 가지."

네? 어이없다는 듯 동시에 두 사람이 반문했다. 남자애야 그렇다 치지만, 새파랗게 어린 후배였던 기간제 교사까지 저럴 수가 있나? 박종민이 무언가 말하려 입을 달싹거렸다가 에이, 관두자 하는 듯 다시 딱 소리를 내며 닫아버리는 것을 김찬억은 놓치지 않았다. 그러나 괜히 기분 나쁜 티를 내서 방패들에게 버림을 받고 싶진 않았다.

우리 통성명이나 해요. 언제까지 야, 너, 아저씨 하고 부를 거예요. 여자애의 말에 서로가 쭈뼛쭈뼛 이름을 나눴다. 박종민은 이름을 건성으로 들으면서(어차피 저 깜찍한 커플 이름만 외우면 되는 일이었다), 저 괴물들은 왜 아무도 우리를 공격하지 않지, 라는 의문이 퍼뜩 들었다.

곱창집에서도 그랬다. 보통 영화에서는 괴물들이 먹잇감이 된 사람을 절대 놓치지 않기 위해 엄청난 칼로리를 소모하며 달려오지 않나. 머릿속에 오직 쟤를 죽여야 한다는 생각 하나밖에 없는 것처럼. 그런데 곱창집의 물고기들은 애덤과 박종민에게 딱 한 마디만 글자로 남겼다. '꺼지라'고. 그리고 이곳 스타벅스의 손님이었던 물고기들 역시 공격성이라곤 없었다. 심지어는 통유리창으로 비치는 불타는 능하고를 보았는데도 동요하는 기색 하나 없이 제자리에 그대로 앉은 채였다. 이 공간에서 시끄러운 건 오직 자신들뿐이었다.

그리고 하나 더. 왜 군인들은 학교를 가장 먼저 공격한 걸까. 보통 전시라고 친다면, 학교는 가장 마지막에 공격해야 할 대상이 아니던가, 상식적으로. 그런데 왜… 대체 왜 곱창집이며 스타벅스는 가만히 내버려두고.

"그럼 우리가 진운고로 가야 한다는 말이죠? 대박. 우리 진운고 다녀요. 아, 우리 아니고 승조. 저는 자퇴했거든요."

애덤이 무언가를 덧붙이려 했지만, 희재가 손을 들어 말을 잘랐다.

"오케이, 잠깐만요. 일단 아저씨 애인 찾고 그다음을 생각해요. 이럴 때일수록 서로 뭉쳐 있는 게 좋을 것 같긴 한데."

희재가 가장 먼저 성큼성큼 스타벅스의 문을 나섰다. 뒤이어 승조, 애덤, 박종민, 김찬억 순이었다. 박종민은 김찬억에게 문을 잡아주지 않았다. 자신에게로 묵직하게 달려드는 유리문을 손목으로 간신히 잡으며, 김찬억은 박종민에 대한 기억을 대폭 수정했다. 근본 없는 젊은이네, 저거. 그렇게 잠시 간격이 생긴 사이에, 벌써 희재는 택시를 두 대 잡은 뒤였다. 학교가 불타도, 군인들이 몰려들어도 택시 기사들은 먹고살아야 했으니 마치 아무 일도 없다는 듯 택시들은 도로를 누비고 있었다.

희재와 승조가 탄 택시에 갑자기 애덤이 홀라당 함께 타곤 문을 닫아버렸다. 이게 무슨… 박종민이 황당해하는 사이 첫 택시는 쌩 출발해버렸고, 어쩔 수 없이 박종민은 김찬억과 한

차를 타는 수밖엔 없었다.

김찬억에게 뒷좌석에 타라고 이른 후 조수석의 문을 연 박종민의 시야에 무언가 들어왔다. 불길이 잦아들고 있는 능하고의 중앙현관을 통해 꾸물꾸물 움직이는 무언가가 보였다.

"저게….."

그리고 동시에, 스타벅스의 문이 열리며 또다시 꾸물꾸물, 물고기들이 떼를 지어 걸어 나오기 시작했다.

"뭐야!"

그러나 택시 안쪽에서 김찬억과 기사가 일제히, 안 타느냐고 성을 내는 바람에 박종민은 급히 조수석에 앉았다. 문을 닫은 박종민이 백미러를 통해 마지막으로 본 장면은, 점점 불어가며 군인들의 퇴로를 차단하는 물고기 떼였다. 그중 일부는 애덤과 자신이 들어가지 못했던 바로 그 곱창집 쪽에서 걸어오고 있었다.

택시 안에서는 라디오 방송이 흘러나왔다. 유명한 개그맨두 명이 함께 나와 온갖 기상천외한 사연들을 늘어놓으며 최선을 다해 청취자를 웃겨주는 장수 프로그램이었다. 저기요아저씨, 채널 좀 뉴스로 돌립시다. 뒷좌석에서 김찬억이 툴툴대는 소리를 듣고서야 박종민은 제 주머니를 뒤져 핸드폰을 꺼냈다. 이렇게 오랫동안 핸드폰을 손에서 놓은 채 존재조차 잊은 적이 있었던가. 10여 년 만에 처음 있는 일일 것이다. 가끔 전기요를 깔아놓은 고시원 바닥에 누워 있노라면, 핸드폰을 그냥 손바닥에 이식해도 되지 않을까 하는 생각이 들곤 했는데.

그러고 보니 김찬억에게는 핸드폰이 없을 텐데. 딱 한 번 해봤던 수능 감독의 경험을 박종민이 잊기엔 아직 일렀다.

이 시간대에 뉴스를 하는 곳이 있을까. 라디오를 향해 손을 뻗는 기사를 박종민이 막았다. 아니요, 괜찮습니다. 제가 핸드폰으로 같이 볼게요. 예, 계속 운전해주시면 됩니다. 라디오는 이거 듣죠. 재밌고 좋은데요, 뭘!

"선생님, 핸드폰 제출한 거 안 들고 나오셨죠. 제 핸드폰 빌려드릴 테니까 보세요, 뉴스."

박종민은 조수석에서 힘껏 몸을 틀었다. 안전벨트가 몸을 세게 옭아매는 바람에 김찬억에게 핸드폰을 건네기가 쉽지 않았다. 김찬억이 뒷좌석에서 상체를 조금만 숙여주면 편했을 텐데, 빳빳하게 등을 등받이에 따악 붙인 채 움직일 줄 몰랐다. 결국 천지창조하듯 간신히 바들바들 떨리는 손으로 핸드폰을 전달할 수 있었다. 휴우. 몸의 힘을 빼자마자 안전벨트가 잽싸게 다시 조수석으로 박종민을 잡아끌었다. 내리자마자 핸드폰을 돌려받아야지. 박종민은 되뇌며 하릴없이 옷매무새를 정리했다. 저 사람은 어쩌 1년 새에 더 멍청한 꼰대가 되었는지.

"그… 쌤. 어이구, 미안해, 이름이 기억이 안 나서, 허. 이 해해줄 수 있지? 나이가 이 정도 되면 금방 깜박깜박해."

예, 예. 비록 작년에 1년간 바로 옆자리에서 같이 일한 동료였고 게다가 한 10분 전에 고딩 커플의 주도로 다시 자기소개를 하긴 했지만요. 까먹을 수도 있죠, 예. 당신에게 그런 기대 애초부터 안 했어요. 박종민은 그 말들을 모두 곱게 접은 후 입에 넣어 산양이 종이를 씹듯 삼켰다.

그러나 뒷좌석에서 나온 말 때문에 조수석의 산양은 되새김질도 못 하고 호되게 체할 것 같은 심정이었다.

"뭐야, 쌤. 이런 쓰레기 같은 포털에서 올리는 뉴스를 봐?"

"네?"

"하여간 요새 젊은 사람들이 문제라니까. 아무 생각도 없이 그냥 아무 데서나 거짓 뉴스 보고 철석같이 믿어서 나라를 다 쓰레기장으로 만들어요, 아주."

"아니, 선생님."

"아니지? 그냥 어쩌다 들어가서 잘못 건네준 거지?"

그래, 참아야지. 말을 말자. 박종민은 그냥 안전벨트를 손으로 붙잡은 채 눈앞에 거치 된 운전기사의 핸드폰을 바라보았다. 내비게이션 앱은 뻥 뚫린 서울 시내를 보여주고 있었다. 그렇지, 맞아. 어쨌거나, 수능일이었다.

택시는 대교로 진입했다. 넓은 강을 바라보며 박종민은 그 강에서 발과 송곳니가 달린 물고기 모양 괴물이 뛰쳐나와 사람들을 잡아먹던 오래전의 블록버스터를 떠올렸다. 지금 내가 바로 그러한 재난의 한가운데 있는 걸까. 나, 진짜 오래오래 벽에 똥칠할 때까지 살고 싶었는데(물론 그게 가능한 수입이 보장된다는 전제하에). 그런 생각을 하며, 머리카락을 쥐어뜯고, 정수리를 통통 아프지 않을 정도로만 차창에 박았다. 그러는 와중에도, 그 영화의 물고기 말고 지금의 물고기들이, 단 한 순간도 누군가를 공격하지 않았다는 사실을 다시 떠올렸다. 사실 지금까지 박종민에게 가장 많은 공격을 날린 건 김찬억이었고, 사람을 죽인 건 오로지 군인들뿐이었다.

✳

"외부감독 가시지 않았어요? 왜 여기 계세요?"

민유림의 물음은 아무도 안 듣는 교내 점심방송처럼 잦아들었다. 이경찬의 좌우에 있던 애들은 모조품처럼 삐거덕대다가, 김정심이 목소리를 높이자마자 서둘러 그쪽으로 사라졌다. 이경찬은 잠시 고민했다. 뭐라고 대답해야 하지?

아니, 대답할 필요가 없다는 깨달음이 곧바로 머리를 쳤다. 자기가 뭐라고 나를 캐물어? 웃기네, 나. 아직 멀었네. 이경찬, 너 이런 식으로 하면 윗사람이 못 돼. 힘이란 게 왜 필요한데? 대답하기 싫은 질문에 대답하지 않기 위해서야. 힘이 어디서 나오는데? 대답하면 불리할 질문을 무시하는 행위에서야.

혼자 뭐라 중얼대더니 곧 낄낄대는 이경찬을 보고 민유림은 생각했다. 무섭다, 저 사람. 지금까지는 우습거나 혹은 싫었다면, 지금은 무서웠다. 뭔가 이질적이었다. 해로운 대상이라는 냄새가 나서, 당장 피해 달아나고 싶었다.

"설마 저 아줌마들이랑 같이 있었던 거?"

왜 여기 계시냐는 물음엔 답하지 않고, 이경찬은 대신 물었다. 말이 짧았지만 민유림은 짚고 넘어가지 않았다. 괜히 이경찬의 기분을 들쑤시지 말아야 한다는 본능이었다.

"네."

기가 막힌다는 듯 이경찬이 고개를 삐딱하게 꼬고 민유림을 내려다보았다. 그러더니 말했다. 대단하네, 민유림. 겁도 없고. 저 괴물들을 보고도 안 지리고 멀쩡하단 게. 근데 이제 우리가 괴물들 잡아 족칠 건데, 그럼 너는 스파이냐?

"뭘 잡아 족친다고요?"

"그럼 우리가 쟤네랑 놀러 여기 온 줄 알았냐? 선빵 날려서 이기려고 온 거지."

무슨 선빵? 민유림은 물었다. 온통 직렬로만 연결된 두뇌 회로의 어느 부분에서 스위치가 탁 하고 올라가버린 듯, 머리가 돌아가지 않았다. 지독하게 컴컴했다. 뇌 속을 혼자 지키던 생쥐 한 마리가 화들짝 놀라 더듬대며 계속해서 스위치를 찾아 돌아다녔지만….

이경찬이 병적으로 과시를 즐기는 사람이라는 사실을, 그 병이 위중해 스스로도 속여버릴 만큼의 거짓말을 늘어놓는 사람이라는 사실을 민유림 역시 익히 알고 있었다. 그래서 혼란스러웠다. 이경찬이 지금 뻐기며 털어놓는 게 진짜일까, 과장일까, 아니면 새빨간 거짓말일까? 그 세 가지 중 어느 쪽에도 확신을 둘 수 없으니 어떻게 행동해야 하는지도 불명확했다.

이경찬은 미황고등학교에서의 빠른 대처로, 곧 들이닥친 공권력의 일을 한층 줄여주었다. 이래도 되는 거냐며 울며불며 난리를 피우던 교사들에게 질색하던 군 지휘관은 이토록 머리가 잘 돌아가고 빠릿빠릿한 교사도 있단 사실에 감사했다. 하늘이시여, 그러니까 저들이 모두 다 텅텅 소리만 내는 철밥통은 아니었군요. 게다가 이경찬이 두 무리를 효과적으로 나눠준 덕에, 억울하게 목숨을 빼앗기는 사람 없이 괴물들만을 해치울 수 있어 몹시 인도적이었다. 건물만 태우면 됐으니까. 젊고 효율적인 두뇌 덕에 미황고의 응시생들은 모두 무사히 귀가했다. '모두'.

"어떻게 모두라고 말할 수가 있어요?"

몸은 가만히 있는데, 백 미터 달리기를 끝낸 사람처럼 민유림은 숨이 찼다.

"어떻게 그런 일을 할 수가 있느냐고요. 군인들이야 그렇다 치고 이경찬 쌤은 선생이잖아요. 제자들을 어떻게 그런 식으로 나누고 버려요? 비윤리적이라는 생각이 들지 않았어요? 해서는 안 될 일이란 생각이, 들지 않았어요? 그 학교 선생님들은 거기 동조했어요?"

"민유림."

이경찬은 슬슬 짜증이 나기 시작했다. 입만 살아 올바른 소리를 지껄이는 애들은 딱 질색이었다. 그런 애들일수록 말과 행동의 아귀가 맞지 않을 가능성 역시 컸다. 민유림도 그랬다. 지금 하는 말로만 들으면 참교사가 따로 없지만, 숱한 술자리에서 다른 사람을, 정확히는 이경찬을 안주 삼아 까내리며 깔깔대고 웃은 년이 바로 민유림이었다. 같은 동료인데, 역에서 노숙인 보듯 노골적으로 자신만을 등 돌리고 피하던 사람 역시 민유림이었다. 어디서 선량한 척인가.

"첫째, 걔들은 내 제자가 아니야. 그냥 응시생이지. 둘째, 걔들은 사람도 아니지. 좀비 같은 거잖아. 초기에 진압하고 없애놓아야 빨리 상황이 끝난다고. 코로나 겪고도 몰라? 초기 대응 잘못하면 모두가 한없이 불행해지는 거?"

"이경찬 쌤 말고, 그 학교의 다른 선생님들도 동의했느냐고요."

"동의하고 말고가 어디 있나. 거기 교장은 나보다도 먼저 골프채로 교무부장 머리통을 날려버리셨는걸. 그분이 지금, 어디냐, 여기 2층 중앙교무실 담당으로 가셨는데. 예우 차원에서 특별히 대가리끼리 만나시도록 해드렸다고 보면 되겠네. 그래서, 민유림 쌤. 내가 물었잖아, 누구 편이냐고. 앞치마 입은 아줌마 괴물들이랑 한패야?"

예성과 김정숙, 그리고 나머지 조리사들은 어느새 남자애들에게 빙 둘러싸여 있었다. 대부분 어려 보였고, 아주 편한 운동복 차림인 그 애들은 누군가의 지시라도 기다리는 로봇처럼 계속 머뭇거리기만 했다. 그러나 조리사들 쪽에서 아주 작은 움직임이라도 보일라치면 경기하듯 펄쩍 뛰며 대번 그 앞을 막아서고 총을 휘둘렀다. 그렇다. 한두 사람의 손엔 총이 쥐어져 있었다. 군대도 안 다녀온 애들이 저걸 쏘는 법을 알까? 예성은 의아해하다가, 수능이 군대보다 먼저라는 법은 없다는 걸 뒤늦게 깨닫고 고개를 끄덕였다. 나 자신도 사수생이면서 어쩜 이리 편협한 사고를.

조리사들은 소리 없이 대화했다. 무섭지 않아? 무서워. 아주 어려 보이는데. 저 애는 진짜 딱 내 둘째 아들을 닮았네. 볼에 난 점이나 이마의 뾰루지도, 불안해하는 눈빛도, 그리고 살짝 매부리가 있는 콧대도. 네 아들은 지금 뭐 하는데? 모르겠어, 여자친구랑 데이트할 수도 있고 아니면 조별 과제 같은 걸 할 수도 있겠지. 그런데 내 아들은 변했을까, 안 변했을까? 엄마가 이렇게 변한 것을 알면 어떻게 행동할까? 설마 저 애들처럼 겁을 먹고 흉기를 들이밀까? 이제 다 컸으니 엄마 따위 필요 없다며 내 존재를 지울까? 뭐야, 왜 그렇게 부정적으로 생각해. 아니, 사실 그렇잖아. 우린 아무 짓도 안 했는데 지상으로 올라왔더니 바로 괴물 취급을 받아. 저 쌤이랑 방호복 입은 남자랑 얘기하는 거 못 들었어? 불을 질렀다잖아, 학교에… 군대가. 헛소문 아니야? 야, 너는 아까 핸드폰에 그 사진 못 봤어?

「그만 하세요. 우리가 무조건 이기니까.」

예성은 일부러 살짝 신경질적인 반응을 보였다. 머리가 아플 정도로 웅성대던 동족들이 일제히 입을(아니, 생각을) 다물었다. 그중 이마가 넓은 누군가가 조심스레 나섰다. 우리가 이긴다고? 어떻게 확신해?

「아까 그런 얘기 했잖아요. 우린 진화한 거라고. 우주의 역사를 통틀어 보면 당연히 진화한 생명체들이 이기겠죠. 쟤들은 멸종할 거고요. 지금이야 인정하기 싫어서 발악하는 거죠. 하지만 봐요. 평생 마스크를 써야 하는, 저 앞의 남자는 방호복까지 입었네요. 그런 사람들과 맑은 공기 마시면서 경제적으로 대화 나눌 수 있는 우리. 너무 차이가 심하지 않아요?」

그리고 그때 김정숙이 예성의 어깨를 툭 치더니 상기된 얼굴로 자신의 핸드폰 화면을 들이밀었다. 이게 뭐야. 연설의 맥이 끊겨 얼굴을 찌푸렸던 예성은, 곧 믿을 수 없다는 표정으로 김정숙의 화면을 바라보았다. 그리고 김정숙이 외친 소리가 뇌로, 뇌를 통해, 뇌 속으로, 모두의 뇌에 울려 퍼졌다.

「타지 않았대. 질식하지 않았대.」

「아무도 타지 않았대. 아무도 질식하지 않았대.」

「아무도 죽지 않았대.」

「어쩌면 우리는 죽지 않나 봐.」

김정숙의 손이 바빠졌다. 김정심이 눈을 크게 떴다.

4

 잿더미 속에서 불에 그슬린 옷을 아무렇게나 걸친 형체들이 별일 없다는 듯 똑바른 자세로 걸어 나오고, 등 뒤로도 그 동족들이 천천히 접근하고 있을 때 어떤 대응을 해야 하는지 군인들은 교육받은 바가 없었다. 능하고에서 총을 난사할 때 겁에 질려 뛰쳐나오다 그대로 쓰러진 사람들은? 죽은 것처럼 보였는데 아니었나? 결국엔 빈 운동장을 걸어 교문 쪽으로 이동하는 형체들을 향해 다시금 총을 쏠 수밖에 없었는데 쓰러졌던 자들이 5분쯤 후에 다시 비척비척 일어나 걷는다는 사실을 알고 나서는, 누구 말마따나 '지릴 것 같은' 상태가 되어버렸다.
 그리고 미황고 교무실에 길게 누워 있던 교무부장. 교장의 골프채로 후두부를 가격당하고 이경찬에게 자리를 뺏겨야 했

137

던 바로 그 교무부장 역시 지끈거리는 머리를 손으로 꾹꾹 누르며 걸음을 옮기는 중이었다. 교무부장의 눈은 핸드폰 화면에 고정되어 있었다. 감독들이 제출한 휴대폰을 모아놓은 캐비닛이 타지 않은 것 역시 천운이었다. 몸이 이렇게 되었어도 지문인식이 먹히는 것 역시 다행이었고.

무적의 몸이 된 사람들의 대화가 뇌리를 가득 메웠다. 다들 외상을 입은 후 자신과 비슷한 증상을 겪은 모양이었다. 사지의 마비, 지끈거리는 통증과 더 이상 기능할 수 없게 된 신체의 탈락, 그리고 재생. 그 와중에 또렷이 살아 있는 의식.

교무부장은 교장 그 미친놈과, 이름 모를 어린 더 미친놈의 행방을 쫓는 중이었다. 물론 혼자는 아니었고, 자신과 함께 불타는 학교 건물 안에서 공포에 떨며 인간들에 대한 배신감과 절망감에 시달려야 했던 많은 동족과 함께였다. 대부분 10대 후반이나 20대 초반이었을 어린애들은 그 뜨겁고 무자비했던 불길에 20년 정도를 던져 태워버린 듯 지친 마음을 숨기지 못했다. 집에 갈 사람은 가라는 말에도 대다수가 남았다. 절반은 단독행동이 아직 무섭다는 입장이었고, 절반은 누굴 믿어요? 가족을요? 하고 날 선 반응을 보였다. 그들은 이미 충분히 느꼈다. 어른과 나라가 썩은 발가락 도려내듯 자신들을 그대로 삭제하려 했다는 사실을.

교무실에 누워 있을 때, 교무부장은 그 어린 감독관이 자기를 따르는 사람들을 데리고 진운고등학교로 이동할 거라고 떠벌리는 것을 다 들었다. 감독관은 나머지 교사들에게 다

귀가하라고 했지만 교장만은 무조건 자신과 함께하기를 원했다. 일종의 인질이었을 것이다. 하지만 교장의 말 없는 서슬에 교사들은 아무도 귀가하지 못했다. 즉 모두가 진운고로 함께 떠났다는 뜻이었다.

교사들만 간 것은 아닐 것이다. 그 젊은 감독관을 따르는 수험생들도 있었다. 그들 역시도 귀가하지 않았다. 그 애들은 무슨 생각에서 그 사람과 함께 간 걸까. 그건 아무리 머리를 굴려도 알 수 없었으니, 직접 가서 두 눈으로 똑똑히 보는 수밖에 없었다.

교문을 통과할 땐 물리적인 저항에 직면해야 했다. 몽둥이와 개머리판, 주먹들이 날아왔다. 그러나 대상을 해하고 죽일 수 있다는 확신이 말끔히 사라진 폭력은 숨이 제대로 죽은 김장배추처럼 무력했다. 게다가 교무부장과 같은 동족들에게도 무기가 없는 것은 아니었다. 불탄 폐허에서 긁어모을 수 있는 건 다 들고 나왔으니까. 교무부장은 소화기를 메고 있었다. 누군가가 앞을 막을라치면 흰 분말을 죽어라 쏘아댔다.

그리고 군대의 퇴로를 막은 세력들이 있었다. 옆의 학교에서, 근처의 식당에서, 길 건너의 카페에서. 불타는 학교를 보고 경악에 휩싸였던 동족들이 군인들의 뒤통수를 치고, 옆구리를 급습하고, 인정사정없이 손에 잡히는 것들을 휘둘렀다.

이것이 지금 그 모두가 진운고등학교 운동장까지 진입할 수 있었던 이유며 과정이었다.

*

건물 밖이 웅성웅성 시끄러워지자 이경찬은 군인들이 온 줄 알고선 머리를 쥐어뜯으려 손을 올렸다가, 자신이 방호복을 입고 있단 사실을 깨닫곤 다시 내렸다. 뜻밖의 아줌마 부대 때문에 지휘관에게 약속했던 시간을 지키지 못했다. 미황고에서와 마찬가지로 건물과 운동장에 두 종을 분리해놓기로 했었는데. 위층에선 이미 정상인과 물고기를 구별해놓곤 지시만을 기다리고 있었는데 정작 1층의 자신이 괜히 미적대다가 이런 식으로 어이없는 실책을 저지르고 만 것이다. 아. 이경찬은 민유림을 노려보았다. 분명히 지하에 얌전히 갇혀 있었을 아줌마들을 1층에까지 끌고 올라온 것은 민유림일 것이다. 하여간 도움이 안 되는 여자였다.

"선생님."

미황고의 교실에서부터 내내 이경찬의 옆을 졸졸 따라다니며 오른팔을 자처하던 남자아이가 작은 목소리로 속삭였다.

"선생님, 운동장에요."

"알아. 늦은 거."

"아니요. 물고기들인데요…, 운동장에요."

이게 무슨 소리야. 이경찬은 고개를 돌리고, 두 눈으로 점점 가까워지는 재난의 떼를 마주했다. 그렇다. 이경찬의 실수가 아니었다. 군인들과 약속했던 시간은 아직 한참 남아 있었다. 이경찬의 실수가 아니라, 물고기들이 한발 앞선 것이다. 그런데 저렇게나 많았나. 어디서 쏟아져 나온 건가. 이경찬은 또 눈을 비비려 손을 올렸다가, 자신이 방호복을 입고 있다는 사실을 또다시 깨닫곤 욕을 짓씹었다.

불공평했다. 자신의 기지에 비해 너무 짧은 성공이었다. 누가 그 상황에서 과감한 격리를, 칼 같은 결단을, 그리고 즉각적인 이동을 감행할 수 있단 말인가. 오로지 자신뿐이었다. 아무 대책도 내지 못한 채 멍청히 우뚝 선 마네킹 따위가 되거나 혹은 지독한 겁에 질려 아예 자멸해버린 '감독관'(혹은 '교사', 또는 '어른')들이 넘쳐났는데, 이경찬 하나만은 달랐지 않나. 그런데 벌써부터 등 뒤에 아가미를 뻐끔대는 적들이 대거 들러붙었단 말인가. 이경찬은 다시 한 번 욕을 뱉었는데, 그것은 군인들을 향해서였다. 씨발, 일찍 좀 오지. 내가 아무리 탁월해도 그렇지, 민간인에게 현장을 통째로 맡겨버리곤 저들은 미적대는 게 가능한 일인가. 역시 군인도 어쩔 수 없는 나라의 철밥통인가.

가장 선두에 선 두 사람의 모습은, '정상인'의 시선으로 보자면, 자못 기괴했다. 하나는 이마가 불에 구운 고기처럼 잘 익어 있었고 다른 하나는 후두부가 분화구처럼 움푹 패어 있었다. 물론 잘린 꼬리를 새로 만드는 도마뱀처럼 열심히 재생하고 있긴 했지만 '정상인'들은 알 턱이 없었다. 이경찬은 그 둘 중 분화구를 알아보았다. 미황고 교장이 눕혀버린 바로 그 교무부장이었다. 그 자리에 애덤이 있었다면 나머지 하나

역시 낯이 익다고 생각했을 텐데(곱창집의 손님이었다), 애덤
은 아직 택시에 갇혀 있는 중이었다.

"공격할 생각 없으니까 쓸데없이 무력행사하지 말래요."

김정심이 한 발 앞으로 나서며 말했다. 김정숙의 손짓이
몹시 바빴다.

그 말을 나더러 믿으라고? 이경찬은 웃었다. 안 봐도 뻔한
술수였고, 너무나 분개해서 오히려 힘이 펄펄 났다. 인중에,
겨드랑이에, 사타구니에 땀이 맺혔다. 심장이 피를 펌프질해
내보내는 감각이 생생했고, 숨이 조금씩 차올랐다. 다시 싸
울 때였다. 다시 머리를 굴리고 능력을 드러낼 때였다. 다만
바람이 있다면, 군인들이 차라리 조금 늦게 와서, 자신이 완
벽한 승리를 거두었을 때쯤 이곳에 진입했으면 좋겠다는 것
뿐이었다.

"뭘 원해서 여기로 온 건지 알고 싶대요."

"뭐?"

"미황고에서 했던 걸 다시 할 마음이라면, 접는 게 낫대요."

"무슨 개소리야."

"모두 살았으니까요. 미황고에서 단 한 사람도 죽지 않았
으니까. 불에 타도 죽지 않고, 총에 맞아도 죽지 않고 다 살
아서 여기로 왔대요. 그리고 묻는데요? 죽일 수 없어도, 여기
서 똑같은 일을 저지를 거냐고."

✳

"아저씨는 애인 때문에 한국 온 거예요?"

희재가 택시 안에서 물었을 때 애덤은 바로 대답을 하지 못했다. 그러게, 내가 한국에 왜 왔을까. 민유림 때문이었을까. 물론 아예 지분이 없는 건 아니었다. '한국 전쟁'이라는, 자신에겐 이미 아주 먼 죽은 단어 말고는 하나도 알지 못하던 나라에 대해 처음 관심을 가지게 된 것은 분명 민유림 덕이었으니까. 정확한 이유에 대한 확신이 서지 않아서, 일단은 그렇다고 대답했다. 어린 여자애의 판타지를 깨뜨리고 싶지 않기도 했다.

"애인은 어디서 만났는데요? 왜 좋았는데요?"

그러게, 왜 좋았지. 기억을 되새겨보니, 그렇지, 또 다른 한국인 배낭여행객들 때문이었다. 8인실 혼성 도미토리에 묵었던 그 남녀 한 쌍은 히피처럼 차려입었고, 영어가 굉장히 유창했다. 같은 방에 묵던 흰 피부의 애들에게(둘은 프랑스, 하나는 벨기에였나) 허물없이 다가가 말을 붙였고, 로비에 앉아 시끄럽게 웃으며 맥주를 마시고 기타를 퉁기다 보드게임을 했다. 그러나 애덤에겐 단 한 마디도 말을 걸지 않았다. 그 프랑스와 벨기에 애들보다 더, 애덤의 피부색을 경멸하고 차별했다.

그 방에서 혼자 겉돌던 민유림과 친해진 것은 그래서였다. 그 커플은 민유림 역시 티가 나게 냉대했다. 백인들이랑 놀고 싶으면 유럽여행이나 가지 왜 동남아에 와서 저 지랄이야? 정말 민망하고 미안해 죽겠네. 민유림이 맞은편에서 국수를 먹으며 투덜댈 때 애덤은 민유림이 왜 미안해하는지를 한참 고민했다. 네가 잘못한 게 아니잖아. 그게 한국인 특유의 공동체 정신에서, 그리고 남을 과도하게 신경 쓰는 민유림의 성격과 직업병(물론 그때까진 아직 교사가 아니었으나)에서 나온 감정이었단 것은 한국에 오고 나서야 알 수 있었다.

그래도 도난 사건이 아니었다면 한국에 오겠다는 결단을 내리진 않았을 것이다. DSLR을 잃어버린 히피 커플은 애덤을 콕 집어 의심했다. 그깟 카메라, 자기 입장에선 몇 푼 하지도 않았기에 애덤은 그만 말문이 막혔다. 펄펄 뛰는 커플의 앞에서 애덤을 대신해 똑같이 펄펄 뛰어준 건 민유림이었다. 그때 민유림이 지르던 고함을, 한국어에 익숙해진 지금이라면 알아들을 수 있었을 텐데. 결국 DSLR은 애덤이 아닌 누군가의 가방에서 나왔고, 멋쩍어진 한국인 커플의 사과를 받긴 했지만, 커플보다 더 정중히 사과한 사람은 민유림이었다.

"똑똑해서 좋았어요."

"네?"

"여행하다 만났는데, 진짜 너무 똑똑해서. 세상엔 멍청하게 착한 사람이 있고 똑똑하게 착한 사람이 있는데 유림은 똑똑하게 착한 사람이었어요. 선입견은 버리고 확실한 것만 취했고요. 다른 사람을 위해서 화를 대신 낼 때도 증거 다 모으고, 상대의 퇴로를 다 차단하고, 그리고 공격에 들어갔어요.

그게 되게 섹시했는데. 아, 근데, 여기 한국인데, 학생들 앞에서 이런 단어를 써도 되나? (개좋아요, 라고 희재가 환호했다.) 어쨌든 그래서 좋아했던 거예요. 똑똑한데 착한 사람은 좀처럼 찾기 힘들거든요."

물론 지금은 사람을 잘못 봤다는 걸 알지만. 그 마지막 문장은 뱉지 않고 꿀꺽 삼켰다. 괜한 이야길 한 걸까. 애덤의 걱정을 희재가 단번에 덮었다.

"뭐야, 아저씨 애인 존나 멋있어."

도착했어! 승조는 가장 먼저 택시 문을 열고 나가서는 희재의 손을 움켜쥐고 내리는 것을 도왔다. 애덤은 티머니를 찍고는 조수석을 빠져나왔다. 사실 어린 커플이 뒷좌석에서 시시덕대는 게 꽤 귀엽고 재미있었다. 마치 경쾌한 라디오 드라마 같았다. 이런 상황이 아니었다면 더 좋았을 테지만, 이런 상황이 아니었다면 저 커플을 만날 일도 없었을 테니까.

"얼른 구하러 가요, 섹시한 애인."

아니, 근데, 아직 도착하지 않은 택시가 있잖아. 승조가 희재의 손을 잡아끌었다. 자기야, 급하게 좀 하지 말고, 응? 우리 천천히, 생각하면서 천천히 행동하도록 하자, 응?

"그래서, 그 택시는 대체 언제 오는데?"

"곧 오겠지. 조금만 기다리자."

"거기 두 명밖에 없잖아. 그 나이 든 아저씨는 아예 쓸모도 없을 거고. 그냥 우리가 먼저 가면 안 되나?"

자기야. 승조는 희재를 안았다. 저 아저씨 이야기 듣고도 몰라? 우리 멍청하고 착한 거 말고 똑똑하게 착한 사람 되자고. 지금 쓸모없어도 언젠간 있을지 모르니 기다리자고. 알겠지?

희재는 승조의 말이 아주 많이 논점에 어긋났다고 생각했지만, 좋은 게 좋은 것이니, 받아들였다. 뒤의 택시는 조금 오래 지나 도착했다. 박종민의 표정은 아무리 봐도 지나치게 딱딱하게 굳어 있었는데, 오히려 뒷좌석에서 꾸물대며 내린 김찬억은 제법 쾌활해 보였다. 무슨 일이 있었던 거지. 애덤은 저도 모르게 슬슬 박종민의 눈치를 살폈다. 그러나 아직 한국 생활 만 2년도 되지 않은 외국인의 뇌로 펼칠 수 있는 상상엔 한계가 있었다. 오히려 대번에 원인을 꿰뚫어본 것은 교사 부모 밑에서 단련된 희재였는데, 그러나 지금은 그게 중요한 게 아니라고 희재는 생각했다. 저 외국인 아저씨의 멋진 애인을 구해내는 게 급선무니까.

"우리가 좀 늦은 것 같은데."

승조가 손가락으로 온통 빽빽한 운동장을 가리켰다. 목에 아가미를 단 사람들이 우글우글했다. 이어 속속들이 비슷한 사람들이, 멀거니 서 있는 4인조를 투명인간 대하듯 지나친 다음 그 안으로 들어서는 중이었다. 마치 침묵시위를 하는 것 같다고 박종민은 생각했다. 한 걸음 한 걸음 교정 쪽으로 가까이 내디딜수록 사위가 조용해졌다. 서울시민 그 누구도 보지 못할 정도로 엄청나게 커다란 파도가 이 학교 전체로 쏟아져 내린 것 같았다. 파도 밖의 사람들이 들을 수 있는 거센

물살의 소리를, 이미 물속에 갇힌 사람들은 들을 수 없는 듯 했다. 숨이 갑자기 막혀와서, 박종민은 자기도 모르게 마스크를 내리려 했다. 굼떠진 박종민의 얼굴을 살피던 애덤이 말렸다.

"마스크에서 손 떼. 이게 어떻게 감염되는지 모르잖아."

그 말을 들은 모두가 괜스레 마스크의 콧등 부분을 다시 꾹꾹 눌러 밀착시켰다. 박종민은 운동장에 늘어선 물고기들을 보며, 먼저 택시를 타고 떠났던 나머지 셋이 보지 못한 능하고의 현장을 다시금 떠올렸다. 동족이 몰살된 능하고를 향해 물고기들은 모이고 있었다. 아니, 몰살되었다고 확언할 수는 없었다. 까맣게 그을린 중앙현관에서 무언가 움직이는 것을 박종민은 분명히 보았으니까. 이곳도 상황이 마찬가지라면, 동족끼리 서로 힘을 더해주기 위해 모인 것이라면, 그렇다면 이 기이한 고요함은 분노에서 기인했을 것이다.

"자기야, 어디 가?"

옆에서 승조가 다급히 외치는 소리에 박종민은 물고기 떼에게서 눈을 돌렸다. 희재가 혼자 성큼성큼 교문을 지나 걸어 들어가고 있었다.

'정말 답답해 죽겠어, 저 남자들 모조리 다!'

희재는 왼손엔 애덤의 손목을, 그리고 오른손엔 승조의 손목을 잡고 함께 걸어 들어갈 작정이었다. 그러나 머릿속으로 시뮬레이션을 돌려보니 영 꽝이었다. 일단 승조는 조금 더 상황을 살피고 신중하게 생각하자며 바짓가랑이를 잡고 늘어질 게 뻔했다. 그리고 애덤에게서는 이상하게도 열의가 느껴지지 않았다. 여기까지 택시를 타고 왔는데도 그랬다. 오히려 애인에 대한 걱정보다는 지금 이 상황에 대한 당혹감이나 궁금증이 더 커 보였다.

그래서 희재는 혼자 냅다 걸었다.

진운고의 교문을 얼마 만에 통과하는 걸까. 반 친구들을 위해 수능 D-100 마카롱을 준비했던 날, 엄마는 출근하며 그 마카롱을 모조리 다 쓰레기통에 처박아버렸다. 학교 앞에서 망신당할 일 있니? 얼마나 많은 애들이 널 보면서 꼴좋다고, 쟤 인생 망한 걸 보니 신난다고, 앞자리 등수 한 명 떨어져 나가 다행이라고 좋아할지 몰라? 너는 생각이 있는 애니, 없는 애니?

엄마는 왜 모든 인간관계를 그렇게밖에 해석하지 못할까. 다 경쟁자. 다 서로를 미워하고, 남의 실패를 고소해하는 사람. 엄마야 평생을 그렇게 살았지. 나는 달라. 희재는 푹신한 우레탄 트랙에 잠시 멈춰 서서 숨을 몰아쉰 후 다시 걸었다. 한 번도 저 물고기들이 무언가를 공격하는 걸 본 적이 없어. 특히 나는 임산부니까, 더더욱 안전할 거야. 겉보기엔 조금 무섭지만, 목에 아가미가 달렸다고 해서 사람이 아닌 건 아니니까.

그래도 겁은 남아 있어서, 가운데를 헤집지는 못했다. 천천히 우레탄 트랙을 따라 빙 돌았다. 인기척을 느낀 물고기들의 시선이 점차 자신에게 붙박이는 것을 느꼈다. 그러나 역시 아무도 움직이지 않았다. 거봐, 내 생각이 맞잖아. 희재는 걸음을 멈추지 않은 채 고개만 돌려 교문 쪽을 향해 손을 까닥거렸다. 아무 일 안 생기잖아요. 들어와도 좋아요.

만약 들어오지 않을 거라면, 혼자 거기서 내내 겁쟁이처럼 버티고 있으시든가.

그렇게 중앙현관까지 다다랐다. 전면에 있는 아주 익숙한 전신거울, 그리고 그 옆에 우뚝 세워진 학교 설립자의 흉상. 진운고등학교의 설립자는 6·25 때 남쪽으로 피난을 오다 부모를 잃었다나. 그런데 어느 교사 부부가 거두어 친자식처럼 키워줘서, 나중에 물장사와 땅장사로 부호가 된 후에 그 은혜에 보답하겠다며 학교를 세웠다고 들었다. 무슨 장사를 했든, 개같이 벌어 정승같이 쓰면 좋은 거라고, 이 세상에 돈을 개같이 쓰는 사람이 얼마나 많은데…. 희재는 그렇게 생각했지만 선생들은 자주 그 이야길 수군대곤 했었다. 엄마도 마찬가지고.

전신거울에 비친 모습이 꽤 핼쑥하고 경황없어 보여서 괜스레 옷가지를 한번 정리하게 되었다. 거울 뒤편에서 여럿이 말다툼하는 소리가 들린 것은 그때였다. 고요한 운동장과 대비되어 그 소리는 더욱 날카롭고 불길했다. 희재는 벌을 서는 것처럼 두 팔을 머리 높이로 들고는 천천히 거울을 돌아 그 뒤편으로 향했다.

"희재야!"

희재의 얼굴을 보자마자 냅다 소리를 지른 사람은 얼굴이 익숙한 여자 수학 선생이었다. 희재가 있던 A반은 아니고, B반 담당이었다. 이름이 민유림이었지. 고참 교사의 자식이자 거하게 사고 친 학생인 희재를 모르는 선생은 없었다. 그리고 그 선생의 반대편에 있는, 방호복을 입은 사람 역시 희재의 이름을 불렀다.

저게 누구였더라? 아아, D반 담당 이경찬.

그런데 왜 저 둘이서 중앙현관을(중앙현관은 교사들에게도 편한 장소가 아니었다. 더더군다나 저 두 사람은 모두 기간제 아닌가. 기간제인 걸 어떻게 아느냐고? 학교 홈페이지에 들어가 이사회 회의록을 한 번만 읽어보면 알 수가 있다) 점거하곤 서로 마주 보고 있지? 게다가 저 뒤쪽에 있는 사람들은 위생모를 쓴 급식실 아줌마들이… 아니, 아줌마들이었던 물고기들이 아닌가. 희재는 B반과 D반 선생 중 누구를 바라봐야 할지 몰라서, 다시 고개를 뒤로 돌렸다. 승조, 애덤, 박종민, 그리고 김찬억 넷이서 희재가 걸은 경로를 그대로 따라 빙 둘러 중앙현관으로 걸어오는 것이 눈에 들어왔다.

"희재야, 너….."

민유림은 희재의 어깨를 끌어당겼다.

"너 괜찮니?"

눈썰미가 빠른 김정심은 저 애의 얼굴이 어딘지 모르게 익숙하다고 느꼈다. 그리고 아이의 배를 보고는 도저히 모르는 척할 수가 없어서, 빠르게 걸어 민유림의 옆에 같이 붙어 섰다. 괜찮니? 놀라진 않았고?

"네, 괜찮아요. 그런데 저, 찾아야 할 분이 있어서 왔어요."

"누구?"

"애덤이란 외국인을 만났는데, 그분의 애인을 찾으러 왔어요."

희재는 진운고에서 감독을 맡은 그 수많은 교사 중 민유림이 애덤의 애인일 거라곤 꿈에도 생각지 못했다.

"여기 감독을 하러 오셨대요. 그런데 애덤이 저를 도와주셔서, 그래서 저도 애덤을 도와줘야 돼요."

민유림은 눈을 껌벅였다. 애덤. 마치 모르는 이름을 듣는 것처럼 생경했다. 애덤이 어디서 무얼 하고 있을지, 완전히 낯선 타국에서 이런 일들을 겪고는 얼마나 당황하고 있을지 걱정해 주기에는 자신의 당혹감이 너무 컸다. 마치 다른 우주로부터 통신을 통해 도달한 이름을 듣는 듯 그 존재가 희미하게만 느껴졌다. 그런데….

"저기, 오시는 분이…."

희재가 이제 중앙현관에 도달한 사람들을 가리켰다. 애덤의 흉통이 커지는 것을 민유림은 느낄 수 있었다. 안 돼, 내 이름 부르지 마. 안 돼, 여기서는. 제발, 제발….

"유림!"

아, 제발. 민유림은 눈을 질끈 감았다. 방호복이 움직이는 부스럭 소리가 민유림의 귀에 표창처럼 꽂혔다.

'어린 여교사'에게 동료들이(학생들이 아니라), 특히 나이 든 동료 교사들이 가장 엄격하게 요구하는 것은 순수와 순결이었다. 여교사에게는 담배 피울 곳이 없었고, 애인 유무를 물어보면 웃으며 "아직은 생각이 없다"고 답하는 게 가장 안전했다. 애인이 있다고 답하는 순간 주말에 뭐 했느냐는 추궁에 매주 시달려야 했으니까. 특히 카카오톡 프로필 사진에 바닷가 사진이라도 올릴라치면 대번에, "요새 젊은 사람들은 애인이랑 외박도 잘하지?"라는 소리를 급식 먹으며 들어야 했으니까. 서로의 연애사를 나누어 알고 있는 젊은 여선생끼리 대화할 땐 목소리를 한껏 낮춰야 했다. 호텔이나 모텔에 들어갈 때도 진운고와 최대한 먼 업소를 택하고, 내내 주위를 두리번거려야 했다.

하물며 어두운 피부의 외국인과 사귄다면 어떤 반응일지. 상상만 해도 끔찍했다. 그래서 민유림은 애덤의 존재를 철저히 숨겨왔다. 진운고 내의 그 누구도 애덤의 존재를 몰랐다. 그러니 이경찬이 그렇게 나댈 수도 있었던 것이고.

지금까지는 그랬다.

애덤은 멀쩡하게 서 있는 민유림에게로 뛰었다. 홀로 권태기를 보내고 있은 지 오래였지만, 막상 얼굴을 보고 나니 턱하니 안심이 되어서. 괜찮구나, 변하지 않았구나, 잘 버티고 있었구나. 역시 똑똑하고 착한 나의 동방 애인답게. 전속력으로 뛰어서, '할리우드 스타일'로 껴안았다. 입을 맞추고 싶었지만 여긴 한국이니까 꾹 참았다. 이미 이 정도여도 한국 사람들은 충분히 놀랄 테니까.

그런데 애인을 품에서 내려놓고 났더니 모두는 그냥 놀란 정도가 아닌 듯 보였다. 특히 방호복을 입은 사람이 그랬다.

"지금 내가 뭘 보고 있는 거지?"

애덤, 떨어져. 빨리 떨어져. 왜 자꾸 들러붙는 거야. 민유림이 소곤대며 애덤의 가슴팍을 손으로 밀었다.

"존나, 씨발, 걸레같이…."

방호복 사이로 다시 욕설이 비어져 나왔다. 애덤조차도 그 의미를 명확히 알 수 있는 말들이었다. 민유림은 어찌할 바를 모르다가, 양손으로 각각 애덤과 희재를 붙들고는 위생모를 쓴 물고기들의 사이로 뛰어들었다. 악! 희재가 외마디 비명을 질렀지만 아프다기보다는 놀라서였다. 물고기들과의 거리를 이토록 좁힌 적은 없었다. 그러나 물고기들은 천천히 셋을 받아들이곤, 보호하듯 에워쌌다. 한발 늦게 도착한 승조와 박종민, 김찬억은 그 원 바깥에 멍하니 서 있다가, 무어라도 해야겠다 싶어서 슬금슬금 물고기들 쪽에 가서 섰다. 뭐 무기로 삼을 만한 게 없나. 박종민은 낯선 학교의 현관을 쭉 스캔했다. 다섯 발자국 정도 가면 유리로 만든 장식장이 있었는데, 정체 모를 온갖 트로피들이 가득했다. 아마 저걸 깨면 트로피를 적절히 흉기로 쓸 수 있지 않을까 싶긴 했다. 아직 적이 누구인지는… 확실치 않았지만.

김정숙의 신호를 받은 김정심이 입을 열었다.

"다시 한 번 경고합니다. 우리를 내버려두고 돌아가세요.

모두가 무사히 집으로 돌아갈 수 있게 해주면 아무런 일도 일으키지 않을 거예요. 인간들은….”

그때 김정심이 침을 꿀꺽 삼키고 목소리를 아주 약하게 떠는 것을 민유림은 놓치지 않았다. 김정심은 아직도 슬픔을 품고 있을 것이다. 왜 나인지, 왜 하필 나만 예외인지.

“인간들은 저들을 이길 수 없어요. 내 주장이 아니라 저 친구들의 확신이에요. 태워도 타지 않고, 떼어낸 살이 빠르게 돋아나는 사람들을 어떻게 이기겠어요. 당신들은 무조건 우리에게 질 거예요. 그러니까….”

우리? 이경찬이 말을 끊었다. 방금, 우리라고 했어?

“그러니까 당신들은 저 괴물들에게로 붙었다, 이거지?”

“괴물이라고 부르지 마세요. 선생님 같은 사람보다 나으니까.”

“이딴 개소리를 내가 들어줘야 하나?”

“선생님이 무슨 짓을 했는지 이미 다 알고 있어요. 밖에 있는 사람들이 전해주고 있으니까.”

김정심은 다른 사람의 혼이 자기 몸 안에 들어온 것만 같다고 생각했다. 김정숙의 손이 더 빨라졌다. 어떻게 그런 일들을, 저지를 수가 있었을까. 저 젊고 자그마한 동물처럼 보이던 남자가. 김정심은 방호복에 가려진 얼굴을 기억했다. 자신이 해준 밥을 백여 끼는 먹었을 남자가, 그 밥으로 살을 찌웠을 남자가, 어떻게 그토록 잔인하게 굴 수가 있었을까.

김정심은 말의 힘을 믿었다. 저 사람의 옆에 있는 남자아이들은, 자신들이 대체 어떤 만행에 손을 보탰는지 알 수 없을 것이다. 아무도 그 일을 명확한 단어를 사용하여 불러주지 않았으니까. 아무도 그 일의 나쁜 점을 설명해주지 않았으니까. 김정심은 방호복을 입은 사람 대신 그 옆의 남자아이들을 바라보았다. 돌아서게 만들 수 있다. 당연히 그럴 수 있다. 아이들은 아이들이니까.

"미황고에서 선생님은 격리해서 시험을 친다고 거짓말을 해서 저들을 건물에 몰아넣었죠. 그러고는 불을 붙였어요. 다 죽으라는 의도였죠, 완전히요. 게다가 총질까지 일삼았어요. 어떤 분은 골프채로 머리를 맞았다고 해요. 그렇게 패면 당연히 사람이 죽을 텐데, 범인은 그 학교의 교장이었고요. 지금 어디 있는 거죠, 그 살인자는? 그 살인자가 선생님 편인 거잖아요? 학생들… 학생들이 그 살인자 편인 거잖아요? 우린 아무 사람도 죽이지 않았는데요. 그 어떤 잘못도 저지르지 않았는데요! 학생들이 생각하기엔 이게 맞아요? 그래선 안 된다는 생각이 단 한 번도 들지 않았어요?"

너네 꼼짝하기라도 해봐. 그대로 죽여버릴 테니까. 움찔대던 아이들이 이경찬의 말에 다시 동작을 멈췄다. 아까 군인들 봤지. 그 군인들이 내 편인 것도 봤지? 잘 생각해라, 나라의 군인들이랑 저 아줌마 중에서 누가 더 옳은 말을 하고 있을지. 기껏해야 밥 해주는 아줌마야. 배우지도 못하고 입만 살아서 나불대는 아줌마라고.

이제 이경찬의 인내심은 완전히 바닥나 있었다. 물고기들 쪽으로 성큼 걸음을 옮겼더니 즉각적으로 모두가 움찔거리는 반응이 느껴졌다. 우스웠다. 식칼을 들고 있어도, 자못 끔찍한 몰골을 하고 있어도, 식당 아줌마는 그저 식당 아줌마일 뿐이다. 절대 자신을 이길 수 없다. 그대로 원의 한가운데로 향해서, 누구의 머리채를 잡을까 아주 잠깐 고민을 한 후 본능을 따랐다. 가장 증오스러운 사람. 지금의 이경찬 스스로를 가장 쪽팔리게 만들고 있는 사람. 민유림의 머리채를 잡아 질질 끌고 원 밖으로 나온 후 이리저리 픽픽 휘둘렀다. 제법 날씬해서 그런지 모가지가 낭창낭창 움직였다. 목걸이 값이다. 이경찬은 속으로 뱉었다. 먹튀의 복수다.

마침 등 뒤에서 요란한 소리가 들리기 시작했다. 아군이 드디어 도착한 모양이었다. 하여간 공무원들은 분야를 막론하고 일을 참 더럽도록 느리게 해. 이경찬은 속으로 생각하며 뒤를 돌아보곤 웃었다. 총구들이 눈에 들어왔다. 자기들은 안 죽을 거라고 일갈하던 물고기들의 얼굴이 일제히 하얗게 변했다. 어이, 그렇죠? 그쪽에서도 낭설을 마냥 믿기엔 주저되는 점이 많잖아. 아무도 안 죽었다지만, 당신 혼자는 예외적으로 죽을 수 있으니까. 무섭나요? 그럼 투항해야지. 저는 물고기지만 인간의 편입니다, 라고 주장해야지. 살려면 그 정도는 해낼 수 있어야 하잖아?

"집에 무사히 가서 자식새끼들 보려면 투항을 하는 게 좋을 텐데."

이경찬의 눈에 보이는 물고기들은 죄다 자식이 있을 법한 중년 여성뿐이었다.

"아줌마들, 남편이랑 자식새끼는 생각도 안 하고 다 지금 여기서 무슨 헛짓거리를 하는 거야? 당신들 죄다 엄마 자격 실종이야, 이 개 같은 년들아. 물고기가 되면서 인간성도 그냥 말아드신 거지, 아주. 집에서 애가 배고파 빽빽 울든 말든, 대가리 터져서 뒈졌든 말든, 상관도 안 하고 그냥 자기들끼리 살아남겠다 이거지, 우리 어머니들이. 그래, 애새끼들 다 뒈진 후에 집에 가서 묘나 잘 만들어주고 그래, 쌍년들…!"

이경찬이 마지막 문장을 어떻게 끝내려고 했는지 모두 듣지 못했다. 옆에 있던 조리사에게서 빼앗아 든 식칼을 휘두르며 희재가 달려들었기 때문이었다. 그 뒤를 애덤과 승조, 박종민이 줄줄이 따랐다.

"아줌마들은 그냥 거기 가만히 계세요!"

도우려는 조리사들에게 박종민이 냅다 소리를 질렀다.

"사람들끼리 싸움 난 거로 해야지, 물고기들이 사람 공격한다고 하면 그냥 총살일 테니까!"

안 죽는다는데도 고집스럽게 안 믿고 저렇게 멋있는 척들을 하지, 인간들이란…. 예성은 지저분한 육탄전이 되어가고 있는 눈앞의 풍경을 퍽 흥미롭게 바라보았다. 진화하지 못해 도태된 약자들끼리 서로를 물어뜯는 중이었다.

「언제쯤 들어가면 되겠어? 군인들이 언제 발포할지 모르는데.」

운동장에 서 있는 동족들에게서 물음이 전해졌다. 예성은 잠시 뜸을 들이다가 물었다. 내가 나갈까?

「내가 나가서 총을 한번 맞아볼까? 그리고 살아나는 모습을 보이는 거지. 아직 인간들이 다 못 믿는 것 같거든. 여기 있는 인간들도 그렇고, 군대도 그렇고. 눈앞에서 누가 시범을 한번 보여줘야 상황이 좀 깔끔하게 정리될 것 같은데.」

「위험해. 혹시 너 혼자 예외이면 어떡해. 죽을까 봐 무섭지 않아?」

예성은 대답하지 않았다. 하나도 무섭지 않았으니까. 이미 오늘의 수능이 엉망진창이 된 순간부터, 벗을 수 없는 마스크를 쓰고 아가미를 달기 시작한 순간부터, 예성은 죽은 것이나 다름없었다. 네 번째의 실패는 용납할 수 없었고, 능력을 보여주겠다는 열의는 거대한 손에 의해 짓이겨졌다. 그래서 예성은 남다르게 용감해질 수 있었다. 어차피 아무것도 못 될 거, 아무렇게나 저질러도 상관없었다.

그나저나 저 애, 좀 귀엽네. 예성은 희재를 보며 그런 생각을 잠깐 했다. 자식새끼 운운하던 남자에게 대번에 덤벼든 것은 아마 제 배 속에 있는 아기 생각 때문일까. 그러나 걱정이 되기도 했다. 좋은 것만 봐도 모자랄 중요한 때, 이게 무슨 난리야. 예성은 앞으로 걸어나갔다. 잔뜩 겁먹은 젖소 같은 남자애들의 어설픈 저지는 쉽게 뿌리칠 수 있었다. 김정숙이 급히 옷깃을 잡으려 했지만 이미 빠져나간 후였다. 예성은 이 난장판을 조용하게 만들고 싶었다. 이왕 보여줄 거면 모두의 이목을 자신에게 집중시켜야 했으니까.

엎치락뒤치락하느라 정신없는 인간들의 틈을 뚫고 몸을 일직선으로 날려 체중을 실었다. 중앙현관의 커다란 전신거울이 뒤로 넘어갔다. '초대 동창회 기증'이라고 궁서체로 적힌 거울이었다. 죽이고 싶은 놈은 하난데 그놈만 방호복을 입고 있으니, 다들 좀 조심했으면 좋겠다고 예성은 생각했다.

소음은 예상보다 훨씬 컸다. 모두 우뚝 멈춰 섰다. 예성은 모두에게 손을 까딱거렸다. 따라오라는 소리를 알아듣겠지. 저들이 이해할 수 있는 방식으로 말을 할 수 없는 게 아쉬웠다. 김정심이 있긴 했지만 아무래도 통역을 거치는 건 성가신 일이었다. 그나저나 예전엔 어떻게 그렇게 비경제적인 방식으로 대화했었나 몰랐다. 이미 기억이 사라지는 중이었다.

다시 등을 돌려서 운동장으로 걸어나갔다. 동족들이 운동장을 반쯤 채우고 있었고, 군대는 반원형으로 그들을 둘러싸고 있었다. 비켜줘요, 다쳐. 예성의 말에 꿀렁꿀렁 아가미들이 움직였다. 총구들이 긴장하는 것이 느껴졌다. 김정심과 김정숙이 뒤를 바짝 따라붙었다. 김정숙이 물었다.

「어떻게 하려고. 총 맞고 산다고 쳐. 그래도 무력으로는 우리가 못 이길 텐데. 잡혀가서 생체실험 같은 거라도 당하면?」

「그럼 아무것도 안 하고 멍청하게 서 있을 거예요? 」

예성이 되물었다.

「그리고요, 모두를 화나게 할 만한 불씨가 반드시 필요해요. 안 보여요? 여기 온통 기름 바닥인 거? 근데 아무도 불씨를 안 던지니까, 내가 해야지.」

「왜 꼭 네가 해야 해.」

예성은 일부러 웃음소리를, 더 이상 성대로는 낼 수 없는 소리를, 머리로 내보냈다. 아줌마, 저 관종이거든요. 그런 식으로 대답하는 게 바로 예성이었다. 아줌마들은 집에 가셔야죠 같은 간지러운 말이나, 저는 이제 더는 인생 살 생각이 없거든요 같은 솔직한 말이나, 사수 시험을 조졌으니 죽어야죠 같은 자존심 상하는 대답은 할 수가 없었다.

「저 관심 받는 거 방해하실 거예요?」

김정숙은 대답하지 않았다.

「이제 그만 따라와요. 이러다 같이 총 맞아요. 아줌마는 그렇다 치고 아줌마네 언니는 진짜 위험하잖아.」

김정숙이 김정심의 손을 잡으며 멈춰 섰다. 예성은 계속 걸었다. 죽어도 좋고, 안 죽어도 좋았다. 멈춰! 더 가까이 오면 발포한다! 그 말을 듣자마자 예성은 기다렸다는 듯 활짝 웃었다. 물론 붉은 마스크에 가려 보이지 않는 표정이었지만. 총을 맞아 몸에 반동이 일어나는 움직임이 더 잘 보였으면 좋겠어서, 두 손을 번쩍 들었다. 담장 밖에서도 바라보는 이들이 점점 늘어가고 있었다.

예성은 오래전 좋아했던 〈어둠 속의 댄서〉라는 영화를 떠올렸다. 뮤지컬 영화였는데, 흔히 생각하는 브로드웨이 뮤지컬처럼 밝고 휘황찬란한 게 아니라 아주 어둡고 건조한 색감으로 만들어져 마음에 들었다. 주연을 맡은 배우가 간수의 손에 붙들려 처형장으로 향하면서 '107 걸음'이라는 제목의 노래를 부르는데, 방긋 웃으면서 자신이 갇혀 있던 독방 근처의 이웃 수감자들을 계속 방문했다. 그들을 어루만지고, 품에 안거나 안겼다. 교도관이 억세게 끌어낼 때까지 그랬다. 예성은 자신이 그 주인공 여자라고 상상했다. 그 노래를 흥얼대며 걸었다. 107개의 걸음까지 저들이 기다려주진 않을 테지만. 엄마는 '예수께서 보내실 성령'이라는 뜻으로 딸의 이름을 지었다. 그 이름이 정말 부담스러웠고 엄마의 신앙도 몸서리쳐지도록 싫었는데, 지금에서야 비로소 조금은 그 이름에 걸맞은 일을 하고 있는 것이 아닐까 하는 생각이 드니 자신이 주인공처럼 느껴졌다. 예성은 자신들이 아주 급격하게 진화한 인간이라고 믿어 의심치 않았다. 그 사실을 보여주는 신호탄이 되고 싶었다.

예성의 가슴팍이 시뻘겋게 피로 물들었다.

5

예성의 가슴팍에서 솟구치던 피가 멎는 데 1분의 시간이 걸렸다. 옷에 가려진 살이 아물고 다시 자라는 데 몇 분이 소요되었는지는 정확히 아는 사람이 없었지만, 예성이 자기 가슴팍을 문지르며 천천히 상체를 일으키는 것에는 피가 멎고 나서 2분이 더 소요되었다.

총 3분의 시간. 사람마다 조금씩 차이가 있을 수도 있겠지만(저 아이는 어쨌거나 쌩쌩한 20대 초반이니까, 아마도 나는 좀 더디겠지. 대부분의 조리사들은 그렇게 예상했다), 그 정도의 시간만 확보할 수 있다면 인간들은 절대로 자신들을 해할 수 없었다.

이제 물고기들은 분노를 맘껏 행동으로 표출할 수 있었다. 예성이 의도한 대로였다. 모두가 오늘까지 세금 바치며 고분 고분 머물러왔던 나라의 군인들이 아무렇지 않게, 그저 아가미 하나 덜렁 생겼다는 이유 하나만으로 자신들의 눈앞에서 총질을 일삼았다. 운동장의 물고기들은 그걸 이미 한 번 당했지만, 영문도 모른 채 정신없이 당한 것과 이렇게 자기 눈앞에서 멍징하게 보는 것은 천지 차이였다. 게다가 다들 예성이 총에 맞는 영상을 찍어 업로드한 후였다. SNS에 능숙한 사람들은 해시태그를 아주 많이 달았다. 다른 나라에서도 이런 일이 일어나고 있는지는 모르겠지만, 한국 군인들이 대체 무슨 짓을 저지르고 있는지는 전 세계의 사람들이 봐야 한다고 생각했다.

안 죽었네. 예성은 자리에서 일어나 모래를 털며 조금 멋쩍게 웃었다. 죽어도 좋다고 생각했는데. 이 모든 꼬락서니를 다시 안 봐도 좋겠다고 생각했는데.

"야! 괜찮아?"

눈꼬리에 눈물이 맺힌 희재가 뒤에 사람들을 줄줄이 사탕처럼 매단 채 뒤뚱뒤뚱 뛰어왔다. 언제부터 친해졌다고 반말이야. 아마 수험생들은 다 자기 또래인 줄 아나 보지? 희재가 자신을 덥석 안으려 들길래, 예성은 손을 가볍게 들고 뒤로 조금 물러났다. 이봐, 그렇게 커다란 배를 하고 누굴 안으려 하는 거야, 조심하는 마음 반, 그리고 핏덩이로 잔뜩 더럽혀진 제 옷에서 오염이 옮을까 걱정되는 마음이 반이었다.

다행이다, 진짜 괜찮나 봐요. 아아, 진짜 어떻게, 어떻게 사람들이…. 희재는 목을 놓아 울었다. 옆에서 남자친구, 혹은 남편이 다독여주고 있었다. 예성은 엄마를 생각했다. 한 번도 누군가의 도움을 받아 아이를 낳고 키워본 적이 없는 사람. 그 아이가 조금 전 '나는 죽어도 좋다'라고 생각하며 총구의 정면으로 걸었다는 걸 엄마는 상상이나 할까. 알게 된다면, 어떤 반응을 보일까?

물고기들은 예성과 무리를 에워싸곤 천천히 학교의 안으로 다시 안내했다. 아직 균형감각이 덜 돌아온 예성이 휘청거릴 때마다 열 몇 개의 팔이 한꺼번에 뻗어 나와 서로 예성을 부축하려 들었다. 그리고 등 뒤는 그야말로 전쟁이었다. 죽지 않는 자들이 몇 겹으로 달려들어 군인들에게서 총을 빼앗았다. 서로를 방패 삼아 전진했다. 앞의 사람들이 쓰러지면, 뒤에 버티고 있던 사람들이 내달렸다. 머릿수 역시 물고기들이 훨씬 많았다. 그리고 학교 안에 있던 물고기들 역시 합류해서 점점 많아지는 중이었다. 가장 막강한 것은 식칼을 든 조리사들로 이미 눈에 보이는 게 없었다. 내 자식도 죽일 놈들이야, 저 새끼들은. 예성이 쓰러지던 광경이 머릿속에서 계속 되풀이되어 재생되었다. 그러니 우리가 먼저 보여줘야 해. 우리가 너희를 이길 수 있단 걸.

예성은 무사히 중앙현관으로 돌아왔다. 김찬억이 팔짱을 끼고 예성을 물끄러미 쳐다보더니 물었다.

"다 알고서 쇼한 거지? 괜찮게 했네."

뭐래, 꼰대가. 그 옆에서는 아까의 그 사이코 같은 놈이 숨을 헐떡이며 바닥에 누워 있었다. 방호복은 누더기가 되어 거의 해체된 상태나 다름없었고, 방호복과 함께 줄줄 내려간 바지는 발목에 걸쳐진 채였다.

아줌마 열댓이 어떻게 아무런 소통 없이 한꺼번에 달려들었는지는 모르겠지만(이경찬은 아직도 텔레파시의 존재를 몰랐다. 그들과 이야기해보겠다는 마음을 한 번도 먹지 않았기 때문에, 어쩌면 당연한 일이었다). 그렇게 힘이 센 사람들일 줄 이경찬은 꿈에도 몰랐다. 그 중 유일하게 말을 할 줄 알던 여자가 분에 못 이겨 외치던 소리를 듣고 그 이유를 짐작했을 뿐이었다.

"새끼야, 너는 너 같은 애새끼들을 몇이나 키워낸 엄마들 근력이 얼마나 강한지 모르지?"

✳

군대가 후퇴한 후 학교는 잠시 고요해졌다. 말이 후퇴지, 사실 무기를 뺏기고 줄행랑을 쳤다고 보는 것이 옳았다. 김정숙의 지령을 받은 김정심이 교내 방송을 틀었다. 변이하지 않은 사람들은 지금 당장 운동장으로 집합하라고, 그러면 아무 탈 없이 귀가시키겠다고 설명했다(물론 이경찬은 예외였다). 그러나 아무도 운동장에 내려오지 않았다.

너희를 어떻게 믿어! 어느 교실에서 절규가 울려 퍼졌다. 김정심은 다시 말했다. 살짝 돌아버린 군대는 사람이든 물고기든 가리지 않고 죽일 터이니 군대가 오기 전에 얼른 귀가하는 것이 현명할 거라고. 그래도 겁을 집어먹은 사람들은 내려오지 않았다. 결국 물고기들은 층마다 돌아다니며 변이를 일으키지 않은 사람들을 끄집어냈다. 선뜻 나오려 들지 않아서, 결국 총구를 이마에 들이밀어야 했다. 그 꼴을 본 예성과 김정숙은 나란히 한숨을 쉬었다. 절대로 협박하고 싶지도, 폭력을 쓰고 싶지도 않았는데, 저토록 멍청해서 스스로 화를 부르는 사람들을 어떻게 해야 하나.

"애덤 애인…님을 찾았으니까, 우리도 이제 가야 하지 않을까?"

승조가 잔뜩 쭈뼛거리며 희재에게 물었다. 희재 역시 잔뜩 삐거덕대며 민유림을 응시하는 중이었다. 저 선생님 남자친구가 외국인이었다니! 희재는 애들에게 신나게 소문을 내는 상상을 하다가, 아, 나 자퇴생이었지, 뒤늦게 자각했다. 승조는 수업시간에 이경찬에게서 들었던 목격담을 떠올렸다. 그 말이 나오자마자 몰래 핸드폰을 잡은 남자애들끼리 수많은 카톡이 오갔다. 아무도 이경찬을 한 톨만큼도 믿지 않았지만, B반 담당은 젊고 귀여워서 나름대로 인기가 있는 선생이었다 (물론 마스크 때문에 눈밖에 볼 수가 없었지만). 함께 상상하며 낄낄대기엔 좋은 대상이었으니 단합할 빌미를 던져준 이경찬에게 모두 땡큐!를 외쳤다. 승조는 한때 B반이었던 의리 하나로 아무 말을 얹지 않았다. 카톡들을 재미있게 읽긴 했지만.

"그래, 다들 집에 가도록 해요. 다들 고마웠어요. 그렇지만 난 안 갈 거야."

잔뜩 찌푸리고 있던 민유림이 말하더니, 갑자기 손을 움직여 마스크를 홱 벗었다. 자신이 상상하던 민유림의 얼굴과 실제 얼굴이 너무나 달라서 박종민은 깜짝 놀랐다. 저렇게 하관이 좁을 줄은 몰랐는데. 그러나 막상 희재와 승조는 교무실 앞에 붙은 자리 배치도를 통해 알고 있는 얼굴이었다. 새로운 선생이 오면 자리 배치도의 증명사진을 통해 얼굴부터 확인하는 게 낙이었으니까. 물론 과한 포토샵 때문에 아주 다른 사람이 앉아 있는 경우도 있긴 했지만, 민유림의 얼굴은 사진과 흡사했다.

민유림과 애덤, 박종민과 김찬억, 희재와 승조. 여섯은 중앙현관 옆에 붙어 있는 행정실에 모여 앉아 있었다. 김정심이 마련해준 공간이었다. 아니, 여섯은 아니고, 플러스알파가 더 있었다. 식자재를 포장하던 노끈을 식당에서 찾아낸 김정숙이 이경찬을 꽁꽁 묶곤 재갈까지 물려(그 위에 마스크를 억지로 다시 씌워준 것이 제법 코믹했다) 행정실에 던져두었기 때문이었다. 꼴도 보기 싫겠지만 조금만 맡아달라며 김정숙은 설명했다. 지금 내려오는 사람들과 섞여 도망가면 어떻게 해요. 벌 받을 사람은 벌을 받아야죠. 그러더니 5분 후엔 2층에서 헐레벌떡 내려오던 미황고 교장까지 잡아넣었다. 교장은 작년에 근무하던 박종민을 알아보고는 바짓가랑이를 물고 늘어졌다. 그러나 박종민은 이미 김정심으로부터 교장이 사람의 두개골에 골프채를 휘둘렀다는 이야길 들은 후였다.

행정실장의 의자와 다른 직원들의 의자는 모델이 달랐다.

모두가 가장 좋은 행정실장의 의자에 희재를 앉히는 데 동의
했다. 정작 희재는 그 자리가 불편한 듯 몸을 이리 꼬고 저리
꼬았지만.

민유림은 두 손에 머리를 묻고 앉아 있었다. 조금 전까지
민유림은 자신이 알게 된 모든 사실을 사람들에게 털어놓았
다. 오후 1시 30분쯤의 어느 시점에 마스크를 제대로 쓰고 있
지 않던 사람들이 변이했고, 붉은 피로 물든 마스크는 피부
일부가 되어 결코 얼굴에서 분리되지 않으며, 서로는 텔레파
시(지금 자신이 느끼는 당혹감에 비해 너무나 SF 같은 단어라고 민
유림은 생각했지만 이보다 적확한 표현을 찾을 수가 없었다)를 통
해 대화할 수 있단 것, 그리고 무엇보다….

"그 사람들은 자기들이 진화했다고 결론 내렸어요."

그 말이 마치 마술사의 장막처럼 행정실 전체를 감쌌다.
말도 안 돼, 저 끔찍한 놈들이 어디서 그런 소리를! 벌떡 일
어선 김찬억을 박종민이 억지로 다시 주저앉혔다. 재갈을 물
린 두 사람의 입에서 끙끙대는 소리가 흘러나왔다. 애덤에게
선 아무 말이 없었고, 조금 전까지만 해도 당차게 행동하던
어린 커플은 이제야 상황이 조금씩 이해되는지 미세하게 떨
며 서로의 손을 어루만졌다.

"그런데 제가 생각해도 사실이에요. 그 사람들은 우리 말
을 들을 수 있지만 우리는 그들의 대화를 엿들을 수 없죠. 그
사람들은 아주 신선한 공기를 마실 수 있지만 우리는 마스크
때문에 그럴 수도 없어요. 그리고 무엇보다, 다들 보셨잖아요.

다친 사람들이 재생하는 거. 총을 맞아도, 골프채로 머리를 으깨도, 이마를 불판에 지져도 다 다시 살아나는 거. 여러분이 직접 보셨잖아요."

"진화했다는 가설이 사실이라면 정말 억울한데요."

박종민이 끼어들었다.

"마스크 제대로 안 쓰면 다들 죽일 놈처럼 달려들어 물어뜯은 지가 벌써 몇 년이에요. 특히 우리처럼 학생들 많이 만나야 하는 직업군은 더 심했고요."

민유림은 박종민이 대번에 자신과 같은 생각을 했단 것에 놀랐다.

"저도 똑같은 생각이에요. 조리사님들께 정말 많은 도움을 얻긴 했지만, 그렇지만… 너무 억울해요. 그래서 여기 남고 싶었던 거예요. 수화하는 분 보셨죠? 그분 없이는 아무도 그 사람들에게서 제대로 된 정보를 얻을 수 없으니까."

"사람이 아니라 물고기지."

김찬억이 툴툴댔다.

"뭐든 간에요. 그리고 사실은… 저도 가능하다면, 그분들처럼 변하고 싶어요. 여기 있으면 어떻게든 방법을 알게 될 수 있을지도 몰라요. 억울하지만, 진화라는 주장에 자꾸 설득돼요. 왜 그런지는 모르겠지만 아무래도 도태된 것 같아요."

모두가 고요해졌다. 재갈을 문 두 명에게서 나오는 끙끙 소리 빼고는.

"유림, 내가 생각해봤는데."

전혀 기대하지 않았던 피부색의 사람에게서 튀어나오는 그럴듯한 억양의 한국어에 김찬억은 소스라쳤지만, 민망하게도 자신을 제외한 모두는 태연했다.

"무슨 생각?"

"만약 저 위에 누군가 있어서, 어떠한 결과를 상상하고 그 기준에 맞는 사람을 골라 변이시켰다고 해보자. 무슨 결과를 상상했을까? 진화인지 아닌지 생각해볼 수도 있어."

애덤은 한국어 7, 영어 3쯤으로 두 언어를 섞어 썼다.

"상부의 말을 잘 듣지 않는 사람을 택했다면 진화일까 징벌일까?"

"상부의 말이라니?"

"마스크를 벗지 말라는 말."

박종민이 끼어들었다.

"야, 말이 좀 이상하네. 우린 스스로와 공동체를 지키려고 이걸 쓰는 거지 누가 시켜서 쓰는 건 아니라고."

"맞아, 그거야 당연하지. 그렇다면 우리가 도태된 게 아니라고 믿으면 되잖아? 그냥 다른 종의 사람들이 생겨난 거지. 새롭게. 저 사람들은 소리를 못 내. 우린 낼 수 있고. 우리가 가진 건 왜 생각하지 않아?"

박종민은 뾰족한 대답이 떠오르지 않아 입을 다물었다. 민유림은 검지와 중지의 손톱을 튕기며 딱, 딱 소리를 내더니 고집스레 말했다.

"그래. 애덤, 넌 그렇게 생각해. 그래도 난 벗고 있을래.

더 무서운 일들이 일어났으니 감염 같은 건 두렵지 않아."

그러자 희재가 말했다.

"저는 우리에게 얼굴이 있다는 게 가장 큰 장점인 것 같은
데요. 코와 입을 보여줄 수 있단 게요."

그러더니 마스크를 내리곤 씩 웃었다.

"표정이란 게 있잖아요."

결국, 모두가 마스크를 한 번씩은 벗고 서로의 얼굴을 마
주했다. 승조는 쭈뼛쭈뼛 마스크를 벗더니 민유림의 얼굴을
보고 히히 소리를 내며 살짝 웃었는데, 웃을 때 하트 모양이
되는 입이 희재와 꼭 닮아 있단 걸 민유림은 지금까지 몰랐
다. 이 학교에 온 지 겨우 1년밖에 안 되었고 등교일마다 볼
수 있는 것은 그저 아이들의 눈뿐이었다. 민유림은 문득 궁금
해졌다. 저 두 아이는 서로의 눈만 보고 호감을 느꼈을까? 그
랬다면, 언제 처음 똑같이 생긴 서로의 입을 보게 되었을까?
급식실에서? 매점에서? 그 사실을 발견했을 때, 얼마나 막연
하도록 큰 사랑을 느꼈을까? 그런 크기의 사랑을 마음속에
지녔다는 건 어떤 느낌일까?

그러고는 애덤을 바라보았다. 나는 애덤을 사랑했나?

"와, 다들 얼굴이 생각이랑은 완전 딴판이네."

박종민이 웃는 커플의 장단을 맞추며 말을 이었다.

"훤하네요, 다들. 마스크 안 쓰는 게 훨씬 나은데?"

"서로 많이 봐두자. 어쩌면 변이하기 전에 서로의 얼굴을
보는 마지막 사람들일지도 모르니까."

"너는 뭐 그렇게 슬픈 말을 하냐."

"젠장, 종민, 나는 뉴욕이 그리워."

"거긴 괜찮을 거 같고?"

그리우면 가든가. 비밀번호가 걸리지 않은 컴퓨터를 찾아 인터넷 속보를 샅샅이 훑으며 스크롤을 내리던 민유림이 뱉었다. 한국만 그런 것 같은데. 어떡해, 애덤. 한국 와서 이렇게 신세를 조지게 되어서? 누가 들어도 비꼬는 말투였다. 좌중이 조용해졌다.

"아저씨가 애인이 되어서 그런 말을 하면 안 되죠!"

희재가 연극배우처럼 벌떡 일어나 척척 애덤의 앞으로 걸어가 과장되게 어깨를 찰싹 치지 않았다면, 애덤은 아마 참지 못하고 날카롭게 되받아쳤을 것이다.

그리고 승조는 문득, 김찬억이 너무 조용하다고 느꼈다.

✳

김정숙에게서 시시각각 이야기를 전해 들을수록 김정심은 절대 안 된다고, 믿을 수 없다고 고개를 저었다. 그러나 그런 행동마저 점점 힘들어졌다. 저 여자는 뭐냐고 딴지를 거는 동족들이 많아졌기 때문이었다. 붉은 마스크 무리 사이에 유일하게 버티고 선 흰 마스크. 사람들은 계속 김정숙에게 캐물었고, 그럴 때마다 대답하고 해명하고 이해시키느라 바쁜 김정숙의 수화는 한없이 느려졌다.

「통역이라고 생각해주면 안 될까요? 사람들과 우리가 서

로 대화하려면 필담을 하거나 자판을 쓰는 수밖에 없는데,
그건 너무 느리고 한계가 명확하잖아요.」

「사람들? 누가 사람이죠? 숨도 제대로 못 쉬면서 우릴 태
워 죽이려고 했던 무리요? 왜 그들이랑 대화해야 하죠? 착한
척하는 병신들이나 그런 실수를 저지를걸.」

'병신'이라는 말에 김정숙은 발끈했지만 곧 깨달았다. 김정
숙은 더 이상 그 말에 상처받을 필요가 없었다. 김정숙은 이
제 하나도 다를 게 없는 사람이었다. 오히려 지금의 '병신'은
김정심이었다.

"나도 행정실에 가 있을까?"

아무 소리가 들리지 않아도 분위기를 짐작할 수 있던 김정
심이 김정숙에게 조용히 묻자 김정숙은 급하게 언니의 손을
꼬집었다. 아! 김정심이 외마디 비명을 질렀다. 김정숙이 빠
르게 수화를 했다. 그 사람들이 뭐라고 예외로 두느냐는 의견
이 대다수야. 처리할 거면 다 같이 처리하자고. 차라리 이렇
게 싸우다가 다들 그 존재를 잊어버리는 편이 나아. 그러니까
행정실 얘긴 꺼내지도 마.

'강경파와 온건파'라는 아주 평범하고 식상한 어휘로 표현
할 수 있을 법한 구도로 물고기들은 서로 갈라져 있었다. 오
래도록 함께 일했던 조리사들마저 3분의 1가량이 강경파의
주장에 맘을 돌리는 중이었다. 물론 김정심 여사님이야 예외
죠. 여사님은 우리가 무조건 보호해야지. 하지만 모두 봤잖
아요. 손에 아무것도 들지 않고 위협도 가하지 않은 학생에게

무차별적으로 총을 쏜 걸요? 그걸 보고도 어떻게 '대화하자'는 주장을 할 수가 있어요? 영양사의 말 중 첫 번째 문장만을 김정숙은 언니에게 전했다. 언니, 너무 무서워하지 마. 김정숙은 수화로 옮길 정도로 중요한 말이 없거나 혹은 차마 전하지 못할 정도로 날 선 말이 오갈 때는 김정심의 손을 찾아 꼭 쥐었다. 이젠 자신이 언니를 챙길 때였다.

예성은 정신을 집중했다. 뇌 속이 다른 사람들의 대화로 여간 시끄러운 것이 아니었지만, 드문드문 학교 밖의 소리가 섞여 들어왔다. 거기엔 예성 자신에 대한 이야기들도 꽤 많았다. 야, 이거 봐. 그럼 군인들이 결국 우리도 죽이는 거야? 그런 거 아니야? SNS의 파급력이 만만치 않은 모양이었다. 예성은 외계행성에 신호를 보내는 우주정거장처럼 계속해서 외쳤다. 제가 영상의 바로 그 총 맞은 여학생입니다. 여긴 진운고등학교입니다, 저희는 단합하여 군인들을 몰아냈고 지금 인간들에 대한 반격을 준비하고 있습니다. 이쪽으로 모여주세요. 힘을 합해주세요. 침을 꿀꺽 삼키곤(물론 이제 뭔가 대단한 말을 할 때 침을 삼킬 필요는 물리적으로 없었지만, 오랜 습관을 한순간에 잊기란 힘든 일이었다) 더 이어 나갔다. 겁먹지 마세요. 우리는 무조건 승리할 것입니다. 그러니 두려워하지 말고 더 빠른 승리를 위해 힘을 합해주세요.

하나둘씩 응답이 오기 시작했다. 예성은 행정실 쪽을 흘끗 바라보았다. 저기 머무는 사람들은 우릴 의심할까, 믿을까. 집에 보내준다고 하면 순순히 떠날까? 사실 항상 믿음은 의심받음을 통해서 더욱 공고해지지 않던가. 이제 서서히 석양이 지기 시작했다. 겨울이라 해가 지는 시각이 퍽 일렀다. 따뜻한 집과 부드러운 이불에 익숙해진 사람들은 오늘 밤을 여기서 넘기려고 할까? 사랑하는 가족이 집에서 기다리고 있다는 신념을 지니고 있는 사람들은 어떻게 행동할까? 머릿속은 여전히 사람들의 논쟁으로 어지러운 채였다. 그러나 더는 두려울 것이 없었다. 이미 죽음을 각오하고 실행에 옮겼던 사람은 전혀 다른 개체로 다시 태어나기 마련 아닐까.

행정실 사람들을 좀 구경하러 갈까. 예성은 몸을 살짝 틀었다. 그 후리스 입은 교사의 말이 자꾸만 맘에 걸렸다. 쇼하네. 어떻게 그런 말을 할 수가 있지. 어쩌다 젊은 애들 사이에 끼어 분위기도 못 맞추고 내내 헛소리만 하던 걸 내가 다 봤는데. 예성은 자기 아버지가 그 후리스와 또래일 거라고 생각했다. 그러니 더 짜증이 났다.

✳

김찬억이 행정실 벽에 걸린 액자에 달려들어 유리를 깨뜨리곤 가장 날카로운 파편을 골라 목에 세로로 긴 줄을 긋던 그 순간, 물고기들은 속속들이 도착하는 동족들을 따스하게 맞이하는 중이었다. 그리고 박종민은 김찬억을 가장 싫어했음에도 가장 먼저 피투성이가 된 김찬억의 상체가 최대한 낮은 위치에 있도록, 그래서 최대한 출혈이 덜하도록 김찬억의 하체를 잡아 치켜들었다. 선생님, 집에 가셔야죠! 따님도 계시잖아요! 두 손을 상처에 가져다 댄 후 세게 누르자 핏덩이가 울컥울컥 올라왔다. 사람이 자유의지로 이렇게나 깊게 스스로에게 자상을 낼 수 있나? 절대 불가능한 일이었다.

그래서 행정실의 모두는 느꼈다. 새로운 국면으로의 전환, 지금까지와는 완전히 차원이 다른, 끈적이고 울컥대는 위협을. 행정실이 시끄러워진 것을 알아채고 처음 달려온 변이체는 예성이었다. 스스로 목을 그었어. 애덤의 말에 예성은 두 손으로 얼굴을 가렸다.

3부

○

배

6

「어제 오후 발작한 두 사람 중 21번은 사망했고, 36번은 의식이 돌아오지 않는 상태예요. 손을 묶어놓거나 목에 깁스를 대는 방법을 다시 쓰는 걸 고려해봐야 하지 않을까 하는 의견들이 많던데요.」

「하지만 말했잖니, 최대한 그들을 인간답게 대우하는 게 원칙이라고.」

「지금처럼 약 먹여서 내내 재우는 게 인간답게 대우하는 거라고요? 저는 반대예요. 차라리 깁스가 나아요.」

「그건 영 보기가 좋지 않아. 게다가 다들 원해서 들어온 거 잖아. 그렇다면, 어떻게 보호해주든 그 방법과 결과는 우리의 손에 온전히 맡긴단 뜻이지. 그런데 가만, 34번은 상태가 어때? 그쪽이야말로 우리 쪽 과실이라, 제대로 회복할 수 있도록 열과 성을 다해야 하는데.」

「영양제를 링거로 주입할 경우 바늘로 자해할 우려가 있어
직원들이 돌아가며 직접 주사기로 자주 영양제를 투입하느라
고생했어요. 지금은 미음 정도를 넘겨 소화시킬 수 있다고 하
고요.」

「34번 담당의 인적사항은 전국에 공유했고?」

「예, 알렸어요.」

「좋아. 그 새끼, 진짜 악마 아닐까. 그런 악마 같은 새끼가
어디서 누구를 더 굶겨 죽이는 일은 없어야지.」

「하지만 사실 저도 그들이 음식을 먹어야 한다는 것을 자
주 잊곤 하는걸요. 너무 성가시고 비경제적인 방법이라서….」

「예성아, 어항 속의 물고기를 키운다고 생각하면 되지 않
을까. 짖지 않아도, 물지 않아도, 때 되면 잊지 않고 밥 뿌려
주는 거. 그렇게 어려운 일은 아니잖아. 물론 물고기처럼 보
기 좋진 않지만, 물고기보다 훨씬 더 성가신 존재들이긴 하지
만, 그래도. 아사 직전까지 방치되었는데 아무도 몰랐다니,
얼마나 부끄러운 일이니.」

예성은 파일 철을 닫았다. 김정숙이 주머니가 불룩한 예성
의 외투를 응시했다.

「또 구해 왔어?」

「네.」

「고맙다고 하긴 해, 걔?」

「그럼요. 매일 질리도록 듣곤 하는걸요. 그래도 많이 씩씩해졌어요. 우리가 아기를 빼앗아 갈까 봐 계속해서 불안해하긴 하는데. 그럴 생각이 없다고 해도, 믿지 않아요.」

「우리 말고 자기 동족들이 빼앗아 가는 걸 두려워해야지. 우리가 아기에게서 알아내야 할 게 뭐가 있다고. 목마른 건 그쪽인데.」

김정숙은 소리 없이 웃다가, 자리에서 일어섰다.

「그럼 같이 나가자. 나도 언니를 보러 갈까 싶어서.」

「언니분 목은 괜찮으세요?」

「간지러워 죽겠대. 그런데 피부약도 워낙 독해서, 이중으로 고생 중이야. 그래도 어떡하겠어. 언니한테 다른 사람들처럼 약을 먹일 순 없잖아. 일도 많은데.」

「어제도 누가 그러던데요. 우리가 굳이 왜 도태된 사람들과 소통하고 챙겨야 하느냐고. 그럴 일이 없으면 언니분도 훨씬 편안한 삶을 살 수 있을 거라고요.」

「말했지, 인도주의적인 거라고. 진화하지 못했다고 해서, 신의 선택을 받지 못했다고 해서 바로 목숨을 잃도록 내버려 둘 순 없어. 그게 우리가 한때는 가족이었던 사람들에게 보일 수 있는 예의 아니겠어?」

＊

희재와 승조가 같은 공간을 쓸 수 있게 된 것은 순전히 예성의 배려였다. 아기를 낳은 후 자주 극심한 빈혈을 일으키곤

하는 희재를 위해 버려진 약국을 뒤져 철분제를 구해 오는 사람 역시 예성이었다. 승조는 제 아기가 세상에 나온 그 순간부터, 똑같은 말만 늘어놓는 앵무새가 되었다. 희재가 아이를 안고 있으면 하염없이 그쪽을 바라보다가, 왜 이런 일이 일어났지? 같은 말만 물었다. 왜 나는 그 어디에서도 쓸모없는 인간이 되고, 왜 지금 막 세상에 태어난 내 아이는 나와 너를 닮지 않았지?

앞의 질문에는 희재가 답할 수 있었다. 그야 혀를 가진 사람들이 줄어들었으니까. 위로 역시 가능했다. 괜찮아. 언젠간 저들도 미각을 그리워하고, 좋은 음식을 음미하는 순간의 경험을 애타게 찾게 될 거야. 생각해봐. 서로 만나고 사귀고 사랑하는 데 먹고 마시는 행위가 없는 게 상상이나 되는지. 그러니까 자기야, 조금만 참아. 요리하는 사람들은 절대 망할 수가 없어. 내가 장담해. 어쩌면 차라리 그럴 시간에, 저 사람들이랑 친해져서 어떻게든 미각을 느끼고 음식물을 섭취하게 할 방법을 찾아보면 어떨까?

그러나 뒤의 질문은 절대로 오를 수 없는, 끝을 모르고 위로 뻗은 장벽 같았다. 왜 깰꼼이에게 코와 입이 없는지, 대신 붉은 피부가 그 자리를 덮고 있는지, 왜 쥐면 부러질 것 같은 여린 목에 보기에도 흉한 자상이 쩍 벌어져 벌름대고 있는지. 깰꼼이의 존재는 모두의 가설(그러니까, 그날 1시 30분 즈음에 마스크를 제대로 쓰지 않고 있던 사람들만 변이했을 거라는)을 뒤엎는 것이었으며, 변이하지 않은 부모에게서 태어난 첫 변이체였다. 때문에 희재는 자꾸만, 자신이 자고 있는 사이에 누군가 깰꼼이를 빼앗아 가서 생체실험을 할 거란 불안감에 시달려야 했다. 그래서 이름을 '강한'이라고 지었다. 딸인데 너무 센 이름을 지은 거 아닌가 싶기도 했지만, 예성이 지지해 줬다. 너무 좋은 이름이라고. 맘에 든다고.

그날 그 행정실, 김찬억을 시작으로, 무언가에 홀린 듯 스스로 숨통을 끊어버리는 자들이 속출했다. 마치 아가미가 아니면 죽음을 달라는 듯, 이렇게 도태될 바엔 죽어 한 줌 흙이 되는 게 낫다는 듯, 숱한 사람들이 갑자기 조용해졌다가, 주변에서 가장 날카로운 것을 찾아 자기 목을 그었다. 어쩌면 사슬의 상위에 갑작스레 위치하게 된 자들이 동족이었던 자들에 대한 책임감과 애정에 하위층을 짓밟지 못하자, 이렇게 자멸하도록 신이 의도하고 있는지도 몰랐다. 아, 왜 이렇게 꾸물대, 하며 참지 못하고.

그게, 각자의 집으로 귀가했던 모두가 다시 진운고등학교 건물로 모인 이유였다. 희재와 승조는 헤어지지 않고 서로의 집을 차례대로 돌았다. 희재의 엄마는 한밤중이 되도록 귀가하지 않았고, 승조의 집에 가니 모두가 이미 차가운 단백질 덩어리가 되어 있었다. 다 죽는 건 아니잖아, 그런데 왜 우리 가족은 왜, 한 명도 빠짐없이 다…. 무너지는 승조를 희재가 일으켜 세웠다. 희재는 서늘하고 뿌연 밤공기 사이로 다시 예성이 기다리는 진운고로 돌아가며, 승조의 두 손을 꼭 붙잡았다. 승조가 자기 목도 그을까 봐 걷잡을 수 없이 불안했다.

그 손 위로 승조의 눈물이 후둑후둑 떨어졌다. 희재는 승조의 눈물이 떨어진 제 손을 승조의 입가로 가져갔다. 승조의 혀가 그 눈물을 핥았다. 둘 다 더는 마스크를 쓰고 있지 않았다. 그 딴 건 잊은 지 오래였다. 붉은색이 아니라면 없는 게 나았다.

아기가 세상에 태어나는 순간 당연히 우렁찬 울음소리가 들릴 거라고, 희재와 승조는 믿어 의심치 않았다. 온갖 드라마가 뇌리에 뿌리 깊게 심어준 장면이기도 했다. 산부의과 의사였다는 변이체가 침묵 속에서 피투성이 아기를 번쩍 들어 올렸을 때, 희재의 신음 외엔 아무 소리도 들리지 않아서, 승조는 아기가 죽어서 나온 건 아닐까 착각했었다. 어쩌면 너무 큰 충격을 겪었기에 그럴지도 모른다고 생각했다.

희재는 자주 젖몸살을 앓았다. 역시 예성이 구해다준 유축기를 이용했지만 정작 아기의 어디에 흘려 넣어주어야 하는지 도저히 알 도리가 없었다. 아니, 사실 그럴 필요가 있는지도 의심스러웠다. 아기는 아무것도 먹지 않고 절대 보채지 않으며 조용히 무럭무럭 자랐다.

초반에는 변이체들도 아기에게 지대한 관심을 보였다. 무엇보다 아기가 과연 그들처럼 뇌를 통해 의사 표현을 할 수 있을지 모두가 궁금해했다. 희재는 그들의 기대가 광기와 같다고 여겼다. 우린 우월해진 개체야, 선택받은 자들이야, 그러니 이 아기 역시 보통의 인간 아기보다 뛰어나야 해, 논리적인 의사 표현을 할 수 있어야 해, 할 수 있을 거야, 같은 기대를 하고 안부를 묻는 척 희재와 승조가 머무는 교실을 찾는 이들이 많았다. 그럴 때마다 희재는 지독한 체기를 느꼈다. 뭘 제대로 먹지 못하는데도 그랬다.

그들이 아무 성과도 얻지 못한 것은 희재에겐 다행스러운 일이었다. 의도인지 모르지만 아기는 고집스레 침묵했다. 결국 찾아오는 사람이 점점 뜸해지더니, 어느 순간 예성밖엔 남지 않았다. 그리고 예성은 사실 강한보다는 희재를 보러 오는 편에 가까웠다. 정작 희재는 예성의 마음을 잘 몰랐지만. 그저 아무 말 없이 툭툭 던져주는 아기용품들에 감사를 표할 뿐이었지만.

폐쇄병동과 비슷한 형태로 변해버린 진운고에 아예 자리를 잡은 건 희재와 승조뿐이 아니었다. 일단 박종민에겐 적어도 서울에선 챙길 만한 가족이 없었다. 한반도 남쪽 끝에 있는 부모님과 연락을 주고받으며 진운고에 머물렀다. 내려가고 싶어도 차편이 없었다. 운전기사와 승객 중 누가 목을 그을 줄 모르는 버스에 오르고 싶어 하는 사람은 변이 여부와 관계없이, 매우 드물었으니까. 대중교통은 택시를 빼고는 모두 중단되었다. 대담하게 택시를 운행하는 사람 역시 많지는 않았다. 자신의 차가 있지 않은 사람들은 여지없이 걸어야 했다. 부모님은 걱정하지 말라고 문자를 남겼다. 여기 내려와 봤자 뭐 하겠니, 서울에 있어야 변화에도 빠르게 적응해서 살아남고 하겠지. 그러나 바로 그날부터 부모님이 통화 대신 무조건 문자메시지를 택하기 시작했단 사실을 박종민은 알아채

지 못했다. 그저 내내 성가셨던 통화의 빈도가 0으로 사그라
진 것에 감사할 뿐이었다.

민유림은 승조와 비슷하게, 모든 가족을 잃었다. 선잠이
들면 자꾸만 그 현장을 목격하던 때의 기억이 악몽으로 되살
아났다.

거지 같은 타이밍의 직전에 한국에 오는 바람에 타국으로
내뺄 기회를 찾지 못한 애덤은 그대로 한반도에 박제되었다.
아쉬운 대로, 한국 상황을 외국에 전하는 특파원 역할을 맡으
며 용돈을 벌었다. 물론 한국에 사는 외신 기자들은 많았지
만, 변이체 집단을 척척 이끄는 중심 중의 중심과 바로 연결
된 취재원은 전무했으며, 애덤은 단연코 유일했다. 특히 그
수많은 학교들(반절은 이미 불타버린) 중 왜 하필 바로 진운고
등학교가 변이체들의 본거지가 될 수 있었는가에 대한 분석
으로 애덤은 유명세를 탔다. 왜 어느 학교는 불타고, 이 학교
는 남을 수 있었는가. 왜 어느 학교에선 변이하지도 않은 수
험생들이 죽어 나갔고, 이 학교의 수험생들은 무사히 살아남
아 돌아갈 수 있었는가. 전 세계 사람들은 '강남 스타일'의 그
'강남'이 가지는 또 다른 의미를, 이제야 조금 알 것 같았다.

＊

"강한아, 할머니 왔어."

김정심이 문을 열고 들어왔다. 희재는 아기를 안은 채 이
리저리 돌아다니던 참이었다. 깁스 때문에 목을 제대로 돌릴

수 없는 김정심을 위해 희재가 재게 발을 놀려 김정심의 눈앞
에 서서는 아기를 넘겨주었다. 김정심은 아기의 붉은 피부에
뽀뽀하고는 머리칼을 쓰다듬었다.

세상에, 갓난애가 머리숱이 이렇게 많아? 엄마 배 속에서
무얼 이렇게 많이 먹고 쑥쑥 컸을까? 강한이 처음 세상에 나
왔을 때, 모두가 그 외양에 경악하여 아이를 안지조차 못하고
있을 때, 처음 다가서서 조심조심 품에 안아 목욕시킨 게 김
정심이었다. 엄마 배 속에서 나오느라 얼마나 힘들었을까,
그렇지. 근데 울지도 못하고, 그렇지. 그렇게 조곤조곤 말하
며, 조용한 아기에게 따뜻한 숨을 호호 불어넣곤 입도 맞추었
다. 왜 내 아이에게 가장 먼저 입을 맞추는 엄마가 되지 못했
을까, 뒤늦게 자책한 희재에게 가장 효과적인 위로를 건넨 것
역시 김정심이었다.

그거 몰라? 원래 손주 사랑은 할머니야. 자식새끼는 애증
이고.

자식새끼는 애증이고. 그 말을 소처럼 천천히 되새김질하
며 씹으면 엄마 생각이 났다. 오로지 증, 증, 증밖에 남지 않았
던 바로 그때 세상이 이렇게 무너져 내릴 줄이야. 좋았을 때도
있었을 텐데, 분명 그랬을 텐데 그 수능일에는 엄마와 연을
뚝 끊어놓고 싶을 정도로 증오스러웠다. 그리고 회복할 기회
한 번을 얻지 못하고, 이제는 서로의 생사조차 알 수 없게 되
었다. 이제 와서 새삼스레 잊고 있던 엄마의 모성애를 느낀다,
따위의 감정은 아니었고 다만 엄마의 세상에서 나 역시 이런

식의 괴물이었을까, 라는 궁금증이 주로 피어올랐다. 비슷하지, 뭐. 입 꾹 다물고 자기 의사 표현 안 하고 말 안 통하고, 무슨 생각하는지 알 수 없는. 분명 내 배 속에서 나왔는데 다른 사람들과 더 비슷하고 나랑은 하나도 안 닮은. 그러면 일부러 아기를 더 품에서 놓기 싫어졌다. 나는 엄마와 다르다고, 이 아기를 이해하려 노력할 것이라고 거듭 생각했다.

"목은 좀 어떠세요?"

"똑같지, 뭐. 약을 바꿨는데 더 독해. 속이 다 헐어서 뭘 못 먹겠어. 근데 내가 문제인가. 애기 아빠가 걱정이지. 저번에 부작용 왔던 건 어떻게 됐어?"

"예성 언니한테 말했어요. 근데 다른 약 수급이 지금 좀 안 되고 있나 봐요. 그래서 일단 복용 중단했어요. 대신 제가 정신 똑바로 차리고 온종일 지켜보는 조건으로."

"애 둘을 키우네."

"그러게요. 졸려 죽겠어요."

"좀 자. 나 2시간 정도 일 없으니까 내가 여기 있을게. 애기 아빠는 화장실 갔어?"

"네, 종민 삼촌이 같이 가줘서 걱정은 안 하셔도 돼요."

"나 가야 할 때 되면 깨워줄게."

"네, 고마워요. 강한아, 할머니 말씀 잘 들어."

목을 긋는 자해성 발작을 막기 위해 김정숙이 택한 방법은 프로작 강제 투여였다. 진운고에 머무는 미변이체들이 반드시 지켜야 할 첫 번째 원칙이기도 했다. 처음엔 반신반의했지만 목을 긋는 비율이 손을 결박했을 때보다도 줄어들었다. 모두 무기력해져서 아무것도 하지 못했기 때문에. 그저 가만히 누워서 패널로 만들어진 천장을 응시할 뿐이었다.

부작용 우려도 분명 있었다. 복용량이 적지 않았기에 더 그랬다. 예성은 처음부터 부작용을 걱정하며 김정숙에게 반대 의사를 표시했다. 그러나 지금껏 두드러진 위험성을 보인 것은 승조 하나였다. 승조의 경우 사안이 조금 심각하긴 했지만.

승조는 아기가 태어난 후부터 계속 환상을 보았고 환청을 들었으며, 지난주 금요일엔 기어이 희재와 머무르던 교실 캐비닛에서 찾아낸 넥타이를 들고 나가선 화장실에서 목을 매달았다. 목을 긋는 게 아닌 방식으로 자살을 시도한 것은 승조가 처음이었다. 뭔가를 들고 나가는 애인을 불안해하며 뒤쫓은 희재가 아니었더라면 승조는 그대로 또 다른 번호의 사망자가 되었을 것이다.

김정심은 조용한 아기를 안았다. 태어나 단 한 번도 칭얼댄 적이 없는 아기, 강한. 강한이 엄마 배 속에 있었을 때 대체 무슨 일이 일어났던 걸까. 강한은 지금 무슨 생각을 하고 있을까. 강한은 이 난리통에서 어떤 아이로 커나갈까. 선택받은 아이일까, 저주받은 아이일까. 김정심은 이제 더는 자신의 앞날을 상상하거나 우려하지 않았다. 세상만사 산전수전 다 겪은 자신이 무너진다면 이 어린애들은 어떻게 살라고.

교실 문이 천천히 열리더니, 승조와 박종민이 이야기를 나누며 들어왔다. 쉿, 애기 엄마 방금 잠들었어. 김정심이 속삭이자 둘은 일제히 목소리를 낮추었다. 승조가 천천히 창가로 걸어가더니 때가 잔뜩 탄 블라인드를 내렸다. 오후의 해가 그대로 들어오던 창이 가려져 교실이 삽시간에 어둑해졌다. 그러네, 내가 세심하지 못했네. 스스로를 향해 속으로 혀를 차며, 김정심은 웃었다. 역시 누가 뭐래도, 남편은 남편이야. 김정심은 승조가 안타까웠고, 대견했고, 귀여웠고, 그래서 이 모든 시련을 이겨냈으면 싶었다. 물론 언제, 어떻게 이겨낼 수 있을지는 김정심 역시도 아는 바가 없었다. 승조의 자살 기도를 들은 김정숙이 맹렬히 화를 내며 나약한 새끼들이 일을 다 망친다고 일갈했을 때, 김정심은 얼마나 놀라고 또 두려웠던가.

물론 동생이 지금껏 평생 자신이 당해왔던 걸 되갚고 있다는 사실을 김정심이 모를 리 없었다.

7

역시, 그놈을 품어줬으면 안 되는 거였어.

김정숙은 아무도 안 볼 때 몇 번씩 머리를 쥐어뜯었다. 딱히 위협적이라고 느껴지진 않았지만, 몹시 괘씸했다. 화살은 돌아 돌아 자꾸 언니에게로 향했다. 언니가 미변이체라서 자꾸만 걔들 편을 드는 건 아닐까. 그래서 깔끔하게 끝날 수 있던 일들이 이토록 지저분해진 것 아닐까. 그냥 청소해버리는 게 가장 나았을 텐데,

담당자의 관리 소홀로 아사 위기에 놓였던 34번의 룸메이트가 이경찬이었다. 담당자를 문책하고 내보내긴 했지만 김정숙 역시 분명 알고 있었다. 그 교실로 적정량의 식량 배급이 이뤄졌다는 걸. 언제나 식판은 깨끗하게 빈 채로 나왔다는 걸. 그렇다면 대체 왜 34번은 죽기 직전까지 굶어야만 했을까.

답은 뻔했다. 이경찬 때문이었다. 때려서 굶긴 건지 말로 꾀어 스스로 죽고 싶게 만들었던 건지. 음식을 앞에 두고도 입을 벌리지 않은 34번 덕에 아주 골치 아픈 일들이 연이어 터졌다.

그리고 이경찬은 문책이 두려웠던 담당자를 살살 꾀어 도주에 성공한 상태였다. 어딜 갔을까, 그 허언증 환자는. 김정숙은 피로웠다. 그 어떤 허언도 더 이상 허언이 되지 않을 정도로 부풀어버린 세상이었다. 최악의, 그리고 가장 유력한 시나리오는 정부 쪽에 가서 붙는 거였다. 물론 그들이 이경찬의 말을 믿는다면 말이지만.

왜 나는 그토록 물렁했을까.

김정숙은 가끔 속이 상했다. 자신이 평생을 겪어야 했던 차별과 시혜적 태도, 과도한 동정과 노골적인 무시를 대물림하지 않겠다고 다짐했다. 그래서 미변이체들에 대한 온건하고 부드러운 대우는 모두 과거의 김정숙에게서 나온 것이었다. 아니, 애당초 김정숙이 아니었다면 그들을 이곳에서 보호하겠다는 결정이 내려지지 않았을 것이다. 아무짝에도 쓸모없는 도태된 개체들이 뭐가 필요하다고.

그리고 김정숙을 부채질한 것이 바로 김정심이었다. 언제 이 구도가 뒤집힐지 모르잖아? 그걸 대비해서라도 우리는 마음을 잘 얻어둬야 해. 김정심은 '우리'라는 단어를 썼다. 이제 자매는 절대 같은 위치에 놓일 수 없는, 서로 이질적인 개체였다. 물론 김정숙은 아주 오래전 어린 시절 자신이 말을 할 수 없다는 걸 자각했을 때부터 그렇게 생각하긴 했지만. 이경찬 그놈, 당연히 진짜 나쁜 놈이지, 누가 몰라? 하지만 '그날'부터 이경찬을 따르는 패의 수도 꽤 된다고. 그러니 쫓아내지 말고, 우리 쪽으로 회유시키는 게 나아.

언니, 언니 때문에 이 무슨 말썽이야, 진짜. 김정숙은 혼자 중얼거리다가, 문득 자신의 이 혼잣말을 누군가의 뇌가 주워들을 수도 있다는 가능성을 깨닫고 머리를 다물었다. 언니를 걸림돌로 여기는 동족들이 점점 늘어나고 있는 상황에서 영혼의 한 터럭까지 긁어모아 언니를 변호해야 하는 사람은 바로 자신이었다.

가족이니까.

위험을 동면에 빠뜨릴 수 있던 겨울은 거의 다 갔다. 스스로 목을 그은 시신의 처리에는 한계가 있었고, 극한에 치달은 사람들은 그 주검에 인간으로서의 마지막 예를 다하기를 변이체들보다도 먼저 포기했다. 거리에서 목을 그은 사람들은 신원확인 없이 곧바로 불태워졌고, 그 후에야 옷가지나 지갑과 같은 유품들을 남겨 게시했다. 가족이 실종된 사람들은 직접 구청 홈페이지에 접속해 그 유품들의 리스트를 훑으며 자신의 눈에 익은 물건이 있는지 확인하고 찾아 가며 사망 신고를 해야 했는데, 나중엔 그마저도 수가 너무 많아 결국엔 다 섞여버렸다. 한 사람의 유품에 세 가족이 달려들어 몸싸움했다. 이 집안의 첫째, 저 집안의 사위, 그리고 그 사람의 남편.

그중 죽은 사람은 누구일까. 백발의 장모는 구청 바닥에 주저 앉아 끝없이 통곡했다. 딸을 이미 2주 전에 잃었다고 했다.

도대체 무엇이 자해의 방아쇠일까. 아무도 결론을 찾지 못 했다. '왜 자해하는가'에 대한 결론을 도출하기는 비교적 쉬 웠지만, 다들 마음속으로만 짐작할 뿐 입 밖으로 내지 않았 다. 아니, 한 사람 있었다. 어느 TV 프로그램에 나와선 딱 한 문장을 말한 교수였다. "뱁새가 황새 쫓아가다가는 가랑이가 찢어지는 법이죠." 그 말에 모두가 격분했다. 누가 뱁새고 누 가 황새야? 난생처음 겪는 공포와 혼돈 속에서도 자존심은 남아 있던 사람들이, 감히 자신들을 열등하다고 칭한 그 교수 의 연구실을 침입해 뒤집어엎고는 결국 그의 목을 직접 그었 다. 그렇게 물고기가 되고 싶다면 만들어줄게.

그러나 괴로워하고 발버둥 칠수록 생존은 점점 경제적이 지 못한 방향으로 흘러갔다. 아무것도 안 먹고도 잘만 사는 물고기들에 비해 목숨을 부지하는 데 드는 에너지가 너무 컸 다. 올가미가 점점 조여오는 것을 모두가 느낄 수 있었다. 정 말로 우리는 이렇게 멸종하는 걸까? 사람들은 거리에서, 집 에서, 꿈속에서 소스라쳤다. 이게 마지막인 걸까?

세계 모든 나라가 한국인의 입국을 금지한 일은 사람들이 가진 자존심의 모가지에도 깊은 자상을 남겨서, 한국인 입국 을 처음 금지한 일본에서 3월의 첫날 대규모 변이와 유혈사 태가 일어났다는 보도가 나가자 기뻐하는 댓글들이 포털에 넘실거렸다. 누군가는 삼일절에 빗대기도 했다. 수많은 사람이 키보드로 대한독립만세를 외쳤다.

하지만 완벽한 가짜 뉴스였음이 밝혀지는 데에는 고작 3시간밖에 걸리지 않았다.

왜 유독 이 땅에만 이런 일이 일어난 걸까? 그날 북에서 생화학 무기를 살포했던 건 아닐까? 그럴 수도 있어, 마스크를 제대로 쓰지 않은 사람들만 걸렸다고 하잖아. 그러니까 진즉에 다 굶겨 죽였어야 해. 지원은 무슨 지원이야. 아니, 어쩌면 우리는 다 함께 집단적으로 거대한 최면의 덫에 걸려버린 건 아닐까? 사실 아무 일도 일어나지 않았는데, 모두 이부자리에 누운 채로 지독한 꿈을 꾸고 있는 거지. 최면설은 유혹적인 만큼이나 꽤 위험했는데, 꿈에서 깨기 위해 높은 곳에서 몸을 던지는 사람들이 종종 생겼기 때문이었다.

그리고 김정숙과 예성은 날마다 답답해했다. 저들은 왜 있지도 않은 공포를 스스로 확대하고 재생산할까. 왜 저토록 두려워하면서도, 공존하겠다는 생각을 단 한 번도 하지 못할까. 우리가 도와줄 수 있는데. 왜 우월한 우리 능력을 생존하기 위해 빌려달라고 손을 뻗을 생각을 하지 못할까. 저 밖에 넘실대는 가족의 생이별, 서글픈 객사, 폭동과 증오를 보고 있노라면 남은 애정마저도 다 사라질 지경이었다. 결국 생각은 자꾸 진운고등학교 교정으로 돌아왔다. 이곳만이 안전지대였고, 이곳의 모습만이 이 땅에서 거의 유일하게 인간성이 살아 있는 형태라고, 김정숙은 확신했다. 예성도 비슷한 생각이었다. 물론 사고가 터질 때마다(예컨대 승조의 일 같은), 혹은 언제까지 귀찮게 저들을 챙겨줘야 하느냐는 문제의 대화로 머릿속이 시끄러워질 때마다 확신이 조금씩 깎여나갔다.

✳

"그런데 그 가짜 뉴스는 대체 왜 만들어낸 걸까?"

박종민은 잔을 내려놓고 애덤에게 물었다. 승조는 이미 옆에 비스듬히 누워 얕게 코를 골고 있었다. 몇 번을 보다 보니 우습지도 않고 그저 짠했다. 아, 소주 두 잔에 저렇게 뻗어버리는 청춘이여. 박종민은 자신의 스무 살에 빗대어 자꾸만 승조를 안타까워했다. 나는 수능 끝나자마자 하루에 10시간을 자고 나머지 시간 동안 종일 게임을 했는데. 스무 살 땡 치자마자 술집에 달려가 개가 될 때까지 술을 마셨고, 미팅에 소개팅에 온갖 난리 블루스를 췄는데. 장거리 뛰고 방금 들어온 달리기 선수가 물을 마시듯 그렇게, 공짜인 것만 같은 젊음을 소진할 수 있었는데. 이토록 구겨진 청춘이여. 얼마나 힘들고, 세상이 원망스러울까.

"누군지는 몰라도 왜 그랬는지는 나도 알겠는데, 한국에서 태어나 자란 종민 네가 모르면 되냐."

"어, 진짜? 왜 그런 것 같은데?"

"쪽팔려서 그러지. 한국인들이 제일 싫어하는 게 혼자 쪽팔린 거잖아."

"야, 씨. 너희 나라 사람들은 쪽팔린 거 안 싫어하냐?"

"그게, 좀 달라."

둘은 진운고등학교 건물에서 발견한 견과류 봉지와 초콜릿을 안주 삼아 술을 마셨다. 기억력에 좋은 아몬드와 당류. 누가 봐도 수험생의 도시락에 들어 있었을 간식거리였다.

"쪽팔린 거야 당연히 싫지. 하지만 내가 '혼자'라고 했잖아. 전 세계에서 왜 이 땅에만 이런 일이 일어나야 했을까. 한국 사람들은 그걸 견딜 수 없는 거야. 그래서 제일 미워하는 쪽에 똑같은 재난이 벌어지길 간절히 원하는 거지."

승조가 잠꼬대했다. 박종민이 점퍼를 벗어 승조에게 덮어 주었다. 어차피 술기운이 올라 몸이 더워지던 참이었다.

"너는 안 힘드냐? 쑥대밭 된 남의 나라에서 이러고 있는 게."

"솔직히 말해도 돼?"

"그래, 뭘 또 얼마나 대단한 걸 말하려고."

"이 일이 일어나기 전보다 맘이 편안해."

뭐래. 박종민이 애덤의 멱살을 쥐는 시늉을 하며 웃었다.

"진짜야. 종민, 네가 이해하지 못한다고 해도 사실인걸."

애덤은 박종민이 싫어하는 건포도를 골라 씹으며 말을 이었다.

"있지, 이건 진짜 별 근거 없는 가설이긴 한데. 나는 아가미보다는, 피부가 되어버린 붉은 마스크가 더 핵심이라 생각해."

"뭐?"

"나는 적어도 이 나라에서는 어쩔 수 없이 인종의 문제로 이 일을 바라볼 수밖에 없어. 대부분은 진화냐 아니냐로 논쟁하지만 내겐 아니야. 1년 넘게 생각지도 못했던 냉대에 시달리며 보내야 했으니까. 그런데 지금은 사람들이 피부색이나 눈동자, 아니면 머리카락의 색을 볼 틈이 없잖아. 다들 빨간 마스크냐, 아니냐만 보지. 그것 하나를 가지고 사람을 분류해. 어쩌면 누가 더 열등하고 아니고 하는 문제가 아닐지도 몰라. 그냥 다른 거야. 언어가 다르고 먹는 게 다르고."

"새끼, 존나 새로운 견해인데."

"그래서 나는 편해. 여기서 더는 소수자가 아니라서. 빨간 마스크 피부를 가지지 않은 사람들이 나에게 동질감을 느껴줘서. 그 사람들은 다들 자신이 피해봤고 불행하다고 생각하잖아. 그러니까 최대한 비슷한 사람들을 끌어들여 자기편을 만들려 하지. 나는 처음으로 한국인 절반이 자기편 되어달라고 애타게 부르는 대상이 되었어."

"근데 그걸 인종 문제로까지 몰고 가는 건 너무 비약 아닐까."

"그럴 수도 있지. 그렇지만 왜 이 땅에서만 이런 일이 일어났나에 대해 허황된 상상을 해보는 건 재밌으니까. 어쩌면 단일민족 국가, 뭐 이런 판타지에 휩싸인 나라였기에 이런 일이 생겨버린 건지도 몰라. 맛 좀 봐라! 하면서."

"너 언제 이렇게 한국 전문가가 다 됐어?"

"나 서울 주재 일류 특파원 애덤 라나야. 밥 벌어 먹고살려면 입을 잘 털어야지."

밴드부실의 문이 천천히 열렸다. 애덤과 박종민이 동시에 고개를 휙 돌렸다가, 예성인 것을 알고는 손을 들었다. 애덤이 하이 하고 인사했다. 예성 역시 손을 들어 답했다.

"우리 한 잔씩만 더 하고 정리해서 올라갈 거야. 저번처럼 꽐라 되는 일 없을 거니까 너무 걱정하지 마."

박종민이 말했다. 예성은 어깨를 으쓱하더니, 둘의 옆에 철퍼덕 주저앉고는 베이스 앰프에 등을 기댔다. 그러고는 굴러다니던 일회용 컵을 가리켰다.

"마시지도 못하면서 뭘 달래. 왜, 술맛이 그리워?"

끄덕끄덕.

"에이, 됐어. 가뜩이나 귀한 소주를 아가미에 스프레이 칙칙 뿌릴 수는 없습니다요. 구경이나 하시죠, 주예성 씨."

박종민은 킬킬 웃고는 덧붙였다.

"이럴 때는 우리가 변이 못 한 게 다행이지, 뭐."

예성은 속으로 웃었다. 예성이 웃었다는 것을 아무도 알아차리지 못할 테지만. 박종민이 자기 잔에 소주를 따르는 것을 보고, 검지를 들어 잔의 가장자리에 갖다 대었다. 애덤이 오, 자작도 챙겨? 하고 물었다. 예성은 생각했다. 쟤, 한국사람 다 됐네.

술도 별로 못하는 남자들끼리 몰래 밴드부실에 모여 소주를 까는 걸 지켜보다 보면 내내 아쉬웠다. 순대국밥에 곁들여 반주로 한 병을 마시곤 가뿐히 독서실로 돌아가 문제집을 풀 수 있는 게 바로 주예성이었는데. 허기라는 느낌을 완전히 잊었어도, 그 행위에 대한 그리움은 어쩔 수 없이 만연했다. 마구 마시고 싶었다. 마구 떠들고 싶었다. 입이 찢어져라 웃고 싶었다. 사수 생활 동안 스스로의 눈치를 보느라, 스스로를 통제하고 억압하느라 한 번도 하지 못했던 것들을 하고 싶었다. 이젠 다 글렀지만.

물론 술 마시는 꼴이나 구경하러 밴드부실까지 내려온 건 아니었다. 예성은 들고 온 가방에서 노트북을 꺼냈다. 이제 미변이체들을 만나야 할 땐 필수품이었다. 수화를 할 수 있는 김정숙과 김정심이 백 명쯤으로 복제되면 또 모르겠지만. 핸드폰을 들고 다니면 편하겠지만 예성은 속이 터져서 그 자판으론 대화할 수가 없었다.

'진운고에 대한 글 하나가 인터넷에 올라왔어요. 혹시 봤어요?'

애덤과 박종민은 서로를 바라보더니 멍청한 표정으로 고개를 저었다.

'사실이 아닌 이야기들만 가득해요. 우리가 사람들을 굶기고, 패고, 강간하고, 또 서로를 강간하도록 시킨다고. 불법으로 탈취한 무기들로 미변이체들을 강제로 무장시킨 후 내보내 학교 밖의 또 다른 사람들을 약탈하도록 명령하고 있다고. 말을 듣지 않으면 사살하겠다는 위협이 계속된다고. 교내에서 자살하는 미변이체의 수가 늘어나는데, 그게 자살인지도 확실치 않으며, 오히려 자살을 유도하는 행동을 변이체들이 자주 저지르고 있다고.'

"인터넷엔 별의별 말이 다 올라오는데, 굳이 그런 작은 거 하나에 사사건건 신경 쓸 필요 있어? 증인도 없는데. 좀 지나면 묻히겠지. 당장 이 근처에 이틀만 얼씬대봐도 그런 일이 일어나지 않는 걸 다 알 텐데."

'하지만 그 글 때문에 청와대 청원까지 올라왔어요. 진운고에 감금되어 있는 미변이체들을 구조하고 변이체들을 처벌해달라는 내용이죠. 자살을 방지해주겠다는 거짓말로 사람들을 현혹한 후 노리개로 삼아 학대한다는 거예요.'

"말도 안 돼. 사람들이 그걸 믿어?"

'네, 당연하죠. 아직도 몰라요? 사람들은 우리가 착한 놈들이길 원하지 않아요. 아주아주 더럽게 나쁜 놈들이라고 생각하고, 그렇게 행동하길 간절히 바라잖아요. 우리 때문에 일상이 무너졌다고 탓하면 맘이 편하니까. 이따 링크 줄 테니 들어가봐요. 다들 대단히 신이 났어요.'

"피곤하네."

애덤이 눈을 찌푸린 채 모니터를 뚫어지라 쳐다보더니 말했다. 박종민은 가끔 애덤이 언어 천재가 아닌지 합리적인 의심을 품을 때가 있었다. 이젠 독해도 척척이었다.

"내가 나서면 되지 않을까? 어쨌든 나도 지금 진운고등학교에 머물면서 변이체들의 관리를 받고 있으니까. 미국 언론에서 먼저 오케이를 시켜주면 한국 사람들도 절반은 믿을 것 같은데."

'그럴 수만 있다면 얼마나 좋겠어요. 텍스트였으면 애덤 혼자 손써주는 거로 종결이었을 텐데. 그런데 그렇지 않아요. 영상이 돌고 있거든요. 심지어 꽤 길어요.'

"영상? 그런 일이 아예 없었는데 무슨 영상이 남을 수가 있어?"

'한번 보고 냉정히 판단해봐요. 이곳 밖에 있는 사람들에
게 이 영상이 어떻게 보일지에 대해.'

어떻게 저 상황에서 핸드폰 카메라를 들이밀 생각을 할 수
있었을까.

커뮤니티에 올라온 영상은 승조가 넥타이로 목을 매던 날
의 것이었다. 전혀 예상치 못한 자해의 방식이었기에 모두가
공격적이다 싶을 정도로 놀랐다. 희재는 구부정하게 누워서
경기했다. 강한이 희재의 품에서 떨어져 더러운 공중화장실
바닥에 얼굴을 처박은 채 뒹굴었다. 프로작 알약들이 우수수
소리를 내며 떨어졌다. 변이체들이 승조를 바닥으로 내리고
있었다. 음성을 발화할 수 없는 변이체들의 오디오가 비어 있
었기에, 대다수가 지나치게 차분해 보였다. 아니, 내막을 아
는 사람들의 눈엔 차분해 보이겠지만 다른 사람들의 눈엔, 충
분히 '냉담해' 보일 것이다. 소름이 끼칠 정도로.

'아무래도 이경찬의 짓인 것 같아요.'

"정말? 근거가 있어?"

'미황고 교무부장이 확인해줬어요. 수능날, 미황고 교장이
골프채로 팼잖아요. 자기 뒤통수가 수박처럼 깨져 있을 때 이
경찬이 아무렇지 않게 자기 컴퓨터에서 그 커뮤니티에 접속
했었다고. 그래서 도저히 그 아이디를 잊어버릴 수가 없더래
요. 가장 처음 영상을 올린 아이디가 바로 그때의 그 아이디

래요. 그러니 거의 확실해요.'

박종민이 한숨을 쉬었다. 독해가 조금 늦은 애덤이 시차를 두곤 따라서 한숨을 쉬더니 끙끙거렸다.

"쥐새끼처럼 어디 가서 숨어 있나 했더니…. 왜 이런 짓을 하지."

"주인공 안 시켜줘서 삐친 거지."

"누구한테 삐쳐. 우리가 진운고에서 주인공을 어떻게 맡아. 아가미도 없는데."

박종민은 목 근처가 괜히 근지러워 벅벅 긁었다. 혹여나 모를 자해의 가능성 때문에 예성이 움찔 어깨를 떨었다. 애덤이 박종민을 세지 않게 툭 쳤다. 야, 사람 놀라게 하지 좀 마. 목 긁고 싶으면 이불 속에 숨어서 혼자 긁으라고.

"이경찬은 절대 이불 속에 숨어서 자판만 두드릴 사람이 아니야. 분명 금방 모습을 드러낼 거야. 좋게? 절대 아니야. 아주 골치 아픈 일을 벌이겠지."

'음, 방금 벌어진 것 같네요.'

뭐? 박종민과 애덤이 모니터로 바짝 붙었다. 15초 전, 커뮤니티에 그 아이디의 주인이 새로운 사진 두 장을 올렸다. 제목은 '진운고 실상(2)'였고, 본문은 없었다. 경악으로 가득 찬 댓글들이 계속 업로드되었다. 설마 생체실험이라도 하냐, 미친놈들이네, 강간으로 생긴 애 아니냐, 야 너는 애가 서너 달 만에 태어나는 줄 아냐 하여간 무식해서 쯧쯧, 토쏠린다, 이제 진짜 한국 멸망하는 거냐, 어떻게 서울 한복판에서 저런 일이 일어나냐, 서울 시장 당장 쫓아내자, 대통령도 같이 쫓아내자, 야 누가 쿠데타 안 하냐 쿠데타.

정면에서 가까이 찍은 강한의 얼굴 한 장, 그리고 강한을 안고 있는 희재에게 무언가를 건네는 예성의 뒷모습이 찍힌 사진 한 장.

*

민유림은 승조가 목을 맸던 날부터, 배급받은 약을 먹지 않았다. 혀 아래에 숨긴 후 화장실에 가서 뱉어냈다. 약을 먹던 때처럼 9시에 자리에 누웠지만 잠이 오지 않아서 자는 척 눈을 감고 숨만 고르게 쉬다가, 세상 모두가 잠들었을 새벽 4시가 되면 슬그머니 일어나 슬리퍼를 꿰어 신고 운동장을 배회했다. 그 모습을 김정숙에게 들켰을 땐 기억나지 않는 척 했다.

"몽유병인 것 같다. 그것도 아마 약의 부작용일 테지. 위험하지 않을까? 괜찮겠니? 약을 바꿔줄까?"

김정심이 전한 김정숙의 말이 역겨웠지만, 민유림은 선선히 고개를 끄덕였다.

그때 식당으로 내려가지 않았더라면 어떻게 되었을까. 그냥 차라리 밖으로 뛰쳐나갔으면. 혼란이 일어나자마자 진운고를 일찍 빠져나갔다던 몇몇 수험생들처럼, 나도 그냥 감독이고 뭐고 때려치우고 집으로 도망쳤으면. 오랜만에 연차를 내고 정오까지 늘어지게 잔 후 일어나 데이트 나갈 준비를 하던 아빠와 엄마에게로 달려갔으면. 그랬으면 이렇게 괴로울 일도 없었을 것이다. 아빠와 엄마를 구했을 수도 있고, 아니면 그들과 같은 결말을 맞았다 하더라도 훨씬 나았을 것이다. 함께 한날한시에 삶을 마감했을 테니까. 같이 살 땐 종종 집과 가족에게서 벗어나고 싶다고 생각했는데, 지금은 가슴을 찢어발긴 후 손을 넣어 조여드는 심장을 꺼내 바닥에 던지고 싶었다. 짓밟고 으깨어 형체도 남지 않게 만들고 싶었다.

아주 대단히, 바보가 된 것 같아.

어떻게 사람을 가르치는 직업을 가지겠다고 생각했지. 이토록 나약한 정신머리를 가지고, 이토록 멍청한 뇌를 가지고, 어떻게.

예전의 일들을 떠올리면 아주 먼 전생 같았고, 그 전생이 만들어낸 무한한 지옥에 갇혀 지금을 사는 형벌을 받은 죄수가 된 기분이었다.

직장이었던 곳에 갇혀 성분도 모르는 약을 먹은 척하며 온종일을 마네킹처럼 보내야 하는 삶이 내게 남은 시간의 전부일까. 그렇다면 차라리 이경찬처럼 도망을 치는 게 낫지 않을까.

그러나 갈 곳이 떠오르지 않았다. 민유림은 어둠 속에서 계속 운동장의 모래를 발로 찼다. 어깨를 들썩이며 울었다. 왜 다들 괜찮아 보이지, 이토록 무섭고 절망적인 상황에서도. 왜 다들 쉽게 수긍하고 체념하며 살아가는 것처럼 보이지, 왜 아무도 미쳐버리지 않는 거지.

어떻게 그럴 수 있지. 어떻게 애가 목을 맸는데도 계속해서 사람들에게 약을 먹일 수 있는 거지.

감히 어떻게 죽다 살아난 그 애의 앞에서 고개를 뻣뻣하게 들고 돌아다닐 수 있는 거지.

"선생님."

축축한 목소리로 나지막하게, 이젠 무효해진 호칭을 중얼거렸다. 이젠 김정심마저 잘 불러주지 않는 호칭이었다. 손을 들어 목을 감쌌다. 강한의 얼굴을 처음 보곤 화장실에 달려갈 새도 없이 울컥 속을 게워냈던 날 이후로, 김정심은 민유림에게 냉혹한 얼굴만을 보였다. 정작 아이 엄마는 괜찮다고 용서했는데, 그 아줌마가 뭐라고 나를. 목을 조금 더 세게 누르자 맥박이 느껴졌다. 손바닥 아래의 피부가 갑자기 쭉 갈라졌으면 좋겠다고 생각했다. 그러면 이곳이 더 이상 지옥으로 느껴지지 않을 테니까. 강한의 얼굴을 보고도 귀엽다며 함박웃음을 지을 수 있을 테니까. 갓 스무 살이 된 남자애가 목을 매달아도 비명 한번 지르지 않고 그러려니 하는 표정을 지을 수 있을 테니까.

그리고 불도 켜지 않은 교실 안에서, 새벽 4시마다 매일같이 밖을 바라보고 선 사람이 있었다.

8

「이렇게 예의 갖춘 연락을 받으니 더 어이가 없네. 아무 잘못 없는 우리에게 총을 겨눴던 사실은 까맣게 잊었나 봐, 예성아.」

「아니면 두려울 수도 있죠. 그때는 우리를 쉽게 죽일 수 있는 줄 알았잖아요, 저 사람들.」

「그게 더 기분 더럽지 않니. 그냥 손톱으로 집개미 눌러 죽이듯 그렇게 아무런 죄책감 없이 죽이려 들었던 거야. 그런 데 이제 우리가 만만치 않단 걸 알게 되니까 이제야 사람 취급 하는 거지. 힘 있고 없고에 따라서 이렇게 차이가 나니, 내가 무슨 시정잡배도 아니고 나라를 상대하는 건데.」

「정숙 이모는 어떻게 하실 거예요? 저는 거부했으면 좋겠 는데.」

「모르겠어. 여기 머무르는 사람들은 전부 자발적이라는 거, 뻔히 알면서도 쳐들어오겠다고 하는 걸 보면 무슨 꼬투리라도 잡고 싶은 맘인 건 분명한데. 근데 또 이렇게 모월 모일 모시에 가겠습니다 하고 통보하는 건 뭐람. 켕기는 것도 없는데 이딴 식으로 나오면 뭘 숨기고 싶어지잖아.」

「그걸 노렸을지도 몰라요. 그렇게 일시까지 통보한 후 형식적으로 조사했단 사실을 슬쩍 흘리면, 아무 티끌도 찾지 못하는 것에 대한 면죄부가 되잖아요. 사람들의 의심을 유지시킬 수도 있고.」

「티끌이 없다고 생각하니?」

「네?」

「예성아.」

「네.」

「너는 미변이체들을 너의 동족이라고 받아들일 수 있니?」

「네?」

「네가 제일 허물없이 지내잖아, 그 사람들이랑. 그래서 물어보는 거야. 너의 마음은 어떤가 하고. 나는 사실 하나도 안 안타깝거든, 그 사람들. 솔직히 말하자면, 이젠 아주 지긋지긋해. 내가 말을 못할 때 사람들은 다들 나를 강제로 무력한 천사처럼 만들었어. 숨만 쉬어도 역경을 이겨냈다고 박수쳤고, 사람으로서 응당 지켜야 할 도리나 예절만 챙겨도 멀쩡히 옆에 있는 사람을 깎아내리기 위한 도구로 날 사용했어. 저렇게 불쌍한 사람도 선하게 사는데 사지 멀쩡한 당신이 쓰레기처럼 살 건가…. 이딴 식의 말을, 내 기분은 생각지도 않고 뱉었지. 나는 다 들을 수 있는데. 머리도 팽팽 돌아가는데.」

「음….」

「날 그렇게 대해놓곤 이제 와서 자기들이 한날한시에 집단적으로 장애인이 되니까 받아들일 수 없는 걸까.」

「장애인이라고 생각하세요?」

「그럼 뭘까?」

「아뇨, 재밌어서요. 애덤은 다른 인종이라고 생각하던데.」

「것도 흥미로운 견해네. 예성이 너는 뭐라고 생각해?」

저요? 저는… 아주 불행해져서 귀여운 동물들이라고 생각해요. 우리가 구조해주지 않으면 절대로 야생에서 살아남지 못할 애완동물들 있죠. 반려동물 아니고 애완동물. 그래서 밥 주고 사랑 주고 재롱 피우면 잘했다, 잘했다 해주며 키우고 싶은 거예요. 그들만이 피울 수 있는 재롱이 있잖아요? 노래를 부른다거나 키스를 한다거나 혹은 입만 웃는다거나, 같은.

그러나 예성은 생각이 더 선명해져 정심에게 들키기 전에 서둘러 다른 대답을 만들어냈다.

「글쎄요. 저는 그런 생각은 평소에 잘 안 해서. 그냥 뭐, 싸우지 않고 사이좋게 지냈으면 좋겠다 싶은 거죠. 근데 그래서, 조사엔 응하시게요?」

「아무래도 그래야 하나 싶지? 굳이 싸움 일으켜서 피곤할 필요도 없고. 좀 짜증나긴 하지만. 대신 조사 끝날 때까진 신규를 받지 말자. 다른 곳에도 다 협조 요청해야지. 자기네도 이딴 식으로 일하면 손해라는 걸 알아야 하니까. 원성 좀 자자해지면 좋겠네. 여기 들어오겠다고 대기하고 있는 인원이 한 트럭인 걸 모르나. 신규 안 받는 동안 바깥 사망률이 좀 획기적으로 늘면 금상첨화일 텐데. 어머, 이런 말 하면 큰일 나지. 못 들은 거로 해줘, 얘.」

「이경찬은 어떻게 하실 거예요? 이대로 두면 계속 귀찮게 시비 걸 것 같은데.」

「걸라고 해, 그 또라이 새끼. 걘 어딜 가도 환영 못 받을 타입이야. 이번 일이야 인터넷에서 삽질한 거라 좀 문제였지만, 세상 그 어떤 인간도 30분만 걔랑 얼굴 맞대고 있으면 치를 떨면서 나가떨어질걸. 그러니 결국엔 자기편 하나 없이 패할 거야. 제풀에 지치도록 내버려두자고, 그런 놈들은.」

✳

세 사람이 추가로 사망하고 한 사람이 자진 퇴소하면서 네 개의 자리가 남았다. 벚꽃이 피는 철이었다. 퇴소하던 여자는, 죽을 때 죽어도 윤중로는 걷고 죽어야겠다며 울었다. 예성은 키보드를 통해 메시지를 띄웠다. 그러고 싶으면 그러는 거지, 울긴 왜 울어요. 다만 마스크 잘 써요, 밖에서는. 그러고는 여자가 미처 나가기도 전에, 담당이 전달해준 대기자 명단 파일을 열어보았다. 세 번째 순위에 익숙한 이름이 있었다. 예성은 파일을 가만히 바라보다가, 고개를 둥글게 돌리며 뒤로 확 젖혔다. 목뼈에서 투둑거리는 소리가 났다. 동시에 아가미에 피가 몰리는 것이 느껴졌다.

그 안하무인의 인간이 제 돈도 많으면서 왜 여기에 들어온다는 걸까. 예성은 뒤통수를 손바닥으로 받쳤다. 그날 이후로 자신에게 가족 따윈 아무것도 없다고 생각하며 살았는데, 자신의 가치를 증명하는 행위 역시 서로에게 상처만 입히는 가족 안에서보다 여기에서 훨씬 수월하고 행복했는데, 왜 이제 와서 내 앞에 나타나려는 걸까. 예성은 김정숙의 방을 향해 말을 걸어 정부 조사가 끝나면 들어올 새 입소자에 대한 정보를 알리려다가 곧 관두었다. 어차피 지금 이곳에선 그 인간보다 자신이 더 우위였다. 어쩌면 그런 모습을 한 번쯤은 보여주고 싶었는지도 몰랐다. 그걸로 20여 년간의 울분이 다 해소되진 않을 테지만, 그래도.

대기자가 점점 많아지고 있었다. 지금 입소 가능 순위로 올라왔다면 신청은 적어도 석 달 전에는 넣었을 것이다. 그 집안도 상황이 썩 좋진 않은 모양이네. 사실 자신도 진운고 안의 일 때문에 정신이 없어서 바깥 상황이 어떻게 돌아가는지 속속들이 알기가 힘들었다. 아니, 굳이 알고 싶은 생각이 없었다고 하는 것이 옳을지도 몰랐다. 밖에 두고 온 미련이 없으니까. 여기서 자신을 스스로 채워 넣고 있으니까.

희재나 보러 갈까. 예성은 노트북을 덮으며 일어났다. 승조가 자리를 비우고 있으면 좋겠다고 문득 생각했다. 승조는 티가 나게 예성을 불편해했다. 나쁘지 않았다. 예성은 승조가 없는 게 희재와 강한의 인생에 나을 거라고 상상했던 적이 많았으니까. 애를 그렇게 싸질러놓고 본인은 약 기운 하나 이기지 못해서 목을 매달아? 그 꼴을 고스란히 남에게 보이면서? 심지어 용기도 없어서 제대로 죽지도 않았어. 예성은 굳이 승조만을 향해 날카로워지는 자신의 멸시가 어디서 기인하는지를 도통 알 수가 없었다. 박종민을, 애덤을, 혹은 하다 못해 그 약해빠진 민유림을 생각할 때에도 이렇게까지 분이 끓어오르진 않았는데. 정부에서 조사가 나온다면 그놈은 자기 새끼 보호할 생각도 못 하고 혼자 벌벌 떨고 있겠지. 복도를 걸으면서, 승조가 물거품처럼 사라진 후의 희재를 그려보았다. 울 일이 훨씬 적을 것만 같았다.

"어, 언니."

교실엔 승조 없이 희재와 강한뿐이었다. 예성이 일어나지 말라는 듯 손을 내저었다. 그러고는 가운의 주머니를 뒤져 가져온 걸 꺼내주었다. 우유맛 크림이 들어간 킨더 초콜릿. 2주 전 희재가 지나가는 말로 먹고 싶다고 했던 바로 그 맛이었다. 포장지에 방긋 웃고 있는 백인 남자아이의 사진이 크게 박혀 있었다.

"대박, 이걸 어디서 구했어요?"

노트북 없이는 예성의 대답을 듣지 못할 거라는 걸 알면서도 희재는 아무렇지 않게 말을 걸거나 질문을 던지곤 했다. 예성은 희재가 그럴 때마다 기분이 좋았다. 희재는 주저함 없이 바로 허겁지겁 포장을 뜯더니 하나를 까서 입 안으로 홀라당 집어넣었다. 예성은 희재가 무언가를 받을 때마다 즉각적인 반응을 보이는 것도 좋았다. 고마워서 어쩌죠, 라거나 이런 실례를 제가 자꾸… 같은 말 없이, 기쁨을 솔직하게 온몸으로 표현하는 것이 짜릿했다. 간식을 먹고 싶어 재롱을 부리며 뒹구는 강아지 같았다. "기다려!"를 배우지 못할 정도로 갈망하는 강아지.

"대박 맛있다, 진짜…."

포장지에서 눈을 못 떼던 희재는 갑자기 그걸 강한의 눈앞에 들이밀더니 물었다.

"강한아, 이 오빠 봐. 이 오빠 입 벌리고 웃는 거 봐. 귀엽지? 잘생겼지? 엄마 어렸을 때 진짜 예뻐서, 할머니가 미스코리아 시켜야 한다고 막 그랬는데. 강한이도 엄마 닮았으니까 키즈모델 같은 거 할 수 있을 텐데. 조금만 더 크면."

예성은 손을 뻗어 초콜릿 하나를 더 깠다. 그러고는 희재에게 손짓했다. 희재가 묻지도 않고 입을 벌렸다. 예성은 궁금했다. 방금 시커먼 초콜릿을 먹은 애의 입 안이 어떻게 저토록 깨끗하고 밝은 분홍색을 띠며 빛날 수가 있을까. 하마터면 제 손가락까지 넣을 뻔하다가, 얼른 뒤로 물렸다.

"들으셨어요? 승조는 요새 5층부터 1층까지 하루에 열 번 뛰어서 왕복해요. 운동한다고. 지금도 그거 한다고 나갔어요."

예성이 모를 리가 없는 일이었다. 그걸 저지해야 하느냐, 내버려두어야 하느냐를 두고 김정숙과 1시간을 이야기했으니까. 밖에서 쿵쿵거리는 소리가 하루 이틀도 아니고 매일매일 나면 사람들이 얼마나 신경 쓰이겠어? 애가 한번 소동을 일으켰다고 이런 식으로 오냐오냐 넘어가면, 다른 사람들은 뭐, 바보야? 그래 저 애는 마음이 아픈 아이이니까 우리가 배려해주자 하고 수긍할 것 같아? 예성아, 너는 왜 물러야 할 때 뻣뻣하고 단호해야 할 때 무르니? 아직 어려서 그러니? 김정숙이 몰아붙였지만 예성은 자기 의견을 꺾지 않았고, 결국 이겼다.

예성은 단지 승조가 더 자주, 더 오래 교실을 비우길 바랄 뿐이었다.

＊

"쌤."

민유림이 침대에서 일어났다. 머리가 잔뜩 눌려 있었지만 눈에는 졸음기가 없었다. 응, 오늘은 또 무슨 일이니. 땀이 송골송골 맺힌 상대의 이마를 멍하니 바라보며 민유림은 속삭였다. 목소리를 크게 낼 힘도 이유도 없었다.

"저 앉아도 돼요?"

"앉아."

"저쪽 침대는 아직 사람 배정 안 됐어요?"

"당분간 신규 안 받는다는 소문이 있더라고."

그쪽 침대가 왜 비었는지 아무도 말을 꺼내지 않았지만 둘다 그 이유를 알았다. 이 세상에서 다시 만날 일이 없게 된 사람.

"애덤은요?"

"내가 알 바니."

"그 사람은 진짜 씹새끼예요. 쌤이랑 말은 해요? 이제 찾아오지도 않죠?"

"욕 좀 하지 마."

"아직도 교사라 이거예요? 빡쳐서 진짜."

승조는 머리를 쥐어뜯었다. 이젠 목에 있던 붉은 자국이 거의 다 사라졌구나. 민유림은 승조의 목덜미를 보며 생각했다. 역시 아직은 어린애라서 상처가 금방 아무는구나. 근데 오히려 더 끔찍하지 않을까. 지금의 이 상황을 저토록 강한 생명력을 품은 채 겪어내야 한다는 사실이. 저 애는 언제까지 살까. 여든 살? 아흔 살? 그때까지 한순간이라도 평온하거나 행복할 수 있을까? 민유림은 승조보다 겨우 다섯 살 많으면서 자신이 백발 노인 같다는 생각을 했다.

"쌤."

"응."

"쌤은, 맨날 밤중에 운동장을 돌면서 무슨 생각을 해요?"

민유림이 담요를 이리저리 만지던 손을 멈추었다.

"부작용이야. 몽유병."

"뺑치지 마요. 아주 제정신이던데. 제가 하루 이틀 본 게 아니라서요."

"운동이나 하려고."

"쌤. 제가 농담이나 하려고 여기까지 온 줄 아세요?"

민유림은 잔뜩 일그러진 승조의 얼굴을 보았다. 아주 오래

전, 수능을 보기도 전, 교무실에서 제 담임도 아닌 사람에게 보충을 빼달라며 애원하던 그 얼굴이 겹쳐졌다. 그때 우리가 무언가 다른 선택을 했어도, 그래도 달라질 것이 하나 없다는 게, 이런 일들이 똑같이 일어났을 거란 확신이 나를 더욱 무력하게 해. 민유림은 승조의 어깨에 손을 올렸다. 그래, 무슨 헛발질을 하고 싶은 거니, 너는.

"여기서 쌤만 선생님처럼 느껴져서 얘기하는 거예요. 저는 여전히 환상을 보고, 이젠 진짜로 제가 미쳤다고 생각해요. 예전이랑은 달라요. 전엔 미칠 것 같다고 생각했죠. 지금은 이미 미친 것 같다고 생각해요."

몸이 떨리는 것이 민유림에게 전해졌다.

"얼마나 무서운지 아세요? 시야가 아주 좁아요. 사각이 온통 환각으로 가득 차 있으니까요. 어떤 환각인지 궁금하세요? 세상 만물이 다 있어요. 징그럽고 무서워서 볼 엄두도 못 낼 것들만 다 있어요. 그래서 앞이 잘 보이지 않아요. 아주 좁게만 보여요. 제가 이렇게 쌤을 봐도…."

승조가 손을 뻗어 민유림의 얼굴 위로 투명하고 좁은 사각형을 그렸다.

"이만큼밖에 보이지 않아요. 눈, 코, 입. 끝이에요. 지금 사방엔 온통 지독한 곰팡이랑 벌레들이랑, 아주 커다란 파리처럼 눈이 백 개인 괴물들이 가득해요. 눈, 코, 입만 빼고. 아주 징그러운 액자에 사진을 끼워놓은 느낌이에요. 사진의 테두리는 보이지 않죠.

그래서 후진밖에 못 하겠어요. 다른 사람들이 보는 것처럼 풍경을 보려면 저는 더 멀리 떨어져 있어야 하는 거예요. 그래서 나 혼자 이토록 괴로운 건가 생각했어요. 다른 사람들은 다 멀쩡하게 사는 것 같아서. 희재 봐요. 걘 지구가 멸망해도 살아남을 거예요. 전 힘들어요. 그 에너지에 발맞추는 것도, 바라만 보는 것도 괴로워요."

상담하러 온 거니? 민유림은 자기 귀를 만지고 있는 승조의 손목을 잡아 내리고는 두 손으로 그 차가운 손을 쥐었다. 나를 아직도 선생이라고 여겨서?

"아뇨, 교사여서가 아니고 저와 같은 감정을 가지고 줄타기하듯 위태롭게 버티는 사람이 쌤밖에 없어서예요. 나머지는 다 미쳤어요. 저 아가미들 밑에서 살아남는 데 안달 난 사람들 뿐이에요. 모두 광신도들 같아요."

"나가려면 나갈 수 있잖아."

"희재를 두고 제가 퇴소 신청을 하면 희재가 가만히 있을까요? 예성 누나는, 정숙 아줌마나 정심 아줌마는요?"

민유림은 승조를 가만히 바라보았다. 너는 끝까지, 아주 나쁜 사람이 되지 않으려 하는구나. 그런데 그게 정말로 비겁한 걸 아니? 그리고 나 역시 그런 사람밖에는 될 수 없다는 것도 아니? 아주 나빠지는 것에도 큰 용기가 필요하지.

"쌤."

승조가 온몸을 떨었다.

"쌤, 저는 할 줄 아는 게 요리밖에 없는데요, 학교에서 내내 그냥 멍청이 바보 열등생 병신 취급받으면서도 그게 너무 좋아서 그것만 준비했는데요, 이 안에서는 음식을 다시는 먹을 수 없는 사람들이 자꾸만 사람들을 굶겨 죽이는데, 제가 목을 그을지도 모른다는 이유만으로 과도 한 자루 제대로 쓰게 놔두지 않아요. 간도 못 보는 아가미 조리사들이 만들어내는 쓰레기를 평생 배급받아 먹어야 하는 거, 진짜 지옥 같아요. 쌤도 〈설국열차〉 보셨죠. 거기에서처럼 바퀴벌레 가지고 단백질 바 만들어서 주는 날이 머지않았다고요. 쟤들에겐 어차피 이제 음식이란 개념이 없잖아요. 굶겨 죽이지만 않으면 되는 거지."

"도망치는 걸 도와주길 원하니?"

아뇨.

"저를 데리고 도망쳐주세요."

"뭐?"

"교사라면 당연히 곤경에 빠진 학생한테 도움을 줘야 하잖아요. 그냥 곤경도 아니고 스스로 죽을 시도를 했을 정도로 지옥 같은 생활을 하고 있는 학생이에요, 저는."

승조의 눈과 코가 축축하게 젖고 있었다.

"쌤도 여기가 이상하다는 거 알잖아요. 우리끼리 의지하고 서로의 목을 긋지 않도록 보호해줄 수 있으면 굳이 지옥에서 살지 않아도 되잖아요. 쌤, 저는… 저는요, 수능만 끝나면 온종일 칼 들고 냄비 잡고 불 앞에서 살 거라고 하루에 수천 번씩 생각하면서 버텼어요. 이제 정말 지긋지긋했던 공부, 학교, 다 안녕이다. 진짜 내가 하고 싶은 걸 하면서 살 거다. 그랬는데 지금 여기 갇혀서 환각이나 보고 있어요. 제가 불쌍하지 않으세요? 쌤은, 다시 쌤 하고 싶지 않으세요? 바깥에선 어쨌든, 우리 같은 사람들이 살고 있잖아요. 목을 그을 두려움 때문에 아무것도 못 하는 유령이 되어 떠돌지 않고, 꿋꿋하게 살고 있잖아요. 돌아가고 싶지 않으세요? 배급이나 받으며 하루를 축내는 동물 말고, 의미 있는 사람이 되고 싶지 않으세요?"

민유림은 천천히 일어나서, 소매로 자신의 얼굴에 튄 승조의 침을 닦았다. 교탁으로 걸어가 미지근한 생수병을 꺼내어 천천히 자기 몫의 컵에 따랐다. 그러고는 다시 돌아가 승조에게 건넸다.

"마셔. 말하느라 목 다 탔겠다."

승조는 컵을 들고는 대답했다.

"뜨겁거나 차가운 물이 그립지 않으시냐고요. 인스턴트커피나 아이스티도 못 마시는 게… 여기 삶인데."

"그래서 어떻게 도망칠 생각인데. 희재를 두고 네가 떠날 수 있을 것 같아? 쌤이 보는 너는 그렇게 매정한 짓을 할 사람이 아니야."

승조는 컵의 테두리를 한참 만지작거리며 몇 번을 망설이다가, 입을 뗐다.

"이경찬 쌤한테 연락이 왔어요."

"뭐?"

"아기를 나라에서 데려갈 거라고. 그런데요….."

아아, 또 보여, 또. 승조가 어깨를 무섭게 떨며 고개를 흔들었다. 물 마셔, 어서. 민유림은 승조가 놓칠 뻔한 컵을 잡은 후 승조의 뒤통수를 잡아당기며 입을 열게 했다. 순순히 연 입으로 물이 천천히 흘러들어갔다. 실은 이미 승조의 입에서 무슨 말이 나오는지에 상관없이 마음을 정한 후였다.

"그런데 산모도 데려가서 검사하고 싶어 한대요."

물을 다 삼킨 승조가 간신히 말을 이었다.

"그니까 저는 나라에 협조만 잘하면 된대요. 그러면 여기엔 제가 책임질 사람이 없으니까 맘대로 나가도 되는 거예요."

"절대로 그렇게 되게 두지 않을 텐데. 특히 예성이가."

"그래서 이경찬 쌤의 도움을 받을 거예요. 그리고 쌤도 저를 도와주세요. 일이 끝나면 같이 도망쳐요. 도망쳐서 다시 우리 삶을 살아요. 아무 일도 없던 것처럼 우리가 살고 싶던 삶을 살아요. 네?"

삶. 민유림은 그 단어가 처음 듣는 것처럼 생경했다. 새벽 4시에 운동장을 돌 때보다 이 아이가 자신의 앞에 앉아 예전으로의 회귀를 말하는 지금이 더 몽유병을 앓는 순간 같았다. 사범대를 다닐 때, 유독 좀비 아포칼립스 따위를 좋아하던 동기가 고3 과외생 이야기를 늘어놓다가 그런 말을 한번 했었지. 야, 만약 수능날에 세상이 멸망하면 고3들은 진짜 너무 불쌍하지 않냐? 그때 민유림은, 진짜 죽고 싶겠다고 깔깔대며 얼음생맥주를 마셨는데. 그런데 지금 실체를 모를 타의에

의해 자신이 걷고자 하던 삶의 길을 삭제당한, 작년까지 고3
이었던 아이가 삶을 미끼로 자신의 도움을 갈구하고 있었다.
민유림은 스스로에게 속으로 물었다. 삶? 왜 나는 삶을 살지
도 않으면서 죽지도 못하고 있는 걸까?

"이경찬 쌤을 믿니."

"아뇨. 아무도 안 믿어요. 이경찬 쌤도 못 믿고 이경찬 쌤
이 데리고 들어온다는 공권력도 못 믿어요. 그렇지만 이런 기
회가 언제 다시 올지 알 수 없다는 사실만은 믿어요."

민유림은 저 애가 음미체 중 무슨 특기자였는지 고민했지
만 끝내 결론을 내지 못했던 그날의 교무실을 갑자기 떠올렸
다. 셋 다 아니었다. 그럼에도 쟤는 내게 쌤이라고, 도와달라
고 찾아왔구나. 자신은 참교사 따위의 단어와는 거리가 멀다
고 생각했지만, 여기서 민유림을 믿고, 민유림의 능력을 필
요로 하는 사람은 승조 하나였다. 그래, 쌤이 괜히 쌤인가.
민유림은 승조를 바라보았다. 아이가 죽지 않게 해주는 게 쌤
이지.

"내가 어떻게 해주면 되겠어?"

9

교문이 열렸다. 박종민은 일부러 중앙현관에까지 나와서, 방호복을 입고 뒤뚱뒤뚱 걸어 들어오는 남자들을 응시했다. 그 사람들이 교문 앞에서 한바탕 요란한 포토타임을 가지는 바람에 교정 안의 사람들은 그만큼이나 번쩍거리는 불안감에 시달려야 했다. 마치 마른하늘에 난데없이 번개를 본 사람들처럼. 천둥소리가 언제쯤 귀를 찢을지 불안해하는 사람들처럼.

가장 앞에 서 있던 중년 남자가(장관이 온다는 소문이 돌았는데 모두가 방호복 차림이어서 누가 뉴스에 나왔던 그 사람인지 알아볼 수가 없었다), 운동장 가운데까지 맞으러 나온 네 사람 중 누구에게 가장 먼저 악수를 청해야 할지를 몰라 머뭇대며 옆을 바라보았다. 아마 비서나 부하직원인 것처럼 무언가 짐을 잔뜩 들고 있던 사람이 잽싸게 다가가 뭐라 귀띔했다. 남자는 그제야 김정숙에게 라텍스 장갑을 낀 손을 내밀었다. 김정숙은 그 손을 잡지 않고 대신 김정심에게 수화로 말을 전했다. 무안해진 남자의 손을 대신 애덤이 낚아챘다. 그런 음소거 상태의 촌극이 중앙현관에 나온 사람들에겐 적나라하게 보였다.

"방호복까지 입고 올 필요가 있었나, 굳이."

박종민은 혼잣말했다. 그 무리를 보고 나서야 갑자기, 어쩌면, 만약, 아주 만약에 변이체들이 주도권 싸움에서 패배하게 된다면, 진운고와 같은 보호 시설에 머물렀던 미변이체들에 대한 불평등과 탄압이 이어질 거라는 확신이 들었다. 살기 위해 발버둥 친 결과가 시뻘건 줄 하나가 될 것이라는 예감이었다.

무리는 서먹하고 형식적인 인사를 마치자 곧 중앙현관을 향해 바삐 움직였다. 박종민은 휘적휘적 계단을 뛰어올라 희재의 교실로 향했다. 아기에게 무슨 해코지를 할지 모르니 최대한 많은 인원이 거기 모여 힘을 보태야 한다고 생각했다. 박종민은 다른 건 몰라도, 나이 많고 힘 있는 사람들이 절대 자신의 편을 들어주지 않는다는 것 정도는 알았고, 더불어 어린 여자나 그가 낳은 아기의 사정은 더더욱 관심조차 두지 않을 거라는 확신 역시 가지고 있었다. 그것은 비정규직으로 일하며, 고시원 방의 전기요 위에 누워 뒹굴며, 그리고 학원 수강생들의 학부모들을 대하며 알게 된 이른바 '생활의 지혜'였다.

교실 문이 벌컥 열리는 바람에 소스라쳤던 희재가 박종민임을 확인하고는 한숨을 쉬며 강한의 등을 쓸어내렸다.

"승조는?"

"화장실에요."

"지금 이럴 때?"

"오늘 온종일 계속 토하고 있어요. 좀 말려주지, 왜 그렇게
마시게 내버려둔 거예요, 아저씨들. 진짜."

박종민은 괜히 헛기침했다. 희재와 강한을 뺏길까 봐 무서
워 죽겠다고 벌벌 떨던 알코올 쓰레기에게 소주를 퍼부어준
것이 바로 자신이었다. 그래도 승조 그 자식이 의리는 있어서,
자초지종을 설명하진 않은 모양이었다. 그걸 알면 남희재는
몇 번을 타박하고도 남을 앤데.

처음엔 정말로 위로하고 용기를 주려 했다. 별일 없을 거
라고 어깨를 토닥였다. 그러나 자꾸 징징대니까, 조금씩 열
이 올랐다. 그래서 술을 냅다 마셨다. 나중엔 혈관에 피보다
소주가 더 많이 도는 느낌이었다. 그래서 그만, 하고 싶은 이
야길 했다. 야, 인마, 너는 이미 네 씨 다 뿌려놓고 애까지 보
고선 뭐가 그렇게 걱정이고 괴로워? 숨기고 있던 말들이 터
져 나왔다. 나는 이렇게 여기 갇혀서 살다가 그냥 혼자 늙어
서 죽게 생겼는데, 인마. 여자도 못 만나고 결혼도 못 하고
자식도 못 보고 인생 종치게 생겼는데. 너는 네가 여기서 얼
마나 특혜를 받고 있는지 모르냐? 여기서 너네 말고 같은 방
쓰는 남녀가 어디 있냐고. 가족끼리 입소해도 다른 교실 배정
받는 마당에. 너는 그저 처음부터 여기 있었기 때문에, 그리

고 주예성이 네 와이프를 겁나 예뻐해서, 그리고 딸내미가 운
좋게 돌연변이로 태어나서, 그래서 목매달고 지랄을 했어도
남녀 딱 붙어서 한방살이 하잖나. 하여간 요새 어린애들은 배
가 불러서…. 아니, 나도, 나도 씨 뿌릴 줄 안다고! 나도 여자
랑 살 줄 안다고! 야, 네가 뭐가 힘들어, 새끼야. 너 네 새끼
초음파 사진 본 적 있어, 없어? 어? 심장 소리 들은 적 있냐
고, 없냐고. 나한텐 기회도 없었던 것들을 너같이 좆만 한 새
끼가 다 누리고! 어? 네 와이프랑 네 새끼 나한테 넘겨주면
안 되냐? 내가 목도 안 매고 세상에서 제일 듬직한 아버지가
될 자신 있거든, 어?

"말리려고 했는데, 분위기가 영 아니었어. 다들 마시고 죽
자 분위기였어서."

"근데 애덤만 저렇게 멀쩡하다고요?"

"애덤이니까 멀쩡한 거지."

박종민은 자신이 거짓말을 하고 있단 사실조차 인지하지
못했다.

대규모의 인원이 복도를 걷는 소리가 계속해서 울렸다. 올
라오겠지. 올라오고 올라오다, 이 교실에까지 모가지를 들이
밀겠지. 발소리와 박자를 맞춰 가까워지던 사람들의 수군거
림이 이윽고 교실 문 앞에서 멎었다. 문이 열리는 소리가 들
렸다. 등을 돌린 희재는 강한을 지나치게 세게 안았다. 칭얼
대는 듯한 움직임이 가슴팍을 타고 올라왔다. 희재는 지금 들
이닥친 것이 누구든 자신이 다 이겨낼 수 있다는, 절대 아기

를 뺏기지 않을 거라는 마음으로, 그런 각오로 열린 문을 향해 몸을 틀었다.

그리고 정면에 보이는 방호복, 그 안에 든 남자의 눈을 쏘아보았다.

"안녕하세요, 남희재 학생. 보건복지부에서 나왔습니다. 이 옆은 교육부에서 오셨고요."

남자가 입을 열었다. 교육부? 그건 소문에 없던 얘기였다.

"일단 앉으시죠, 저기⋯ 놀랐을 텐데 긴장 좀 풀고⋯."

"저는 학생이 아니에요."

희재가 남자의 말을 잘랐다.

"그리고 이곳은 제 방이에요. 아저씨 방이 아니고요. 왜 아저씨가 앉으라 마라예요."

거, 미안합니다. 잠깐의 침묵이 흐른 후 남자가 말했다.

"우리 나쁜 사람 아닙니다, 남희재 양. 아기가 어떻게 여기서 지내고 있는지에 대한 조사만 하러 왔을 뿐이에요. 환경은 어떤지, 뭐 혹시 안전한 양육에 부적절한 일들이 벌어지고 있지는 않은지, 지원은 얼마나 이루어지고 있는지, 뭐 그런 것들."

"아저씨들이 지금 대충 봐서 뭘 알 수 있어요? 이미 사진 보고 오셨겠지만, 제 딸은 당신들이랑은 달라요. 그러니 비슷한 변이체들이 많이 보살펴줄 수 있는 이곳이 제일 좋아요."

"바깥세상이 어떻게 돌아가고 있는지 모니터로밖에 볼 수 없는 곳에서 아기를 가둬 키우겠다고요?"

"아가미만 보이면 어떻게든 해코지하려고 혈안이 된 인간이 절반, 이미 목을 그어서 죽어버린 인간이 절반인 바깥세상에서 아기를 키우라고요?"

"남희재 양 따님은 정부의 직접적인 보호하에 있을 겁니다."

"정부요? 저 아래 운동장에서 당신들이 총질하던 소리가 아직도 내 귀에 생생한데."

남자가 고개를 저었다.

"어머니가 쉽지 않을 거라고 말씀하시긴 하셨는데. 정말이네. 그분 말씀을 새겨 들었어야 했네. 내가."

"네?"

"남희재 양 어머니. 어머니가 살아 계신 것은 알고 있어?"

남자가 반말을 툭툭 뱉기 시작했다. 어조 역시 미묘하게 바뀌었다.

"남자친구는 어디 있어? 어머니가 걱정 많이 하시더라고. 아버지 노릇 하나도 못할 놈이라고, 분명 희재 양 혼자 속을 엄청 썩고 있을 거라고."

"안 그래요. 엄마가 무슨 자격으로 그런 말을 하는 건데요?"

"둘이서 이야기를 좀 나눠보시든가요."

"네?"

남자의 뒤에 서 있던 사람이 걸어 나왔다.

"남희재."

그 한마디에 희재의 몸이 뻣뻣하게 굳는 모양새를 박종민은 금세 알아챘다.

"남희재, 엄마 말 참 지랄 맞게 안 듣더니 꼴좋네, 딸. 이게

227

네가 그렇게 엄마 앞에서 부르짖던 바로 그 '정상적인 가족'
이니? 황승조는 어디 가고 외간 남자가 붙어 있어? 너, 네 애
가 크면서 얼마나 불행할지 상상은 가니? 걔가 남희재라는
엄마를 사랑할까? 그 엄마가 좋은 엄마라고 생각할까?"

"살아 있었으면서 연락 한번을 안 하고…."

"잘못을 한 아이는, 벌을 받아야지?"

벌을 받아야지?

희재의 뺨으로 달려들던 손아귀나 일부러 전구를 빼놓아
빛 한 줄기 들지 않던 다용도실. 마음에 들지 않는 친구를 교
묘하게 끊어내던 엄마의 방식과, 손톱이 파고든 손바닥이 짓
무르도록 베껴 써야 했던 영어 교과서 본문들. 최대한 촌스럽
게 보이도록 일부러 품이 큰 사이즈의 교복을 주문하던 엄마
의 등짝과 집에 도착하니 다 풀어헤쳐지고 찢겨 있던 희재의
첫 택배. 그리고 잠금장치를 아예 제거해버린 희재 방의 문고
리. 성적이 나온 꼬리표를 입 안에 쑤셔 넣곤 당장 삼키라고
윽박지르던 그 목소리. 벌을 받아야지. 벌을 받으라고!

"딸, 남희재. 지금도 늦지 않았어, 돌이킬 수 있어. 여기
있는 분들이 잘해주실 거야. 엄마가 아까 벌이라고 했지? 하
지만 앞으로 벌을 받을 게 아니야. 희재야, 이미 벌을 받았어,
충분히. 여기서. 지금 네 모습을 한번 봐. 얼마나 힘들었어?
말을 안 해도 알 수 있어. 애 낳고 보신이나 했니? 피골이 상

접해서. 이 교실이 아기 키우기에 좋은 곳이라고 생각하니? 모빌 하나 달랑 달아놓고. 제대로 된 장난감 하나 없이. 아기가 제대로 사람 노릇 하게 크긴 하겠니? 다 크고 나면 또다시 그런 말을 하겠지. 엄마가 나를 잘못 키워서, 엄마가 나를 이해하지 못해서. 정작 네가 얼마나 힘들고 막막했는지는 안중에도 없이 말이야."

정심 이모나 예성 언니가 이 자리에 있으면 얼마나 좋을까. 희재는 눈이 갑자기 뜨거워져서 천장을 올려다보았다.

"남희재, 가자. 아기 데리고, 엄마랑 가자. 왜 계속 여길 고집하는 건데? 너를 해코지할 사람은 아무도 없어. 아기도 마찬가지야. 엄마가 맹세해. 양심에 손을 얹고 말할게. 특별한 아기인 거 맞아. 그래서 특별하게 대우받을 거야. 온갖 과학자들이, 교육전문가들이, 그리고 윗사람들이 아기를 위해 노력해줄 거야. 엄마랑 가자, 희재야. 희재 네 앞에 길이 창창하게 열렸어. 아기가 어린 엄마한테 효도할 준비를 다 해놓곤 기다리고 있는데, 막상 애 엄마가 그 길을 가로막으면 어떻게 하니, 응?"

"뭘 해주는데. 다 뻥해. 묶어놓고 실험하고 해부하고 쓰레기통에 갖다 버릴 거잖아."

남자가 헛기침하며 웃었다. 저기, 끼어들어서 죄송하지만, 희재 양? 정부에 대한 불신이 너무 강해서 듣기가 슬픈데요. 어디서 누가 그런 오해를 심어줬지?

"승조랑 같이 가도 되면, 그러면 따라갈게. 승조가 없으면 절대로 가지 않을 거야. 그러니 승조를 찾아와서 설득해."

희재 엄마의 입에서 헛웃음이 터져 나왔다. 그러나 뭐라고 말하려는 그 입을 서둘러 막으려 남자가 급하게 에에이 하고 소리를 냈다.

"그거야 당연하지. 집안의 가장을 빼먹고 갈 수가 있나. 당연한 걸 가지고, 희재 양. 걱정도 팔자지."

희재야, 아닌 것 같아. 일단 정심 아줌마랑 이야길 해보고, 또 예성이나 애덤이랑도 의논을 해보고, 또…. 옆에서 박종민이 아주 작은 목소리로 말하며 희재의 어깨를 잡았다.

"걱정하지 말아요."

희재는 이제 눈물을 주체할 수가 없었다.

"저 사람들은 절대로 승조를 찾아올 수 없으니까요."

"그게 무슨 말이야."

무슨 말이긴요. 희재는 자기 눈물이 뚝뚝 떨어져 젖기 시작한 강한의 정수리를 쓰다듬었다. 태연할 수 있을 줄 알았는데, 아무래도 무리한 기대를 자기 자신에게 걸었지 싶었다. 그러나 후회하진 않았다. 불행을 대물림하지 않고 싶다는 단단한 의지를 보여주려면 이것이 첫걸음이었다. 해낼 수 있다. 희재는 박종민의 손을 잡고 사람들에게서 등을 진 채 빠르게 읊조렸다. 물기 어린 목소리가 나지막하게 새어 나왔다.

"황승조는 이제 없어요. 다신 돌아오지 않을 거예요. 자기 딴에는 들키지 않고 잘 도망쳤다고 생각하겠죠. 내가 보내준 줄은 꿈에도 모르겠지만 괜찮아요. 내 딸은 남강한이라는 이름으로 아주 씩씩하게 클 거예요. 그래서 세상을 바꿀 거예요. 태어날 때부터 그런 길이 정해진 아이니까. 아빠가 걸림돌이 되게 만들 순 없잖아요."

✳

예성은 우뚝 서서 한참 동안 맞은편에 위치한 형체를 바라보다가, 그만 속으로 피식피식 비웃고 말았다. 그래서 결국엔 어느 라인을 타야 할지 모르겠으니 나한테도 기겠다 이거잖아. 나와 엄마를 사람 취급도 않던 아들내미를 스파이로 넣어놓고, 아버지라 부른 적이 없던 그 인간의 속셈이 빤히 보였다. 그런데 여기 살면 교회를 못 갈 텐데, 그건 괜찮을까? 예성은 키보드를 두드렸다.

'아마 아시면서도 이렇게 억지를 부리시는 거겠지만, 저희는 지금 신규를 받고 있지 않아요. 지금 복지부 조사 기간이라 너무 바쁘기도 하고요. 끝날 때까지 기다렸다가 다시 오세요.'

"아니, 이러시면 섭섭하죠, 누님. 솔직히 뭐 우리 가족 사정 말해도 누님한텐 하나도 안 통할 거라 그냥 까놓을게요. 저, 진짜 오고 싶어서 여기 왔어요. 빌어먹을 집구석 벗어나고 싶고, 누님이 좀 궁금하기도 했고, 그리고 아무리 생각해도 우리 집 그 누구보다 누님이 더 믿을 만한 사람 같아 보이기도 했어요. 누님 몇 살이죠? 스물셋? 스물셋에 지금 이런 집단에서 짱 먹고 있는 거야? 솔직히 우리 집안사람들 다 놀랐어요. 좀 쩐다고 생각해요. 그러니까요, 저 좀 미리 넣어주세요, 네?"

아마 저 애를 굳이 같이 데리고 들어온 것 역시 내 개입을 최소화하려는 의도겠지. 예성은 초조하게 시계를 보았다. 벌써 1시간이 훌쩍 넘었다. 분명 희재의 방으로 사람들이 이동했을 때가 지났는데. 박종민에게 희재와 강한을 지키라는 지시를 내리긴 했지만 아무래도 믿을 수가 없었다. 마음이 몹시 초조했다. 희재를 잃게 된다면, 책상 밑에 숨겨둔 총(자신을 쏜 군인에게서 탈취했었다)을 들어 다 죽여버릴 준비가 되었는데, 그런데 희재에게 향해야 할 발목을 여기서 이토록 사소한 일로 붙잡고 있는 혈육이 있었다.

'알겠어요, 알겠으니까 일단 여기서 대기하고 있어요. 나는 급하게 올라가야 할 일이 있으니까.'

"아니, 뭘 대기해요. 확답을 달라니까, 예? 누나, 웅? 저여기 지금 오려고 얼마나 노력했는지 알아요? 저 이렇게 문전박대한 거 알면 윗분들도 가만있지 않을 거라고요. 우리 아빠가 얼마나 노력을 했는데. 앞 순위로 집어넣는다고."

'더러운 사람들. 알겠다고, 알겠으니까 나 좀 방해하지 말고 이따 봅시다.'

"아니, 누나. 잠깐만요…. 누나!"

예성은 참을 수가 없었다. 서랍을 열어서 권총을 꺼내 들었다. 시퍼렇게 질린 여드름투성이의 얼굴을 향해 정확히 총구를 겨냥했다. 저 보잘것없는 애를 낳기 위해 저 애의 엄마는, 이른바 '본처'임에도 불구하고, 얼마나 거대한 모욕감과 배신감에 시달려야 했을까, 라는 생각을 갑작스레 하면서.

예성의 존재를 알면서도 묵인해야 했던 그 여자는 어떤 기분이었을까. 그러나 예성은 동시에, 아버지 이름이 없네, 이혼하셨니? 돌아가셨니? 아니, 아니었구나…. 그럼, 음, 대체 아버지는 어떻게 된 거니? 어디 계신 거니? 라고 묻는 사람들(예컨대 '정상 가정' 내에서 자라 다른 형태의 가족이 존재할 가능성을 생각하지 못하는 교사들) 앞에서 자신이 십여 년 동안 겪어야 했던 모멸감에 비하면 그건 아무것도 아니라고 생각했다. 무엇보다, 자신이 선택한 삶이 아니었으니까.

말도 안 돼. 조선 시대도 아니고 우리나라에 그런 일이 있다고? 그냥 아무 데서나 사고치고 애 낳은 다음 쪽팔리니까 헛소리하는 거 아니야? 야자를 끝마치고 나오는 길에 어느 선생이 동료에게 예성의 출신을 두고 낄낄대며 조롱하는 소리를 들었을 때부터 어쩌면 예성은 이 순간을 꿈꿨는지도 몰랐다. 다 닥쳐, 뒈지려면 떠들어, 라고 말할 수 있는 순간들을.

그러므로 예성은 강해져야 했다.

비키라고 했어. 내가.

이런 대사를 할 수 없는 것이 아쉬웠다.

"뭐야, 누님. 센 척하지 말고."

벌벌 떠는 손을 애써 앞으로 뻗어 악수를 청하는 것처럼 들이밀며 여드름투성이의 얼굴이 말했다.

"그거 쏘면 누님도 끝인 거 내가 아는데, 그러지 말고. 흥분하지 말고."

뭐가 끝이야.

"누님. 누님이 어떻게 나를 쏴. 말도 안 되지, 네가 어떻게 나를 쏘겠냐고. 너무 웃기니까 웃음도 안 나네, 정말. 이젠 눈에 보이는 것도 없어?"

예성은 눈을 꼭 감았다.

"야. 좀 앉으라고, 씨발년아. 누구 딸 아니랄까 봐."

10

"자, 선생님은 이쯤 하시면 될 것 같고요. 지금까지의 모든 증언이 진실이며 이 과정에서 알게 된 기밀을 누설하지 않겠다는 서약서, 여기 서명만 해주시면 끝납니다."

펜을 쥐는 법을 잊은 것 같았다. 종이가 자꾸만 손에서 미끄러졌다. 힘을 조금 주었더니 뾰족한 펜촉 때문에 종이에 구멍이 뚫렸다. 딱딱한 곳에 대고 서명할걸. 후회했지만 이미 늦은 일이었다. 민유림은 밴드부실을 나가 강당을 배회하던 승조를 불렀다. 승조가 다시 돌아와 앉았다.

"이제 일이 어떻게 진행되나요?"

"외부 접촉을 최소화하고 신변을 보호하기 위해 여기서 방호복을 입으신 상태로 저희와 함께 나갈 겁니다. 그 후 바로 관련 기관으로 향하셔서 두 달간의 격리 절차를 거치실 거고요. 그 이후에는 이전의 자택으로 돌아가시게 됩니다. 신변 보호 요청하시면 바로 통과될 겁니다, 아마도."

"희재나 강한에게 해는 없는 거죠?"

"걱정 안 하셔도 돼요, 정말입니다. 나가서 안전하게 보호 받고 검사받고, 끝나면 모녀 각자에게 걸맞은 교육도 제공될 겁니다. 그리고 남희재 씨는 보호자도 있으니까요."

"네?"

"남희재 양 어머니요. 여기 와 계십니다."

민유림이 고개를 홱 돌려 승조의 얼굴을 바라보았다. 승조는 눈을 동그랗게 뜬 채 뻣뻣하게 굳어 있었다. 그 말이 무슨 뜻인지 뇌까지 도달하는 시간이 아주 오래 걸리는 것처럼. 전혀 이해 못 하는 제삼자처럼. 민유림이 다시 물었다.

"장희란 선생님이요? 여기 계시다고요?"

"예에, 그분이요. 역시 딸 설득엔 엄마라고, 우리 장관님이 어렵게 어렵게 모셨거든요. 아마 지금… 남희재 양 교실에 도착하고도 남았을 시간인데."

"저희 나갈 때… 장희란 선생님도 같이 나가나요?"

"계획은 여러분과 제가 가장 먼저 나가는 거예요. 다만 상황에 따라 달라질 수도 있습니다. 지금 우리가, 그 뭐냐, 시선을 분산시키는 중이거든요. 윗선을 다 찢어놓았어요. 주예성, 김정심, 김정숙 다 따로따로 있을 거예요. 그 김에 빼낼 사람은 빨리 빼내는 거죠."

절대로 보이면 안 돼요. 승조가 중얼거렸다. 절대로 그 여자 눈에 보이면 안 돼요. 절대, 절대.

"그런 일 없을 거야."

남자가 방호복 두 세트를 챙겨오기 위해 밖으로 나가자 민유림은 승조의 머리를 쓰다듬었다.

"절대 그런 일 없을 거야."

✳

이곳에서 우리는 자해를 막는다는 명목 하에 강제로 프로작을 먹어야 했어요. 온몸이 무기력해졌죠. 많은 사람이 부작용에 시달렸고 황승조 학생이 가장 심각한 부작용을 보였어요.

— 원래부터 황승조 학생이 그럴 만한 기미가 있는 성격은 아니었나요?

전혀요. 학교 다닐 때부터 교과 담당으로 만났는데 쾌활하고 심지도 굳은 학생이었어요. 수능날 일이 터진 후에도 꿋꿋하고 용기 있게 행동했어요. 저보다 훨씬 나았죠. 여기 들어오면서 급격하게 무너진 거예요. 이곳 사람들이 그렇게 만든 거죠.

— 황승조 학생의 증언록인데, 한번 읽어보시죠. 이런 일들이 실제로 있었다고 확인해주실 수 있겠습니까?

…….

— 사실인가요? 이런 일을 보거나 들으신 적이 있나요?

…….

— 잘못된 증언이 있나요.

(종이를 다시 돌려준다) 아니요, 모두 사실입니다.

— 실제로 보신 적이 있단 말씀이시죠?

…모두 제가 목격한 사실입니다.

— 두 분이 황승조 학생의 증언을 확인해주었습니다. 용기 내주셔서 감사합니다.

둘이요? …한 사람은 누구죠?

누구긴 누구야, 나지.

이경찬은 귀에서 이어폰을 뺐다. 도청장치의 성능이 좋지 않은 게 영 아쉬웠다. 하여간, 이상한 데서 나랏돈이 줄줄 새고 정작 필요한 곳에선 기근이라니까? 속으로 투덜대며 좌석 목받이에 머리를 기댔다. 그래서, 대체 언제 일 끝내고 나오시는 건데들. 좀이 쑤셔서 견딜 수가 없었다. 역시 공무원들의 나태함은 제아무리 고관이어도 매한가지였다. 내가 그 자리에 있었어야 하는 건데.

이경찬의 적극적인 협조가 있었기에 진운고 진입 작전은 애초의 계획보다 훨씬 치밀해질 수 있었다. 아무도 그걸 부인할 수는 없을 것이다. 주요 인물을 솎아내고, 자신이 오가며 주워들었던 그 인물들의 가족관계를 모빌 만들 듯 주렁주렁 매달아놓은 후 선택하게끔 했다. 장관은 곰곰이 그걸 바라보더니 남희재의 모친과 주예성의 배다른 남동생을 끄집어냈다. 조리사 자매는요? 이경찬이 묻자 보좌관은 웃었다. 결혼도 못 하고 부모도 이미 잃은 지 오래인 노처녀들에게 건드릴 데가 어디 있다고. 피도 눈물도 없지 않겠나. 그쪽 생각해봤자 시간 낭비, 에너지 낭비지.

이경찬이 진운고 내부의 사정에 대해 뱉은 증언을 의심하는 사람들도 있었다. 특히 오가며 이경찬과 얽혀야 했던 젊은 남자 공무원들이 그랬다. 자기 상급자들과 대질을 몇 번이나 한 인물이니 대놓고 이경찬을 무시하진 못했으나, 표정들이 영 떨떠름했다. 이경찬과 함께 보좌관을 기다리며 앉아 있을 때면 바쁜 일이 있다며 허리를 굽히곤 쌩하니 가버렸다. 이경찬은 그들의 열등감이 우스웠다. 참으로 측은하다고 생각했다. 너희는 그렇게 평생 남의 수발만 들다 말겠지. 절대로 판을 뒤흔들려는 시도 따위는 하지 못하겠지.

승조는 자신이 증언해야 하는 내용을 듣고는 한동안 말이 없더니 물었다.

"이 내용, 선생님이 쓴 거예요?"

"야, 인마, 그럼 내가 거짓말을 썼다 이거야?"

"아뇨, 그냥… 그냥 여쭤보는 거예요. 쌤 되게, 많은 걸 보셨네요."

"난 너랑은 다르게 여기저기 돌아다녔거든, 파헤치고 조사하고. 네가 교실에서 와이프 덕에 특별대우 받고 있을 때."

"……."

"장관님 선까지 검토 끝난 내용이야. 너는 그대로 증언만 하면 돼."

"제가 당한 건 아닌데…."

"야, 인마, 너는 네가 안 당하고 운 좋게 넘어갔단 이유 하나만으로 모르는 척하고, 방관하고, 눈 가리고 살 거냐? 내가 봤다고, 인마. 그런데 최초의 선천적 변이체, 그 아버님께서 증언해주시는 게, 훨씬 더 임팩트가 강하다 이거라고. 너 이거, 너만을 위한 일이라고 생각하면 큰코다쳐. 사람들을 위한 일이야. 네가 영웅이 되는 거라고, 인마. 영웅은 뭐 아무나 돼?"

"이렇게 증언만 하면, 책임지고 안전하게 퇴소시켜주시는 거 맞죠."

"바로 5성급 호텔로 배송시켜드린다 이 말씀이다, 응."

"민유림 쌤도요."

"너 바람났니?"

"…무슨 말씀이에요."

"당연히 같은 호텔로 배달입니다요. 뭐, 같은 방 쓰고 싶으면 장관님한테 건의해보든가."

"무슨 소리예요. 재미없어요. 알겠어요. 약속 꼭 지키세요."

이경찬은 민유림과 승조가 소곤대는 소리를 듣기 위해 호흡을 멈추었다. 허리가 한껏 굽었는데, 그것은 그저 소곤대는 둘 옆에 바짝 붙어서 귀 기울이고 있다는 기분을 느끼기 위한, 한없이 무의미한 자세일 뿐이었다. 민유림이 정말로 저 코흘리개를 가랑이에 끼고 있는 걸까. 이경찬은 그 생각만 하면 얼굴에 열이 올라 돌아버릴 것 같았다. 그러지 않고서야 왜 저 코흘리개가 또 하나의 증인으로 민유림을 들이밀었단 말인가. 박종민도 있고 깜둥이도 있고, 아니면 진운고에서 만났을 이런저런 사람들도 많은데, 왜 하필 민유림을.

"승조야, 그럼 이제 우린 방호복 입고 나가면 되는 거야?"

"네, 쌤. 격리대상자용 호텔이 있대요. 거기 가서 머물다가, 격리 풀리면 자유래요."

"너는 자유로운 몸이 되면 갈 곳이 떠오르니? 난 모르겠는데. 집으론 돌아가고 싶지 않아. 그 장면이 자꾸만 생각날 것 같거든."

이경찬은 눈을 크게 뜨고 귀를 기울였다. 이년, 지금 무슨 수작을 부리는 거지?

"쌤 집은 자가예요?"

"응?"

"저희 집은 월세였거든요. 그래서 못 가요. 아마 그동안 못 낸 월세 때문에 분명 쫓겨날 거예요."

"아."

"그래도 밖에선 제가 배운 일 다 써먹을 수 있으니까. 고시원이라도 잡고 알바 뛸 거예요."

"칼 드는 게 무섭지 않겠어?"

"목 그을까 봐요? 그래도 그 순간까지는 여기서보단 덜 불행할 거예요. 어차피 나중엔 다 죽는 거, 그때까진 하루라도 좀 꽉 채우면서 살고 싶어요."

"우리 집에 방 세 개나 비는데, 정 궁하면 말해."

이경찬이 욕을 내뱉었다.

"말씀은 감사한데, 사람들 눈이 무섭죠. 쌤도 학교 선생님 안 할 거예요? 그러면 안 돼요, 학교 선생님 하려면. 학부모들 난리 나요."

"학교란 게 아직도 돌아가고 있을까."

이경찬의 바지 주머니에서 핸드폰이 진동했다. 발신자는 장관의 수행비서였다. 이경찬은 귀에서 이어폰을 뺀 후 전화를 받았다. 예, 비서님. 무슨 일이시죠? 예? 걔가 그래요? 아, 이거 참…. 이경찬이 머리를 긁적였다. 그 왜, 그런데 그 애의 얼토당토않은 요구사항을 꼭 우리가 들어줘야 할까요? 약간의 강제성을 좀 띠어보기 위해 지금 증언을 받고 있던 것이 아니었나요? 그거 다 시간끌기용입니다. 예, 남희재 걔가 보통 영악한 게 아니거든요. 넘어가시면 안 돼요, 예, 예에.

✱

피투성이가 된 예성이 권총을 손에 든 채 문을 벌컥 열고 들어왔을 때 김정숙은 순간 예성을 처음 봤던 곳, 급식실의 그 육중한 방화문 앞을 떠올렸다. 그때 예성이 자신을 보고, 자신의 마스크와 아가미를 보고 얼마나 안심하며 숨길 생각 없이 급하게 정말 미안하다, 신세를 져서 죄송하다 하는 말을 뱉었는지도 기억했다. 그 후로 한 번도 이토록 중심이 흔들리는 모습을 보인 적이 없었는데. 심지어 두 손을 만세 하듯 치켜든 채 가슴팍에 총을 맞던 그 순간에도.

「제정신이에요? 지금 여기서 저 열등한 새끼들이랑 노닥

거릴 시간이 있냐고요.」

　김정숙의 맞은편에 앉아 있던 장관이 기겁하며 일어섰다. 여기 있어야 할 법한 김정심은 자리에 없었다.

「무슨 피니, 이게 다.」

「쟤들이 보낸 신규 기억하죠. 내 남동생이요. 방금 자해 증상 보였어요. 언니분한테 전달 좀 해줘요. 쟤들도 알아야죠.」

「자해가 확실하니. 쏜 게 아니고. 네가 그은 것도 아니고.」

「쟤들더러 당장 가서 수사해보라고 하든가요.」

　김정숙에게서 키보드로, 그리고 그걸 본 장관에게서 방호복 무리에게로 소식이 전달되었다. 마스크로도 가릴 수 없는 경악이 눈에 서리더니, 곧 네다섯 명이 뛰쳐나갔다. 예성은 아가미가 찢어질 듯 가쁘게 숨을 몰아쉬고 있었다. 그러나 그 옛날의 음성언어와는 달리, 머리로 전할 수 있는 말은 호흡과 상관없이 또렷하고 명확했다.

「이 사람들이 왜 여기 왔는지 잘 알잖아요. 아기를 뺏으러 온 거잖아요. 그런데 왜 희재한테로 가서 보호해주지 않고 꾸물대고 있냐고요.」

「희재네 교실에 들러봤구나.」

「가장 먼저 간 곳이 거기였어요. 사람 바글바글해서 들어가지도 못하고 멍청이처럼 저 조그만 창문으로만 들여다보고 돌아왔어요.」

「예성아. 우리, 냉철해지자. 감정에 휩쓸려서 바보가 되진 말고.」

*

두 손을 내리고 믿을 수 없다는 얼굴로 자신을 바라보는 김정심에게, 김정숙은 다시금 말했다. 뭐해, 언니. 전달하지 않고. 김정심이 그래도 가만히 있자 다시 손을 저었다. 언니, 얼른 전달해. 언니 속이 상할 거 알아. 그렇지만 이곳에 그 아기네 가족만 있는 건 아니야. 다른 사람들이 훨씬 많고 그 사람들이 훨씬 불쌍해. 그러니까 언니, 당장 전달해.

길거리로 쫓겨나고 싶지 않으면 말이야.

김정숙은 김정심에게 이게 좋은 거래라고 했다. 그 가족은 아무래도 골칫덩이였다. 아기의 존재도 그랬지만, 약해빠진 애송이 아버지 역시 제정신은 아니었다. 나라에서 알아서 맡아 데려간다니 절호의 기회였다. 그러나 짐짓 내키지 않는 척하며 조건을 걸었다. 우리가 사회의 이 거대한 혼란을 안정화하는 데 이바지하고 있다는 것을 왜 인정하지 않으셨죠? 이곳은 이를테면 병원이에요. 그냥 병원도 아니고, 자선병원이죠. 가정에서 자해 위험이 케어되지 않는 사람들이 들어와 안전을 보장받을 수 있는 곳이라고요. 지원을 해주지는 못할망정 의심을 해요? 저희도 나라를 믿고 사랑하는 그 가족을 보내드리고 싶어요. 그렇다면 그쪽에서도 우리를 믿어줘야 하지 않을까요? 적어도 이런 일은, 이렇게 의심하는 일은 다신 없었으면 좋겠는데.

내가, 내 동생이 어떤 삶을 살아왔는지 아니까. 죽이 잘 맞는 정숙과 예성, 두 우두머리를 보며 김정심은 희재에게 건넬 변명을 중얼거리며 연습했다. 너도 짐작할 수 있잖니. 정숙이 그 애가 얼마나 힘들었을지. 남들이 10만 버려도 얻어낼 수 있는 것들을 100을 통해서도 시도할 기회조차 얻지 못했어. 그러니 강한을 보고도 어린 시절의 자신을 마주하는 것처럼 마음이 아팠을 것이 당연해. 생각해봐. 너는 강한의 옹알이를 듣지 못하겠지. 엄맘맘마, 엄마, 라고 처음 너의 존재를 호명하는 것을 눈치채지 못하겠지. 그 애가 웃는지 우는지 표정을 파악할 수 없으니 심정을 들여다볼 수 없겠지. 강한에겐 새로운 종류의 양육과 교육이 필요한데, 너는 태생적으로 그 아이와는 전혀 다른 모습이니 대체 어디서부터 시작해야 할지 알 수가 없겠지. 너는 네게 밀려들어 올 끔찍하고 잔인한 해일의 규모를 몰라. 아직 물방울 하나조차 제대로 맞은 적이 없어. 너는 아직 어리고, 네가 스러지지 않기 위해서라도, 우리, 지금의 이 상황을 기회라고 받아들여보도록 노력하면 안될까. 강한은 최초의 아이고, 특별한 단 하나의 아이야. 있지, 희재야. 만약 우물쭈물하다 강한 같은 아이가 하나 더 생기면, 그래서 나라의 관심이며 지원이 온통 그쪽으로 쏠리면, 그래서 강한이 손아귀에까지 들어왔던 모든 기회를 빼앗긴다면, 그리고 한 15년 후쯤 그 사실을 알게 된다면. 넌 머리가 굵어진 그 아이의 원망을 이겨낼 자신이 있니?

그래서, 김정심은 일어섰다. 어차피 자신은 필요 없는 들러리란 걸 알았다. 소통이야 키보드로 하면 되는 일이었으니까. 어차피 정숙이 희재와 아기를 넘기기로 했다면 그걸 무를 방법은 없었다. 동생은 무서우리만치 단단한 사람이었다. 그 누구보다 김정심이 가장 잘 알았다.

어디 가려고? 김정숙이 물었다.

희재에게 갈게. 어차피 여기서 내가 필요한 건 아니잖아. 키보드를 써.

걔한테 가서 뭘 어떡하게.

설득할게. 협조하라고. 그래도 희재가 내 말은 곧잘 들으니까.

동생이 붉은 피부 아래서 빙긋 미소를 지었을 거라고, 김정심은 상상했다. 조용히 문을 닫고 나와 층계를 올랐다. 각각의 교실이 나지막이 웅성거리고 있었다. 그 안에 머무는 각자의 사정은 무엇일까. 어쩌면 지금의 이 상황도 그저, 멀리서 보면 아주 미미한 해프닝일 뿐인데. 외계 생명체 하나 찾아오지 않는 무명의 별 지구, 그 안에서도 종종 천대받곤 하는 대륙 아시아의, 작디작고 인지도 낮은 반도 국가(그마저도 분단되어서 그나마 이목을 끄는), 그 국경 안에서만 벌어지는 지옥도. 이 얼마나 그 어느 세계사 책에도 기록되지 않을 자잘하고 지질한 삽화인가. 김정심은 학교 조리실에서 매일같이 밥을 짓고 대용량의 튀김을 하며(그리고 피부를 데며) 자신의 노동이 얼마나 값어치 없게 취급되는지를 자주 헤아리곤 했는데, 그럴 때마다 우주의 거대함을 떠올리며 버텼다. 지금 내가 겪는 고통은 우주의 입장에서 본다면 어딘가에 기록조차 하기 귀찮을 정도로 사소하니까, 그러니까 내가 우주가 되려 노력한다면, 그런다면 인내도 적잖게 수월해지지 않을까.

희재의 교실 문을 열었다. 허연 방호복을 입은 남자들의 등이 빽빽하게 늘어서 있었다.

"희재야, 정심 이모야."

방호복들이 천천히, 짜증날 정도로 꾸물대며 움직여 길을 텄다. 김정심은 성큼성큼 교실 안으로 발을 옮겼다. 강한을 안고 있는 희재와 박종민이 눈에 들어왔다. 승조는 없었지만, 어쩌면 아주 오래전부터, 예상하던 바였다. 그런데 시야가 예상보다 좁았다. 이질적인 형체가 가장자리에서 맴돌았다. 방호복 입은 놈들은 다 뒤로 빠졌는데, 이건 뭐지. 김정심은 눈을 찌푸리며 형체를 마주했다.

"안녕하세요. 남희재 엄마인데요."

형체에게서 믿을 수 없는 목소리가 흘러나왔다.

"말씀 많이 들었습니다. 우리 희재 잘 챙겨주시는 분이라고."

말씀을 많이 듣긴 뭘 어디서 어떻게 많이 들어. 김정심은 뻔뻔한 인사치레에 기가 찼다. 마스크 위로 빼꼼 보이는 눈만으로는 알아보기 힘들었지만, 헬륨가스를 마신 듯 빽빽대는 저 특이한 목소리를 잊을 리가 없다. 얘야, 너 공부 안 하면 저 아저씨처럼 된다. 지나가는 환경미화원을 가리키며 아이를 을러댔던 흔한 이야기 속의 부모와 비슷한 짓을 저 여자는 매일같이 저질렀다. 자기들끼리 밥을 먹으며 조리사를 없는

247

사람 취급했다. 국 맛이 이게 뭐야, 진짜. 어쩔 수 없지. 요리사도 아니고 그냥 아줌마들이 군대 밥 하는 것처럼 삽으로 밥 푸고 맹물에 국 짓고 하니, 뭐. 내가 요새 무슨 티브이 프로를 봤는데 말이야, 고등학생들이 나와서 급식을 만들더라고? 그런데 그거 보니 조리실에서 하는 일은 무슨 다 노가다나 다름없더라고. 내가 보면서 하느님 아버지 감사합니다, 우리 애가 공부 잘하게 은혜 내려주셔서 감사합니다, 했잖아. 애들 공부 시키려면 그거 보여주는 게 최고겠더라, 응? 조리사가 옆에 있는데도 뻔히 그렇게 내뱉고는, 어느 날인가엔 마감을 앞둔 교직원식당에 락앤락을 들고 내려와 생떼를 부리기도 했다. 아니, 아줌마, 진짜 내가 이게 너무 맛있어서. 그래서 요만큼만 가져가서, 아줌마, 아니 내가 먹겠다는 게 아니고, 우리 애랑 애 아빠 맛 좀 보게 하려고 그래요. 지금 생각해보니 다 거짓이었다. '우리 애' 남희재는 외동이고, '애 아빠'는 교생이랑 바람나서 집 나간 지 오랜데 엄마가 이혼을 안 해준다는 사실을 이제 김정심은 아니까. 그 정도는 알 정도로 충분히, 김정심이 희재의 보호자를 자처했던 시간이 흐른 후였으니까. 맛있는 거 먹으면 가족 생각나는 거 아줌마도 그렇잖아요? 그러니까 조금만 가져간다고. 아무한테도 말 안 할게. 응? 규정상 금지되어 있다고 아무리 말해도 생떼를 부려서, 결국엔 시끌벅적한 실랑이가 이는 걸 알아챈 영양사가 찾아와 타일러야 했다. 김정심이 침이 마르도록 반복해도 듣지 않던 말을, 영양사가 똑같이 말하자 비로소 알아들었다는 듯 멈추었다. 선생님, 식중독 위험 때문에 음식을 외부로 가지고 나가시는 건 금지되어 있어요.

"아줌마, 소원 이뤄서 참 좋겠어요. 사람 쪽팔리게 해서."

그냥 가진 않고, 그런 말을 던져놓으며 씩씩 숨을 몰아쉬던 사람. 그 헬륨가스 목소리. 그 목소리가 이젠 이런 말을 한다.

"선생님, 저희 애가 좀 더 좋은 환경에서 살 수 있게요, 나라에서 지원도 싹 해주고 검사도 해주고 병원에도 보내주고 한다는데, 그런다는데 애가 통 말을 안 들어서요. 잘 오셨다, 선생님께서 설득 좀 해주시러 온 거 맞죠?"

그 목소리가 이젠 자신을 '선생님'이라는 단어로 칭한다.

"선생님, 요새 애들이 좀 맹랑해야 말이죠. 이런 데서 어떻게 애를 낳고 몸을 추슬렀나 몰라요, 진짜. 엄마 된 입장에서 눈물이 안 날 수가 없잖아요, 정말. 선생님도 그렇게 생각지 않으세요? 선생님, 입장 바꿔 생각해보시면, 선생님도. 그런데 애가 말이죠, 이렇게 높으신 분들 다 자기 위해 오셨는데, 그 맘 알아주지도 못하고 제멋대로 구니까 제가요, 엄마 된 입장에서 쪽이 다 팔려요."

김정심은 희재를 설득하려는 마음을 접었다. 그것은 자신이, 이 여자보다는 남희재를 더 잘 알진 않을지 몰라도, 적어도 덜 슬프도록, 덜 아프도록 만들 수는 있다는 확신 때문이었을까. 아니면 강한의 미래가 제2의 희재가 되도록, 똑같은 사연과 그로 인한 분노를 모녀가 공유하도록 만들 수는 없다는 생각 때문이었을지도 몰랐다.

"쪽팔리네요."

김정심은 말했다.

"네?"

"아줌마가요."

내뱉곤 빠르게 걸어서, 희재와 그 여자의 사이에 섰다. 희
재의 얼굴을 한번 진득하게 쳐다보았다.

"아줌마의 존재가 쪽팔려서, 내가 다 견딜 수가 없는데 어
쩌면 좋을까요."

선생님, 아줌마, 아줌마, 선생님.

*

애덤은 중앙현관에 쭈그리고 앉아 있었다. 피바다가 된 예
성의 방을 찍은 사진과 간략한 브리핑을 이미 전송한 뒤였다.
아마 사진은 웹엔 실리지 못할 테지만, 분명 어디선가 환장하
며 사줄 것이다. 기사에 실려도 될 만한 사진(방호복 무리가
삼삼오오 모여 있는 운동장 같은)도 함께 보냈다. 그랬더니 금
세 무료함이 찾아왔다.

방호복 무리들이 너무 방방곡곡으로 흩어져버린 탓에 어
디서부터 들쑤실 수 있을지가 오히려 난관이었다. 김정숙 쪽
은 생각도 안 했다. 대가리들을 건드려봤자 자신에게 이로울
것이 없었다. 저들끼리 적절히 이야기하고 나온 후 떨어지는
콩고물이나 주워 먹으면 그만이다. 희재의 교실도 잠깐은 올

라가봤지만, 한 줄 기사로 쓰면 땡인 상황들만 벌어지는 중이었다. 아기를 빼앗겼다, 안 빼앗겼다. 그 팩트밖엔 필요한 것이 없었고, 혹여나 자신이 놓친 정보가 있다면 박종민이 알아서 전달해줄 것이다. 그 외의 교실들도 한 바퀴 돌았지만 역시 한 줄짜리였다. 실태를 조사했다. 끝.

거참 이상하네. 다리가 저려 현관 밖으로 나와 운동장을 바라보며 서서 애덤은 고개를 갸웃거렸다. 강당에 뭐 볼 게 있다고 저기서 오래 미적대고 있나. 강당 앞에 봉고를 세워놓고 내려 안으로 쏙 들어간 방호복은 한참을 나오지 않았다. 김정숙이 저기 시체라도 숨겨뒀나? 그럴 리가. 끽해야 밴드부실 안에 박종민이나 애덤 자신이 숨겨둔 양주병 정도가 전부일 터인데. 강당은 언제나 무용하게 비어 있었다. 술판을 벌일 경우를 제외한다면.

나는 지친 걸까, 변한 걸까. 애덤은 궁금했다. 눈치 없는 박종민은 수능일 이후 모두의 삶이 무너졌지만 너 혼자만은 예외라며, 부러운 새끼라고 자주 면박을 주었다. 그러나 아니, 애덤은 그렇게 생각지 않았다. 모든 일이 후회의 연속이었다. 한국에 온 것도, 처음 보는 배부른 여자애를 돕겠다고 덤빈 것도, 그리고 보답 운운하는 그 애에게 닥치고 빨리 집으로 돌아가기나 하라며 윽박지르지 않은 것도. 지금 그 애는 위층에서 허연 방호복 무리에 둘러싸여 벌벌 떨고 있을 터인데, 미안하지만 애덤에겐 더 이상 아무런 감정도 찾아오지 않았다. 팔자에도 없는 특파원 역할 역시 하루 이틀이지 계속하려니 환장할 노릇이었다. 이 공동묘지 같은 학교에 24시간 붙어 있어야만 한다는 뜻이니까.

"저거 뭐야."

초점 없이 이리저리 배회하던 애덤의 시선이 다시 강당 쪽에 멎었다. 잠시 바깥으로 나온 방호복이 봉고의 트렁크를 열더니 똑같이 생긴 상자 두 개를 챙겨 들곤 다시 강당으로 들어갔다. 아니, 진짜 저 안에 뭔가 주울 만한 정보가 있는 건가? 그러지 않고서야 왜 저길 다시 들어가? 심지어 상자까지 들고?

그런데 강당에 아무것도 없다는 건 내가 더 잘 알잖아.

애덤은 그쪽으로 걸음을 옮겼다. 혹시라도 숨겨놓은 소주 상자가 적발되면 골치 아플지 몰랐다. 물론 그 안에서 술을 마시는 거야 김정숙까지도 모두 알고 묵인하는 일이긴 하지만, 외부인의 시선으로는 또 달리 보일 수 있으니까….

"어어."

강당 출입문에까지 도착한 애덤을 방호복 무리가 바짝 쫓더니, 금세 추월해선 앞을 막아섰다. 뭐야, 운동장에서 술래잡기하고 있던 거 아니었어? 애덤은 눈을 찌푸렸다. 예성의 교실 안에 들어가 플래시를 터뜨리고 시체를 뒤집어보고 별의별 행동을 다 해도 제지받지 않았는데 왜 갑자기 여기서? 애덤은 씩 웃으며 방호복의 어깨를 가볍게 툭툭 치곤 다시 안으로 들어가려 했다. 그랬더니 이번엔 아예 앞뒤에서 각각 두어 명이 달려들어 애덤을 단단하게 감싸고는 말했다. 저기,

여기 들어가시면 안 되는데요. 애덤은 멋쩍어져서 괜스레 투덜대고는 봉고 쪽으로 몸을 돌렸다. 어차피 무리해서까지 뭔가를 캐낼 만큼 열심히 살 생각은 없었으니까.

봉고의 중간 좌석에 앉은 사람을 우연히 발견할 때까진 그랬다.

"어어."

애덤이 봉고로 가까이 향했다. 아마 순도 100퍼센트 함량의 공무원으로 속살이 구성되었을 방호복들이 우왕좌왕했다. 강당 출입을 막으라는 명령은 받았는데, 그런데 봉고는… 봉고에 대한 지시어가 아무것도 입력되지 않았는데, 무엇을 출력해야 하지?

애덤이 창을 똑똑 두드렸다. 안에서 육포를 질겅질겅 씹으며 미간을 찌푸리고 있는 남자는 고개를 돌리지 않았다. 방호복 차림도 아니었고, 자세히 보니 마스크를 턱까지 내린 채 귓구멍을 이어폰으로 틀어막고 있었다. 애덤은 다시 더 세게 두드렸다. 똑똑똑. 아무래도 제지해야 할 것 같다는 판단을 이제야 마쳤는지, 조금 멀어진 방호복들이 다시 봉고 쪽으로 모여들고 있었다. 애덤은 차 문 손잡이를 잡고, 체중을 실어 왼쪽으로 크게 밀어젖혔다. 남자가 고개를 돌렸다.

"헤이, 오랜만이야."

애덤은 이경찬에게 최대한의 호의를 담아 인사했다. 이경찬의 인중이 늘어지고 입술이 꾹 눌리는 것을 보고는 이를 활짝 드러내며 크게 웃어 보였다. 방호복들이 다가오기 전에 잽싸게 봉고에 올라타서는 문을 닫았다. 문 쪽으로 앉은 이경찬의 허벅지를 엉덩이로 짓누르며 애덤은 어렵사리 굳이 안쪽으로 몸을 구겨 넣었다.

"뭘 그렇게 열심히 들어?"

일부러 영어로 물었다. 애덤은 자신이 어떤 언어로 말을 거는지에 따라 이경찬에게서 얻어낼 수 있는 정보가 천차만별이라는 것을 이미 잘 알고 있었다. 상대의 허영심을 파악한 후 보드랍게 건드리기. 한국에서 '잘' 살아남는 데 꼭 필요한 기술이었다. 이경찬 역시 영어로 대답했다. 그다지 유창하지 않았고, 애덤이 한국어를 아주 잘 구사한다는 걸 충분히 알면서도.

"기밀이야. 그냥 닥쳐."

"오, 기밀이라니. 멋있는데. 너도 저 장관이랑 같이 일하게 된 거야? 비서?"

"비서 같은 소리 하고 있네. 남 밑에서 유모 역할하는 데 관심 없어."

"그럼 뭐야, 연구원? 조사관? 수사 같은 걸 하나? 탐정? 출세했는데, 이경찬."

"조용히 좀 해줄래, 안 들리니까."

"네가 나가고 나서 여기 더 개판 된 거 알아? 무슨 일들이 있었는지 소식은 들었어? 장난 아니야. 주예성이나 김정숙 둘 다 미쳐가고 있어. 사실 박종민도 나도, 승조도 너를 부러워했는데. 네가 제일 현명하다고. 우린 이제 나가고 싶어도 나갈 수가 없어. 너처럼 빨리 도망쳤어야 했는데 우리 모두가 이제는 더러운 일들에 같이 얽혀 들어갔어."

이경찬이 한쪽 귀에서 이어폰을 빼더니 애덤 쪽으로 고개를 돌렸다.

"무슨 일이 있었는데?"

애덤은 잠시 자신의 오래전 학부 성적표를 떠올렸다. 〈플롯의 이해와 창작〉 과목에 재능이 있었던가? 아마도, 그랬던 것 같았다.

"민유림이 김정숙의 말을 안 들었어. 약을 먹지도 않고 먹었다고 거짓말했어. 몽유병이랍시고 새벽에 나가서 사람들을 들쑤시고. 게다가 희재랑도 사이가 완전히 틀어졌고."

여기까진 사실 기반. 세상에 완벽한 창작은 없으니까.

"그런데 이 물고기 새끼들이 맛이 가기 시작한 거야. 자기네 동족 애를 한번 보고 나니까 눈깔이 뒤집힌 것까진 너도 알지? 특히 주예성이 장난 아니었잖아. 물고 빨고. 별별 가설이 다 나오다가, 희재가 임신한 상태에서 변이체들에게 노출된 게 이유였을 거란 얘기가 힘을 얻었어. 바이러스든 뭐든 간에 옳은 모양이라고. 웃기지 않냐? 언젠 진화라며. 하여간 자기들 입맛 맞춰 해석하는 데엔 아주들 수준급이라서…."

이경찬은 한쪽 이어폰을 빼지 않은 채였다.

"그래서. 쓸데없는 말 말고 본론만 말해."

"이 안에서 미변이체들끼리 아이를 가지도록 강제하자는 얘기가 나왔어."

"뭐?"

"미쳤지. 그러더니 민유림을 불러서 설득에 협박에, 별 지랄을 다 하는 거야. 지금껏 이만큼이나 도와줬으니 너도 도움을 줘야 하지 않겠느냐고. 미변이체 중에 여기서 돈 한 푼 안 내고 머무는 여자는 희재랑 민유림밖에 없잖아."

"씨발…. 근데 누구랑이냐? 너랑이야?"

"너 알잖아, 나랑 민유림, 여기 들어오자마자 관계 금방 파토난 거. 그런데 민유림에게 새 남자가 생겼단 심증이 있었어. 누군지 확실치는 않지만, 그 심증 때문에 변이체들이 더 밀어붙인 거야. 야, 여긴 미쳤어. 자기들이 무슨 전체주의 국가를 세운 줄 안다고."

이건 좀 너무… 너무 비현실적인가? 애덤은 말을 끊고는 이경찬의 눈치를 살살 보았다. 말을 지어내다 보니 신이 났고, 신이 나다 보니 거짓말이 하늘 한복판을 어둡게 가리는 애드벌룬처럼 부풀어 올랐다. 너 바보냐? 이렇게 허황된 걸 누가 믿겠어? 특히 웃대가리들이 죄다 여자인 걸 이경찬 본인도 빤히 아는데 그들이 아무리 미쳤다 한들 이런 계획을 짤 리 없다는 거, 당연히 눈치챌 거 아냐? 이경찬에게서 여전히 대답이 없자 애덤은 초조해져서 다리를 떨기 시작했다. 이 사이코 새끼가 내게 사기 치지 말라고 칼이라도 들이댄다면…. 그때 이경찬이 흘끗 쳐다보더니 씩 웃어서 가슴이 철렁 내려앉았다. 아는구나. 내가 거짓말했단 거. 봉고를 나가려고 엉덩이를 들자 이경찬이 대뜸 어딜 내빼려고 해, 친구야 하고 중얼거렸다. 재밌는 일이 이제 벌어질 건데.

"방호복 착용 완료되었습니다."

앞의 조수석 쪽에 떨어져 있던 갑자기 소리가 들렸다. 이경찬은 몸을 일으켜 무전기를 찾아 자기 입에 대었다.

"남자는 내보내서 운동장에 합류시키세요. 여자는 대기 좀 부탁드립니다. 하나 더 물어봐야 할 일이 생겨서요."

"그럼 증언지도 미완으로 남겨둘까요?"

"아니요. 그건 지금 보고하셔도 좋겠습니다. 이번 증언은 꽤 시간이 걸릴지도 몰라서요. 제가 들어가서 하죠. 개인적으로 민감한 사항들이 좀 많이 있을 것 같아서."

그러더니 무전기를 다시 앞좌석에 던지고는 애덤에게 말했다.

"지금 강당에서 나오는 사람을 얼른 쫓아가야 할걸? 돈이 될 장면을 놓치고 싶지 않으면. 특파원이잖아."

어어, 고마워. 애덤은 웬지 이상하게 찜찜한 기분을 느끼며 엉덩이를 들었다. 왜 뭔가에 말린 듯 불쾌한 느낌이 들지? 분명 머리는 내가 썼는데. 말없이 봉고의 문을 여는데, 이경찬이 뒤에서 덧붙였다.

"참, 이야기는 진짜 고마웠어. 아주 큰 도움이 되었어. 그런데 사람들은 작은 나무보단 큰 숲을 보고 싶을 거야. 그러니까 이 근처에서 얼쩡대지 말고 다시 건물로 돌아가. 사람들이 김정숙 있는 곳으로 갈 거야. 그러니 따라가. 재미있을 테니까."

애덤을 내보내고 이경찬은 숨을 골랐다. 곧 방호복 차림의 사람 두 명이 강당을 나오는 것이 보였다. 공무원으로 보이는 사람 하나는 노트북 가방을 들고는 빠른 걸음으로 건물 쪽으로 향했다. 애덤이 쭈뼛거리더니 곧 급하게 그쪽을 쫓는 모양이 사이드미러에 반사되었다. 다른 한 사람은(승조일 터였다) 운동장에서 대기하고 있던 방호복들에게 인계되었다. 이경찬은 마지막 한 사람을 만나기 위해 봉고에서 내렸다. 나를 이용해 둘이서 사이좋게 도망치려고 하셨겠다? 이경찬은 치가 떨리도록 민유림을 증오했다. 어떻게 애까지 있는 저 새파랗게 어린놈을 꾄 건지 궁금했는데, 애덤 덕에 퍼즐이 맞춰졌다. 그 늙은 벙어리가 굳이 민유림을 꼽아 실험을 하려 했단 게 너무나 당연했다. 같은 씨를 받아보라는 거지, 뭐.

애덤의 걱정과는 달리 이경찬은 애덤의 말을 절대적으로 믿었다. 그게 더 지독한 문제일 거라는 사실을 애덤만 모를 뿐이었다. 지옥 같은 무료함과 저 사이코를 놀려보고 싶다는 짓궂음이 결합된 실언이, 폭력성을 터뜨릴 뇌관에 불을 붙일 거라는 사실 또한.

사람은 기계가 아니라서, 뻔히 아무 탈 없는 결론으로 향할 길을 버리고 자꾸만 진행 방향을 꺾는다. 실수하고 후회하길 반복해도 다시금 그런 일들을 반복한다. 그것이 사람이다. 애덤은 어려서부터, 싫어하는 아이들 앞에서 실재하지 않는 이야기를 꾸며 그 애들을 홀리길 좋아했다. 별다른 악의가 있던 건 아니었고, 아이들이 그 말을 곧이곧대로 믿는 것이 우스웠다. 나이가 점점 들면서, 그리고 무엇보다 타국에 고립되면서 그렇게 행동할 수 있는 빈도수도 한층 줄어들었지만 하필 이경찬의 앞에서 어린 시절의 그 버릇이 왜 터져 나와야만 했는지 아무리 물어도, 애덤 자신조차 알 수 없을 것이다.

11

희재가 악을 쓰며 사방으로 사지를 뻗어 젖혔다. 제 어머
니의 얼굴을 할퀴려 들었지만 뻔뻔하고 냉혹한 여자는 희재
의 공격이 거세질 때마다 아이를 방패처럼 자신의 몸 앞으로
놓곤 거세게 흔들었다. 강한의 눈에서 눈물방울이 줄줄 떨어
졌지만 우는 소리가 나지 않아서, 아이가 우는 것을 감지할
수 있는 것은 역시 희재와 김정심, 그리고 박종민뿐이었다.

희재가 어제 손톱을 깎았는데. 누구에게도 상처 낼 수 없
을 만치 뭉툭할 텐데. 김정심은 장정 둘에게 몸이 붙들린 채
로 그런 생각을 했다. 그리고 박종민은 일찌감치 나가떨어져
있었다. 저들이 전기충격기까지 들고 왔을 줄은 몰랐다. 맨
몸으로 희재와 강한을 지키겠다며 호기롭게 대들다니, 가당
치도 않은 일이었다.

예성 언니는? 희재는 예성만 오면 모든 것이 해결될 수 있을 거라 확신했다. 예성 언니는 어딨어? 왜 여기 오지 않아? 어디서 엉뚱한 짓을 하는 거야? 예성 언니가 나를 모르는 척 여기 버려둘 리가 없는데. 숨이 턱턱 막히고 호흡이 가빠졌다. 화가 나서 눈물이 줄줄 흘렸다. 아기를 어떻게 안아야 하는지도 제대로 모르는 사람들이 아무렇게나 강한을 옮겼다. 저러면 아이가 얼마나 불편해하는지, 얼마나 불안해하는지도 모르는 사람들이. 내 손주 한 번만 안아보면 안 되겠냐며 저 악마 같은 여자가 팔을 뻗어왔을 때 무시했어야 했다. 도리질했어야 했다. 차라리 한 발짝만 더 다가오면 아이와 함께 창밖으로 뛰어내리겠다고, 그렇게 몸이라도 창틀에 비스듬히 걸쳐봤어야 했다.

"희재야, 남희재. 딸. 진정하고 엄마 보자, 응? 엄마랑 얼굴 보고 이야기하자. 소리 지르지 말고, 이야기하자. 여기서 말고, 아저씨들이랑 같이 밖으로 나가서."

"미친년이야, 넌. 개씨발년이라고, 넌!"

"다 너 잘되라고 그러는 걸 왜 몰라주고 이렇게 함부로 말을 할까, 딸. 다 망해가던 네 인생, 나라에서 다시 살려준다는데 왜 이렇게 바보처럼 구냐고, 어?"

장희란은 파마기가 죽어가는 머리를 헤집었다.

"다 되돌릴 수 있다고. 너 올해 대학 가는 게 얼마나 쉬운 줄 아니? 수험생은 다 죽어서 절반인데 정원은 그대로야. 너 원서 넣으면 나라에서 보장하는 탄탄대로 걷는 건 아니? 잘

봐주겠다는 교수들 국립대며 사립대며 줄을 설 거라고. 생명
공학 쪽 넣으면 너 들어가자마자 교수 직계로 석사들이랑 연
구시켜준다고 장관님이 약속했어. 너 이거 걷어찰 거니? 너
그렇게 멍청하게 굴 거야? 여기서 계속 있으면 누가 널 먹여
살려? 어떻게? 저기 저 사람들이, 생판 남들이 너를 좋다고
몇 년 후까지 책임져줄 것 같니?"

"이 와중에도 대학 얘길 한다고?"

"그럼 어떻게 할까? 황승조 그 멍청한 새끼 같은 놈들이나
바라던 것처럼, 모두의 재능과 열정을 고려한 진학 상담을 해
줘야겠니? 내신이나 모의고사 성적과는 무관하게, 아주 이상
적으로? 그런데 있잖아, 딸. 너는 어디 열정이 있긴 하니? 그
냥 시키는 거 열심히 하는 타입이었잖아. 뭐 해내고 싶단 생
각, 아주 어렸을 때부터 없었잖아. 그래서 내가 얼마나 힘겨
웠던 줄은 아니? 내가 만약에 너만큼의 지원을 받았으면 있
지, 못해도 국무총리는 했어. 딸이라고 차별당하지 않았으
면, 이 나라를 쥐고 흔들었을 거라고. 그런데 넌 완전히 의지
박약이야, 딸. 그런데 그런 사람이 되고 싶지 않지? 그러니까
엄마 말 듣자. 엄마 다신 안 와. 지금 뿌리치면 나도 남희재
너 호적에서 팔 거야. 나랑은 상종할 수 없는 인간이니까."

＊

갑작스레 총을 꺼내 들고 들이닥친 방호복 무리는 아무렇
지 않게 장관과 김정숙의 사이를 가로막고 서더니 다짜고짜

수갑을 꺼내 들어 김정숙의 손목에 채웠다. 너무나 빠르고 익숙한 동작이어서 김정숙은 그저 난데없이 뒤통수를 맞은 사람처럼 얼얼하고 얼떨떨할 뿐이었다. 분노는 그다음에 찾아왔다. 김정숙은 재빨리 손을 노트북 자판 쪽으로 움직였지만, 수갑을 채우고 난 방호복이 아무렇지 않게 노트북을 탁 소리 나게 닫더니 그대로 제 옆구리에 끼웠다.

"타이밍도 참 거지같이 왔네. 하나는 화장실 간다고 나갔는데. 가만 보면 너는 꼭 일을 두 번 하게 만들더라."

허리를 굽실거리며 옆으로 이동한 방호복에게 장관이 투덜댔다. 죄송합니다. 가서 잡아 올까요? 방호복의 물음에 장관은 팔을 휘저었다. 아냐, 됐어. 돌아오면 잡아. 어차피 걔가 갈 데가 어디 있다고. 다른 방호복 하나가 앞으로 나오더니 정부 마크가 선명히 찍힌 노트북과 결재판을 내밀었다.

"파일도 있고 출력본도 있으니 편하신 대로 보시면 되겠습니다, 장관님."

"그래, 어디 보자…."

장관은 결재판을 얼굴에서 멀리 떨어뜨린 다음 눈을 한껏 찌푸리며 글을 읽었다.

"김정숙 씨. 당신 장난 아닌 사람이네. 인간이 변한 게 아니라, 응, 당신은 그냥 인간이 아니네. 주예성도 마찬가지고. 여기가 아주 생지옥이네, 생지옥이야. 당신들, 언제까지 은폐할 수 있을 거라고 생각했어? 이렇게 지옥을 만들어놓고 왕 노릇을 하니까 좋았어?"

폭행교사. 강간교사. 살인교사. 여기에 사기도 아주 겹겹이 치고. 장관이 손가락을 입 쪽으로 가져갔다. 마스크를 쑥 내리고는 침을 묻혀 다음 장으로 종이를 넘겼다. 여기 봐라, 여자 증언도 있네? 김정숙 씨, 진짜 악마구나. 같은 여자를 이렇게 괴롭힐 수가 있어? 하긴, 그러니까 아까도 아무렇지 않게, 불쌍한 아기 가지고 흥정을 하려 들었지. 내가 아주 치가 떨리는 걸 참느라 죽는 줄 알았다니까요. 증언이 아니었으면 큰일 날 뻔했네.

김정심도 노트북도 없는 김정숙은 아무 반박도 할 수가 없었다. 그저 목울대가 뜨거워지고 머릿속이 울릴 뿐이었다. 예성에게 계속해서 말을 걸었다. 예성아, 예성아. 돌아오지 마. 도망가. 다른 데로 가. 그러나 어디로? 어디로 갈 수 있을지 김정숙은 아무리 생각해도 알 수가 없었다. 그저 도망가, 도망가만 반복할 뿐이었다. 그런데 왜 예성에게선 대답이 없나.

어디선가 플래시가 터졌다. 모두가 일제히 문가를 돌아보았다. 애덤이 허둥지둥 핸드폰을 주머니에 쑤셔 넣고 있었다. 장관은 애덤에게 가까이 오라고 손짓했다. 결재판을 넘기더니, 물었다. 한국어 꽤 잘하던데 읽기도 잘 읽나? 애덤은 대답하지 않고, 자신이 이 안에서 본 적도 들은 적도 없는 일들이 사실로 둔갑해 백지를 꽉 채운 그 꼴을 눈으로 찬찬히 훑었다. 손이 떨리기 시작했다.

"이런 일은 일어난 적이 없어요."

"그리고 거기 그런 말도 적혀 있지. 애덤 라나는 언론과 줄이 닿아 있단 이유로 김정숙 일당에게 각종 특혜를 받았으며 그 특혜의 대가는 이 지옥에서 변이체들이 벌이는 일들을 묵인하는 것이었다고."

"이경찬 그 새끼가 증언한 걸 가지고 이런다면 당신들은 실수하는 겁니다. 그 새끼는 사기꾼이에요."

"어떡하나? 증언자가 셋이나 있는데 그 셋이 동시에 거짓을 말하고 있다고 주장할 건가?"

말문이 막힌 애덤은 눈만 느리게 껌벅였다.

"넷입니다. 애덤 라나까지."

방호복 하나가 끼어들었다. 김정숙이 고개를 번쩍 들어 뚫어지게 애덤을 노려보았다.

"봉고에서 증언하셨잖아요, 라나 씨. 번식 실험 이야기요. 녹음본이 있는데 말이죠. 녹취록을 따려면 시간이 좀 걸리긴 하겠지만."

"그런데도 김정숙 앞에서는 김정숙 편 행세를 했다 이거야? 무서운 사람이네, 이 사람."

"그 얘기 사실 아닙니다."

"그럼 지어낸 거라고? 뭘 위해서? 누구 재밌으라고?"

"아니⋯."

"이 사람 제정신 아니네. 딱 말해. 진짜야, 아니야. 어느 쪽이든 이제 당신이 쓴 기사들을 누가 믿겠어? 숨기고 지어내고 거짓말하고. 김정숙 씨, 뒤통수를 맞아도 단단히 맞았네."

김정숙의 시뻘건 눈이 깜박이지도 않은 채 애덤을 주시했다. 아가미가 사정없이 벌름거렸다. 아니에요, 난 아니에요. 애덤이 계속 손을 내저었지만 실은, 이미 함정에 빠졌음을 알고 있었다. 그 누구도 아닌 자신이 판 함정이었다.

*

예성은 머리가 터질 것 같아 일부러 조금 먼 외부 화장실로 향했다. 옛날에 여성 교직원용 화장실로 쓰던 곳이었다. 지금은 누구도 들어갈 수 없게 잠가두었지만 바로 예성이 열쇠를 담당하는 사람이었고, 그래서 종종 혼자 그곳에서 일을 보곤 했다. 세상에 이렇게 열악한 교직원 화장실이 있나 싶었는데, 진운고가 설립되던 몇십 년 전엔 보건교사를 제외한 여성 교직원을 뽑을 생각이 아예 없었기 때문에 만들지조차 않았다고 들었다. 1990년대 들어 여교사를 선발하면서, 학생과 같은 화장실을 사용할 순 없다는 항의 때문에 급하게 얼기설기 붙여놓은 화장실이었다. 거기서 예성은 한참을 머물렀다. 사위가 고요해서 자기 숨소리만 들렸다. 김정숙을 이해 못 할 건 아니었지만 희재가 이곳에서 나간다는 상상을 단 한 번도 해보지 않았으니 막막했다.

손을 천천히 씻고 나오는데, 강당에서 찢어지는 듯한 여자의 고함이 들려왔다. 그냥 육성이 아니고, 리버브를 잔뜩 머금은 마이크를 통해 나는 소리였다. 이어서 마이크의 머리를 앰프에 잘못 댔는지 삐이이 소리가 나고, 리듬이 정해지지 않은 드럼 소리가 울렸다. 예성은 앞뒤 잴 것 없이 운동장을 달렸다. 제 앞을 막아서는 방호복의 가랑이 쪽을, 체중을 힘껏 실어 높이 찼다. 방호복이 운동장 바닥을 뒹굴었다. 정작 가해자는 그러든 말든 바라볼 여유가 없었다. 희재에게 다시 가봐야 하는데, 그래야 하는데 왜 자꾸만 자신을 필요로만 하는 일이 여기저기서 터지는지 몰랐다. 아가미가 빠르게 펄럭거리는 것이 느껴졌다. 강당 문을 열고 전속력으로 가로질러 밴드부실에 다다랐다. 방음을 제대로 해주지도 못하는 달걀판이 가득 붙어 있고 퀴퀴한 곰팡내가 풍기는, 잠금장치조차 엉망으로 망가진 지 오래인 그곳에서 소리가 흘러나오고 있었다.

문을 벌컥 열었다.

＊

무슨 일이 있었느냐고 묻는 사람들 모두에게, 예성은 끝내 아무런 대답을 하지 않았다. 자신에겐 그 모든 상황을 상처 없이, 전시하지 않고 언어화할 수 있는 능력이 없었다. 받아들일 수 있어야 표현을 하고, 이해를 했어야 전달을 하는데. 예성은 그 장면을 받아들일 수도 이해할 수도 없었기 때문에 입을 다물었다. 예성의 침묵을 자신들이 멋대로 벌여놓은 상상 속의 장면에 대한 오케이 사인으로 받아들이는 사람들도 물론 있었으나, 어차피 자신이 무슨 말을 한들 그들이 멋대로 그 끔찍했던 장면을 하나의 포르노로 재탄생시키는 것을 막지는 못할 것이다.

예성이 말할 수 있는 것은 오로지 자신의 이야기뿐이었다.

목을 스스로 그은 이경찬은 아무렇게나 누워 있었다.

민유림은 엉덩이가 폭 젖는지도 모른 채 피 웅덩이에 주저앉아 고르지 못한 숨을 헐떡이며 예성을 바라보았다. 눈물이 말라 볼이 따가웠는데 콧물이 멈추지 않아서 계속 들이마셔야 했다. 이제 우는 사람은 예성이었다. 두 팔을 축 늘어뜨리고는, 줄줄 흐르는 눈물을 닦을 생각도 없이 우두커니 서 있었다. 민유림은 두 손을 바닥에 짚고 천천히 몸을 일으켰다. 피를 먹어 무거워진 바지를 추켜올려 지퍼를 채우고, 바닥에 길게 누워 걸리적거리는 장애물을 넘어서서 예성에게로 갔다. 앞에 서서 눈물을 닦아주기 위해 손을 들어 올려 예성의 볼을 훔쳤다가, 자기 손 역시 바닥에서 묻은 피로 얼룩져 있다는 사실을 뒤늦게 깨닫곤 아 하는 소리를 내며 뗐다. 그러나 이미 늦었다. 인디언처럼 예성의 볼에 길고 붉은 자국이 묻었다.

그 둘만이 아니었다. 방호복 차림의 사람이 하나 더 들어와 있었다. 자신을 막는 방호복 무리를 뚫느라 예성보다 조금 늦게 도착한 승조였다. 비명이 모두 잦아들어 지나치게 적막한 밴드부실에서 나는 소리라고는 승조의 딸꾹질 소리뿐이었다. 딸꾹, 딸꾹. 곧 여러 사람의 발소리가 그 공간을 메울 것이다. 모두 피바다가 된 이곳에 모여들 것이다. 누가 죽었는지 확인하고, 그들을 다시금 손아귀에 넣을 것이다. 예성아, 왜 우는

거야. 울지 마, 나는 괜찮아. 그만 울어. 민유림은 아무것도
할 수 없어서 그 애의 얼굴만을 진득하게 바라보며 말했다.
나 진짜 괜찮다니까? 다친 데도 없어. 무서워서 우는 거야?
예성이 누구보다 강하다는 걸 알면서도 그 눈물에 당황해서
엉뚱한 물음을 뱉을 수밖에 없었다.

　승조는 들어오면서 강당 문에 걸쇠를 걸었다. 덜컹덜컹.
밖에서 강당 문을 거칠게 흔드는 소리가 밴드부실 안에까지
들렸다. 아무리 크게 심호흡을 하려 해도 눈물이 멈추지 않아
서, 참을 수가 없어서, 예성은 발을 들어 좁은 바닥을 차지하
고 있는 몸뚱이를 마구 밟고 걷어찼다. 턱이 빠질 만큼 입을
크게 벌려 소리를 지르고 싶었다. 그러나 이젠 입도, 성대도
없었다. 아가미만 시뻘겋게 변한 채 계속해서 펄럭였다. 예
성의 신발 자국 그대로, 붉은 무늬가 죽은 자의 몸에 여기저
기 찍혔다. 죽어, 죽어. 예성은 속으로 소리치며 죽은 자를
계속해서 밟았다. 죽으라고, 죽어. 이게 다 너 때문이야. 너
같은 쓰레기 새끼들 때문에. 태어나지도 말았어야 할 놈들 때
문에, 그래서 내가, 내가 이토록 괴롭게….

　첫 번째 살인. 그 범인을 아무도 절대 예성이라고 의심하
지 못하는, 아니, 그것이 살인이라고 생각조차 못하는 상황
에서, 스물둘이었던 예성의 영혼은 끝없이 구원을 갈구했다.
죽은 자의 얼굴이 밤마다 천장에서 예성을 바라보고 입을 쩍
벌려 괴성을 질러댔다. 맞서서 소리를 지르고 싶었으나 이제

그마저도 할 수 없었다. 그래서 일부러 더 잠 없이 일했다. 미변이체들을 은근히 혹은 대놓고 무시하는 변이체들과 달리 항상 의견을 나눴고, 밴드부실에서 열리는 모임을 찾았으며, 강한과 희재를 챙기기 시작했다. 저의 죄를 사해주소서. 매일같이 하늘에 대고 실체도 모르는 누군가에게 기도했다. 자기 이름이 바쳐진 신을 예성은 오래전부터 믿지 않고 있었다. 강한이 자라나고 희재가 자신을 의지할 때마다, 이렇게 10년 정도가 지나면… 그러면 더는 악몽을 꾸지 않을까 하고 희망을 품기도 했다. 아무에게도 털어놓지 못하고 아무도 절대 알아채지 못할 살인의 죄책감이, 바람에 바위 깎이듯 무뎌지지 않을까 하고.

다 부질없이 거품처럼 터져버릴 소원이었다. 예성은 자신을 저주했다. 지금 자신을 위로하듯 몸을 기대는 민유림이 이걸 안다면 얼마나 소스라치며 멀리 떨어질까. 저기 서 있는 승조가 안다면. 애덤과, 박종민과, 김정심이 안다면. 김정숙이 알아챘다면. 그리고 미래의 강한과… 강한의 엄마, 희재가 알게 된다면.

지금 이 순간까지 주예성은 세 사람을 죽였다.

김찬억.

배다른 형제.

그리고 지금 여기 누워 있는 이경찬.

다른 변이체들이 모르는 사실이 있었다.

변이체 중에서도 더 지독한 능력을 가진 자들이 존재한다는 사실.

표적으로 하여금 스스로 목을 깊이 베어버릴 수 있는 충동을 마음 언저리에 슬쩍 심어놓을 수 있는 사람들이 정체를 숨기고 있다는 사실.

즉, 미변이체들의 예고 없는 자해, 원인이 밝혀지지 않은 그 끔찍한 증상들은 모조리, 어디에서부터 날아왔는지 알 수 없는 타의에 의한 결과일 뿐이었단 사실.

그런 사실도 모른 채 김정숙은 애먼 사람들에게 프로작을 먹였다. 진운고에서 이따금 죽어 나간 사람들은 단연코 예성이 죽인 것이 아니었다. 누군가가 분명히 예성처럼 입 한번 뻥긋하지 않은 채 장난질을 하는 중이란 얘기였다. 이번에도 죽을까? 오, 대박, 죽는구나. 이렇게 하면 어떨까? 에이, 별일 없이 넘어가네. 쟤는 좀 거슬리는데 그냥 처리해버릴까? 그것 봐, 없으니까 훨씬 쾌적하네.

그런 식으로.

예성은 절대 사람을 죽이고 싶지 않았다.

그래서 울고 있었다.

이제 나는 평생 천장에서 입을 짝 벌린 채 뻐끔대는 세 사람의 망령에서부터 벗어날 일이 없겠구나 하는 생각에.

죽음으로 도망갈 수도 없겠구나.

죽을 수가 없으니까.

「주예성. 예성아. 어디니?」

물로 가득 찬 수영장에 결박된 채 빠진 듯 먹먹하던 머릿속을 울리며 외침이 날아들었다. 김정숙이었다. 이렇게나 멀리까지 대화가 닿는다고?

「돌아오지 마. 도망쳐. 어떻게든 좋으니까 일단 도망쳐. 우린 다 속았어.」

「그게 무슨 말이에요.」

「우리가 하지도 않은 죄목들을 거짓말로 만들어서 너랑 나를 잡아 가두려고 해. 주예성, 너 어딘지 모르겠지만 절대로 잡히면 안 돼. 얼른 도망가. 얼른!」

「무슨 죄를 지었다고 하는 거예요? 약 먹인 거? 사유 없이 밖으로 내보내지 않은 거? 대체 무슨 죄를요?」

「폭행, 강간.」

「말도 안 돼요.」

「살인.」

「……..」

「누군지 모르겠지만, 거짓말쟁이 새끼들을 먹여 살렸어, 우리가.」

「지금 어딘데요?」

「운동장이야. 죽지도 않는 나를 어떻게 벌하겠다고 이렇게 개처럼 끌고 가는 걸까.」

거리가 가까워져서 대화가 닿는 거였다. 김정숙이 끌려 내려왔다면 희재 역시 무사할 리 없었다.

「희재는요?」

「모르겠어. 이미 끌려갔는지, 아니면 아직 위에 있는지….」

기가 막혔다.

「씨발, 당신이 모르면 어떻게 해, 우리만 믿고 있던 애한테 어떻게 그래?」

「미안하다, 예성아. 내가 욕심이 많았나 봐.」

「당신 같은 어른들은 미안하다면 다야? 돌이킬 수도 없게 엄청난 실수들을 싸질러놓고는 항상 어린애들만 피해를 보게 만들어. 그런데 죄책감도 없지. 미안하다고 하면 착한 어린 애는 다 받아줘야 하니까. 어른이 사과하는데 어린애가 받아주지 않으면 쉽게 화살을 돌릴 수 있으니까. 나쁜 애라고, 진심 어린 사과를 무시했다고. 좆 까! 이게 다 당신 때문이야. 당신 혼자 왕이라도 된 양 좋은 거래 운운하면서 날 바보 취급했잖아.」

「예성아, 희재랑 강한이 보인다.」

「뭐라고요?」

「희재… 지금 중앙현관 쪽으로 내려오고 있어. 세상에, 애한테… 애한테 무슨 짓을 한 거야. 왜 멀쩡하던 애가 들것에 실려 내려오느냐고, 애가! 살아 있긴 한 거야? 왜 눈을 감고 있지? 왜 강한을 엉뚱한 여자가 들고 있지? 왜?」

예성은 밴드부실을 뛰쳐나갔다. 벌건 녹물이 손에 묻어나는 강당문의 걸쇠를 풀었다. 문을 열자마자 그 앞에서 시끄럽게 굴던 방호복들이 일제히 달려들었다. 예성은 손을 뻗었다. 왜 엄마의 입에서 종종 흘러나오곤 하던 그 구절이, 예성 자신은 치를 떨며 증오하던 그 구절이 머릿속에 떠올랐을까.

여러 계시를 받은 것이 지극히 크므로 너무 자만하지 않게 하시려고 내 육체에 가시 곧 사탄의 사자를 주셨으니 이는 나를 쳐서 너무 자만하지 않게 하려 하심이라.°

셋이든 서른이든 삼백이든. 이제 예성에겐 매한가지였다. 죄책감의 덫에서 이제 영영 벗어날 수 없다면, 몸부림칠수록 파고드는 톱니에 신음하기보단 차라리, 차라리 자신의 발목을 꽉 문 그 덫의 예리함과 무자비함을 닮아가는 길이 생존으로 향하는 유일한 길이었다. 예성 자신의 생존만이 아니라, 죄 없는 다른 이들의, 특히 희재의 생존까지 걸린 길. 저주받은 살육의 능력을 가지고 누구도 알아주지 않을 죄책감에 시달리며 아무 행위도 하지 못하는 것이 오히려 악이었다. 예성은 그렇게 생각하며 눈을 질끈 감았다. 이젠 울지 않겠다고 생각하며, 마지막일 눈물을 마지막 방울까지 짜내 햇볕에 말리기 위함이었다.

° 〈고린도후서〉 12장 7절

아가미

주예성(28)

강한이 처음으로 걸음마를 떼었을 때 희재는 산뜻한 맛의 크림치즈가 듬뿍 끼워져 있는 당근 케이크를 선물로 받았다. 내가 쑥대밭이 된 바깥을 10여 킬로미터 걸어가 구해온 것이었다. 하나도 힘들지 않았다.

강한이 처음으로 말을 하기 시작했을 때 희재는 많이 울었다. 왜 이 기쁨을 다른 사람에게서 전해 들어야 할까. 많은 것도 바라지 않았는데. 그저 엄, 엄, 엄맘마, 엄마 하는 그 더듬거림을 듣고 싶었는데 어떻게 엄마가 아닌 다른 사람에게만 들리는 말을 할 수가 있어. 어떤 식으로 이야기했어요? 옹알이처럼요? 아니면 정확한 발음으로? 제발 말해줘요, 똑같이 따라 해달란 말이야. 제발 좀! 결국 질투와 좌절을 못 이겨 폭발한 희재 곁에서 끝까지 희재를 다독인 것은 나였다. 나는 자판에 썼다. 엄마를 불렀어. 아주 많이 불렀고, 맘마도 말했어. 근데 있잖아, 사실 엄마가 아니라 인마, 라고도 들려. 그러니 성격은 엄마 닮은 것 같아, 아무리 봐도. 그걸 본 희재는 소리 내서 웃으며 강한을 껴안고 정수리에 연신 입을 맞추었다. 가끔은 나까지 안아줄 때도 있었다. 그러면 나는 팔을 축 늘어뜨리고 몸의 힘을 완전히 뺀 채 흐물대는 인형처럼 희재의 품에 들어갔다. 그것 외엔 아무 행동도 할 수 없었다.

그럴 때마다 한 명 한 명분의 죄책감이 제법 소거되는 느낌이 들었다.

저주받은 땅. 그날 이후 사람들은 진운고를 그렇게 불렀다. 그 저주가 어떻게 방호복을 입은 정부 측의 사람들만 속속들이 골라 단번에 공격했는지는, 그들에겐 정말로 알 수 없는 미스터리였다. 왜 하필 진운고등학교라는 한정된 공간에서 일순간에 그런 비극이 일어나야 했는지 위험을 무릅쓰고 파헤치려는 미변이체도 더 이상 없었다. 나름 고위직 공무원이거나 어느 집안의 소중한 일원이었던 이들의 시체를 옮길 자원봉사자를 정부에서는 모집했으나, 그들의 직계 가족조차 신청하지 않았다. 결국 수방사를 동원해 시체를 처리해야 했다. 내내 공포에 벌벌 떨면서 시신을 밖으로 옮기고 분류하는 군인들을, 나는 교실 블라인드 사이로 처음부터 끝까지 미동 없이 응시했다.

그리고 그날 이후 또다시 달라진 점이 있었다. 진운고등학교로 찾아드는 사람들이 부쩍 늘었다. 미변이체가 대다수였는데, 변이체들도 간혹 있었다. 와서는 교문 앞에서 배를 깔고 시끄럽게 울부짖었다(미변이체들은 울부짖지 못하는 대신 두 배로 빠르게 절을 했다). 자비와 구원, 가족의 안녕, 그리고 강 건너 불구경 중인 타국에까지 공평한 심판이 내려지기를 빌었다.

왜 나는 이런 능력을 가지게 된 걸까.

나 말고 이 능력을 또 가진 사람은 얼마나 될까. 진운고 안에는 몇 명이 있고, 저 밖에는 또 얼마나 있을까. 비율로 따지면 어느 정도일까.

나는 저주받은 것일까, 선택받은 것일까.

많이 죽이면 그만큼 더욱 괴로울 줄 알았다. 그러나 바위처럼 육중하던 죄책감은 행위를 더해갈수록 자갈이 되고, 모래가 되더니 이내 흙먼지 같아졌다. 그때 그 강당의 문을 밀고 나가며 교정에 존재하는 모든 이방인에게 죽음을 외치지 않았다면, 그랬다면 지금쯤 모든 소중하고 선한 사람들이 지옥에 떨어졌을 터였으니까. 그 어느 경전을 읽어도 심판은 무조건 폭력과 살육의 모양새로 행해지지 않았던가, 라는 생각이 결국 나를 살렸다. 나는 옳은 일을 했다는 맹목적인 자기 암시가 비로소 스스로를 죽이지 않게 했다.

아니, 어떻게 하면 생을 마감할 수 있는지, 아직 우리 중 그 누구도 알지 못한다.

사랑에 무감한 목석으로 자란 것은, 그저 절대로 내 엄마와 같이 자신을 파멸로 이끄는 길을 걷지 않으리란 다짐 때문인 줄로만 알았다. 남들은 진즉에 없어진 줄로만 아는 존재였던 아버지를 경멸하고 미워했기 때문에, 결코 사랑처럼 비열하고 위험한 것에는 손가락 하나조차 내밀지 않겠다고 생각했다. 성공했다고 여겼다. 더 이상 입 맞출 수 없이 붉은 피부가 입술을 가려버린 육체를 가지고 나서야 내가 처절히 실패했음을 알게 되었는데 이상하게도 썩 나쁘지 않았다. 아니다. 정정해야 한다. 그 실패에서 행복이 기인했다. 드디어 행복에 겨워할 수 있었다.

희재가 승조를 생각하지 않은지는 아마도 퍽 오래된 것 같다. 그리고 강한이 평생을 쌓아올릴 기억의 블록에 아마 승조는 존재하지 않을 것이다. 내가 젖도 떼기 전에 사라진 생물학적 아버지 따위. 그래도 대신 이곳엔 제2, 제3의 더 나은 아버지가 있다. 닮은 모양새를 한 동족들이, 특히 내가 있고, 강한의 어머니와 얼굴이 닮은 김정심도 있다. 강한은 특별한 아이고, 특별하게 대우받아야 한다는 것을 이젠 아무도 부정하거나 의심하지 않는다. 그거면 됐다. 희재는 그로써 좋은 엄마가 될 수 있을 테니까.

가끔 사람들은 그날 이후, 가족이 어떻게 사는지 단 한 번도 찾지 않았던 유일한 자가 나라는 것을 걸고넘어지기도 한다. 엄마가 살아 있는지 죽었는지 나는 모른다. 겁 없이 여기 들어와서 누님, 누님 따위의 말을 지껄이던 그 애에게도 내 엄마의 안위를 묻지 않았다. 저 여자야말로 진짜 냉혈한이라고 비난하는 목소리가 내게까지 들리지 않을 리 없다. 그러나 나는 나를 행복하게 만들어준 첫사랑의 형태를 선택했으며 그 완전함을 우그러뜨릴 그 어느 위협도 감당하고 싶지 않다. 솔직하게 이야기하자면, 더는 사람을 죽이고 싶지 않고, 내가 사람을 죽였단 사실을 끝까지(끝이란 게 있다면 말이지만) 아무도 몰랐으면 싶다.

그러면 희재가 실망할 테니까.

그러면 희재가, 나를 두려워할 테니까.

아니다.

실은 알고 있기 때문에 모르는 척을 한다.

교문 밖에서 아스팔트에 배를 깔고 엎드려 메시아가 된 자기 딸의 이름을 울부짖으며 구원을 외치는 한 여자의 얼굴이 익숙하단 것을 알고 있기 때문에.

내 이름을 팔면서, 내가 자신의 딸이란 걸 전시하면서 그 시끄러운 무리 중에서 한 자리를 차지하고 있는 여자가 있단 걸 알기 때문에.

잘 숨 쉬고 있구나, 라고 생각하곤 그대로 관심을 거둔다.

그 차가운 바닥에서 목이 쉬도록 외치게 내버려둔다.

너무 시끄럽다면, 그래서 영 거슬린다면.

그렇다면 누군가 나 대신 그 소리를 멈추게 만들어줄 테니까.

＊

밤마다 셀 수 없는 촉수를 가진 괴물이 침대맡을 찾는다. 촉수 하나하나에는 각각의 얼굴이, 목소리가, 사연이 자리하고 있다. 그날 한꺼번에 방호복을 허물 벗듯 치워내고 스스로의 목을 갈랐던 사람들의 영일 것이다. 나도 안다. 모두가 악인은 아니었을 거라는 사실을. 누군가는 그저 어쩔 수 없이 명령에 복종해야 했던 말단 공무원이었을 것이다. 누군가는 집에 변이체인 노모를 숨겨둔 채 출근했을 것이고, 누군가는 미변이체의 시신을 처리해야 하는 일에 질려 매일같이 변기를 붙잡고 구토를 했을 것이다. 누군가는 무슨 음모가 꾸며지고 있는지 아무것도 몰랐을 것이다. 그런 사람들의 숨통을 모두 끊었으니 그들이 꿈에서만 날뛰는 걸 다행이라고 여겨야 할지도 모른다.

나는 희재를 사랑하는 걸까? 겨우 사랑 때문에 나는 사람을 죽인 걸까? 결국 유전에 지고 만 걸까? 결국엔 엄마를 닮게 된 걸까?

답은 모른다. 알고 싶지 않다.

다시는 사람을 죽이고 싶지 않다.

그러나 언제든 다시 죽일 준비 역시 되어 있다.

그게 사랑인 걸까?

박종민(36)

한 평 고시원에 깔린 장판 같은 자리가 자신의 삶에 할당된 누울 곳의 전부라는 사실을 일찌감치 알게 되었다면, 당신은 어떻게 행동할 것인가.

나는 언제나 그런 입장이었다. 서늘하게 규모를 넓히는 공포에 떨며 하루하루를 연명하느니 일찌감치 그 늪에 투신한 후 이성도 자아도 없는 유령이 되자. 본능밖에 없는 좀비가 되어 신나게 뇌 없는 포식자의 자리로 올라서자. 어떤 이들은 버틸 테지. 아마도 비합리와 불공정밖에 없는 판에서 어떻게든 명분과 숭고함을 찾아내어 스스로 부품이기를 지속하는 개미들은. 사람들은 흔히 착각한다. 일개미들이 좀비가 될 거라고. 아니다. 좀비가 되는 자들은 지금의 판이 유지되는 것을 견딜 수 없는 사람들이다. 그렇게 여기고 지금껏 살아왔다.

그러니 해가 지날수록 얻는 것은 냉소하는 능력뿐이었다.

그러나 차가운 고시원 방에서 숱한 고어와 아포칼립스 영화를 보며 단련해왔던 마음가짐이 하나도 유효하지 않은 지금(뒤늦게 변이체가 될 방도도, 악귀에 씌어 목에 스스로 칼집을 낼 용기도 없다), 내가 제정신으로 할 수 있는 것은 그저 믿고, 미는 것이다.

나도 언젠가는 저들과 동족이 될 것이라고 믿고.

언젠가 내가 그 사회에 편입되었을 때 다시금 도망치고 싶은 마음이 들지 않도록, 흐르지 않아 썩어 문드러진 '그날 이전'의 웅덩이와는 다른 사회를 만들어낼 수 있게 밀어주는 것.

물론 이토록 거창하게 포장할 수 있을 법한 일을 많이 하지도 않으면서 입만 살았다고 일부 사람들이 쑥덕대는 걸 알고 있다. 그러나 그 사람들은 모른다. 내가 진짜로 무슨 일을 하고 있는지. 시뻘겋게 충혈된 양쪽 눈을 쉬지도 못하고 복도를 도는 이유가 무엇인지. 나는 절대 약속을 어기지 않는 사람이다. 그리고 나는 물론, 나의 안전과 권리를 보장해주는 확실한 세력만 있다면, 절대 낙담하지 않는 사람이기도 하다. '확실한 세력'이 있다면.

예성은 오직 내게만 비밀을 털어놓았다. 믿을 사람이 나뿐이라고 했다. 그리고 부탁했다. 혹시 이 교정 내에서 저와 같은 능력을 가졌다고 의심되는 사람이 있으면, 꼭 말해줘요. 저의 위치에선 알지 못할, 미묘한 신경전들이 있잖아요. 저에겐 연을 맺은 분들을 보호할 의무가 있어요. 특히 박종민 쌤은 더. 희재를 지켜주셨으니까. 끝까지 함께하면서.

물론 그때 나는 전기충격기에 맞아 덜덜대며 널브러진 상태였지만 지금 와서 시시비비를 따질 필요는 없었다. 그리고 무엇보다, 예성이 나를 '쌤'이라 부른 게 중요했다. 여기서 김정숙과 함께 가장 권력자라 할 만한 주예성이.

6년 전, 차가운 시멘트 바닥에 고인 핏물을 닦아내고 그 위에 최고급 원목으로 만들었다는 마루를 덮었다. 붉은색에 서부터 검은색으로 매일같이 변해가는 자국이 점점이 튄 달걀판을 모두 뜯어냈다. 그 시절의 밴드부 아이들이 얼마나 간절한 마음을 담아 글루건을 손에 들었는지는 몰라도, 실리콘 접착제를 이용해 단단히 붙여놓은 달걀판은 절대 깔끔하게 떨어지지 않았다. 이거 이거, 학교에서 알았더라면 손해배상이라도 청구했겠는데? 결국 그 자국을 가릴 가벽을 세우기로 김정숙이 결정한 후 부른 인부들은 환기되지 않는 밴드부실에서 땀 냄새를 풍기며 어이없다는 듯 웃었다.

"진운고로 공사 오시는 게 무섭진 않으셨어요?"

내가 그 웃음소리 앞에서 물을 수 있는 거라고는 고작 그 아저씨들을 겁쟁이 취급하는 이따위 말뿐이었는데, 그러나 내겐 그 답이 꼭 필요했다.

"나라가 일순간에 망하면 몰라, 이렇게 천천히 망하는데 그동안 굶어 죽을 순 없잖습니까. 하루 벌어 하루 먹고사는

사람 앞에는 귀신이며 괴물이며, 하나가 아니라 한 부대가 와
도 보이지 않아요. 뭐가 있어요. 무서운 건 배고픔이고, 돈
있는 곳이라면 똥밭에라도 굴러야지."

그러더니 되레 묻는 것이었다.

"여기 들어오려면 꽤 비싸게 내야 한다는 소문이 있던데.
정확히 얼마예요? 나는 당연히 못 들어오고, 그냥 궁금해서
물어보는 겁니다, 궁금해서."

"죄송한데, 저는 잘 모르겠어요."

"에이, 그런 것도 알려주기 싫어요? 왜, 알려주면 시세가
더 깎이기라도 하나? 거 참. 나는 여기 들어올 돈도 없다니까
그러네. 하여간 있는 사람들이 더 의뭉스러워. 됐습니다! 알
아 봤자 내 팔자 달라지는 것도 없고."

그렇구나. 아주 우연한 경우에 어쩌다가 이들과 얽혔다는
이유만으로 나는 순식간에 특권층이 되었구나. 쓸데없이 실
패만을 겪은 인간이라는 자괴감이나, 삶이 여기서 단 한 뼘만
큼도 변화하지 않은 채 종결될 거란 공포는 여전한데도, 어느
순간 다른 사람이 보는 나는 그렇게 변해 있구나. 매주 로또
를 사고 1등을 꿈꾸는 사람처럼 고시원 바닥에 깐 전기요 위
에 누운 채 도피했던 그 환상들이, 지금의 내 모습이었을까.
그런데 왜 아무것도 달라지지 않은 걸까.

공사가 끝나고 냄새가 빠지기도 전에 애덤이 위스키를 구
해 들고 왔다. 그 옛날 미황고에서 일하던 시절, 얼큰히 취한
부장이 데려간 바에서 마담이 시키는 대로 아이스티를 섞어

마신 이후 처음 입에 대보는 위스키였다. 저 사람 술버릇이 고약해. 적당히 눈치보다 도망가. 안 그럼 동틀 때까지 뒤치다꺼리하는 수가 있어. 모두 그렇게 충고했지만 딱 한 번, 한 번만 호박빛 술을 얻어먹어보고 싶었다. 그래서 남았다. 그날 이후로 그 부장의 모니터나 책상 위, 핸드폰 화면에서 쉽게 볼 수 있는 두 딸의, 못생긴 만큼이나 명랑한 얼굴을 볼 때마다 그런 생각을 할 수밖에 없었다. 저딴 쓰레기 새끼도 제 씨를 뿌리는 데 성공했다. 그런데 나는 왜?

둘이 마주 보고 앉았다. 잔은 구해 오지 못했다며 애덤은 소주잔에 위스키를 따랐다. 그래도 종이컵이 아닌 게 어디냐고 나는 생각했다. 그날까진, 종이컵 몇 줄이 앰프 뒤에 숨겨져 있었다. 피가 다 튀어 못 쓰게 된 김에 유리로 된 소주잔을 구했다. 그거야 설거지하면 끝나는 문제니까.

애덤은 조용했다. 이경찬이 죽은 이후 눈에 띄게 말이 없어졌다. 왜 저러는지 이젠 궁금하지도, 걱정되지도 않았다. 사실 예전에도 그저 술 먹자면 먹고, 신세 한탄하면 탁구 치듯 여기서도 맞받아치고, 시답잖은 여자 이야기나 늘어놓다가, 지치면 엉덩이를 툭툭 털고 일어나 자리로 돌아갈 뿐이었다. 우리끼리 무언가 다른 이야길 할 때는 죄다 예성이 옆구리에 노트북을 끼고 찾아올 때였는데, 이경찬이 죽은 이후로 예성은 절대 밴드부실을 찾지 않았다.

좀 웃겼다. 죄책감이란 걸 이왕 가지려면 죽은 모두에게 공평해야지. 진운고 운동장의 모래 한 알도 디딜 수 없어야지.

"이제 코리아 트래디셔널 알코올은 질렸나 보네."

괜한 헛소리를 하며 애덤의 어깨를 툭 쳤다. 그래도 애덤
은 가타부타 대답이 없더니, 한참 지나 대뜸 딴소리했다.

"누가 보고 있는 것 같지 않아?"

"무슨 소리야."

"빤히 쳐다보고 있는 것 같다고, 어떤 눈 같은 게."

"겁먹게 하고 싶은 거라면 딱히 재미없어. 누구 얘길 하려
고. 죽은 이경찬? 생사도 모르는 황승조?"

"눈에 안 보이는데 난들 뭔지 아나. 그냥 느낌이 그렇다는
거지."

맞은편에서 위스키가 반쯤 담긴 잔을 드는 애덤의 손이 바
들바들 떨리는 것을 나는 무시했다. 어차피 겁먹어서 떨리는
게 아니었다. 술을 너무 많이 마셔서. 구하기도 힘든 술을 피
투성이였던 이 공간에 꽉 차도록 쟁여놓는 것에 모든 삶의 목
표가 액체 고이듯 정체해버린 사람이어서, 애덤이.

낯선 땅에서 목도했던 개죽음을, 언젠가 자기 역시도 당할
지 모른다는 불안감을 알코올에 섞어 증발시키느라 혈안이
된 사람. 타국의 모두가 이 좁은 반도에서의 비극에 익숙해져
더는 흥미를 가지지 않게 되어, 난데없이 자기 가치를 잃은
사람. 애덤은 술에 취해 라이브 방송에서 실수할까 내내 두려
워했지만 우스운 걱정이었다. 그 전에 관심이 졸아들어 소멸
했으니까. 그러므로 허리까지 무력의 늪에 빠진 우리는 막 발
목을 얽매인 애덤에게 일제히 외치는 것이다. 안녕, 안녕.

지옥에 온 걸 환영해.

주예성의 비밀을 6년이 지난 오늘까지도 애덤에게 말하지
않았다.

애덤이 한 푼도 더 벌지 못하게 하고 싶어서. 나보다 더 불
안해하게 만들고, 함께 파멸하고 싶어서.

그러나 막상 애덤이 본국으로 송환된다는 소식을 들었을
땐 담담했다.

그렇구나.

지옥에서 빠져나가게 된 걸 축하해.

6년이란 세월이 그래도 꽤 길었지.

황승조(25)

시들지 않고 오래 버틸 수 있는 채소 중 가장 쓸모가 많은 것은 역시 배추다. 무쳐 먹고 끓여 먹고 지져 먹고, 가끔은 날것으로 무언가를 얹거나 찍어 먹기에도 좋으니까. 다만 테이블에 앉은 아저씨들이 또 배추야? 라고 툴툴댈 때 능청스레 둘러대는 법은 아직 배우지 못했다. 거기 나 대신 맞받아쳐줄 사람은 등받이 없는 의자에 앉아서 연신 곡선형의 그래프를 그리고 내가 절대 알아먹을 수 없는 수식을 끄적이다가, 아저씨들이 계산해달라고 말하면 쓱 테이블을 보고는 계산기 한 번 두드리지 않고 총액을 말한다. 언젠가 엔빵해달라는 아저씨들에게 3으로 나누어 떨어지지 않는데요, 라고 대답한 후부터 가게는, '재수 없는데 신기한 아가씨가 캐셔로 앉아 있는' 명물로 나름 소문이 났다. 그리고,

"야, 이 씨발, 어제는 겉절이더니 오늘도 배추쌈이야? 쌈이라도 상추 깻잎, 이런 거 줄 수 없어?"

라는 진상 단골의 시비에,

"그럼 와서 처먹지 말든가. 어차피 아저씨가 오늘 뒈져서 내일 못 올지 모르는데 하루면 상하는 채소를 아저씨 때문에 들여놓으라고?"

라며 맞받아칠 수 있는 사람이 되었다. 민유림 쌤은.

가게는 진운고에서 겨우 한 블록 떨어져 있다. 곧 죽어도 거기서 장사를 해야겠다고 고집한 것은 쌤이었다. 주변의 건물들은 온통 황량했다. 주인이 진즉에 죽은 가게들도 있었고, 진운고가 저주받았다는 소문 때문에 남은 점포들 역시 싹 철수한 뒤였다. 그러나 사람들은 북적였다. 텅 빈 유리창과 낡아 떨어진 간판 사이로 수많은 사람이 오갔다. 진운고 앞에서 죽치고 앉아 복이나 구원이나 심판을 비는 사람들. 혹은 온 지옥의 증오를 모아 응축한 듯 고약한 냄새를 풍기는 저주를 퍼붓는 사람들. 그런 사람들이 온종일 가득했다. 그리고 쌤은 말했다. 승조야, 그 사람들도 뭘 먹어야 소리를 지르고 절을 할 수 있지 않겠니? 게다가 우리, 그날까지 진운고에서 먹고 자고 하던 목격자야. 우리 얘기 들으러라도 문턱 닳듯 손님 올 거다. 눈앞에 딱 상상의 나래가 펼쳐지지 않니?

"그렇게까지 해야 돼요?"

"승조야. 우린 이미 배신자인데 입에 풀칠하기 위해 뭔들 못하겠니."

맞다. 그리고 심지어, 내가 먼저 쌤을 끌어들였는데. 보지 못한 일들을 보았다 말해달라고.

처음엔 도마에 머리를 푹 박고 있었다. 김정숙, 주예성, 아니면 진짜로 남희재와 강한. 익숙한 얼굴이 저 문을 벌컥 열고 들어와 나를 폐기물이라 호칭하며 총구를 들이미는 상상이 뇌리를 떠나지 않았다. 마치 달려드는 포식자에게서 숨기 위해 머리만 땅에 박아버리는 멍청이 타조처럼 굴었다. 손님들 앞에서 보여주는 것은 오로지 조리가 다 된 음식을 가림판의 구멍 바깥으로 내미는 두 손뿐이었다. 응대며 서빙이며 계산까지 모조리 쌤의 몫이었다. 쌤이 그래도 된다고, 자기는 괜찮다고, 그랬으니까.

익숙한 열기와 칼질하는 소리는 환상을 찢고 태우고 집어삼켜주었다. 왜 내가 죽고 싶어 했는지 기억나지 않았다. 온종일을 서서 일하고 나면 해일 같은 잠이 쏟아졌다. '모두가 서로의 일렁이는 바다가 되어.' 이유를 모르게 익숙한 구절이었는데, 어디서 접한 건지 아무리 기억을 더듬어도 뾰족하게 떠오르지 않았다. 짐작할 수 있는 것이라곤 그저 그때의 자신이 느꼈을 그 문장의 온도와 지금의 느낌이 아주 많이 다르리라는 점뿐이었다.

"들어간다."

쌤은 욕실이 따로 딸린 안방을 썼고, 들어갈 땐 꼭 방문을 잠갔다. 잠금장치를 누르는 소리를 내게 들키지 않기 위해서 항상 문고리를 비틀어 튼 채로 버튼을 누르곤 문을 닫았지만, 내가 바보도 아니고. 그럴 거면 그냥 나를 내쫓으라고, 어디에든 나가서 걱정 안 끼치고 혼자 살겠다고 윽박지르고 싶은 마음이 굴뚝같았지만 그럴 때마다 집이 적당히 따스하거나 시원해서, 진짜 내일은 꼭 솔직하게 말할 거야, 서운하다고 소리칠 거야, 중얼거리곤 슬그머니 잊게 되었다. 그렇게 지낸 세월이 벌써 6년.

딱 한 번 같은 공간에서 잔 적이 있었다. 정말로 옷 다 입고 잠만 잤다. 일당을 많이 받았다며 소주를 잔뜩 시켜서는 두어 잔 마시고 뻗어버린 손님 한 무리가 남긴 소주를, 고이 챙겨 가져와 나눠 마신 뒤였다. 원래는 손님들이 남긴 소주를 빈 병에 모아둔 후 제육볶음이나 생선조림 넣을 때 잡내를 잡기 위해 뿌리곤 했는데, 그날은 쌤이 몰래 카운터 아래 바닥에 숨겨두었다.

"정말 너무 마시고 싶었거든, 서빙하면서. 근데 술이 좀 비싸야 말이지."

쌤은 퇴근한 후 거실에 비스듬히 누워 한 모금씩 병나발을 불었다. 손님들이 남긴 술을 방울방울 모은 그 병에 입을 대면서. 잔은 사치였고, 나는 쌤이 건네준 병에 입을 대지 않고 두어 모금을 마신 후 그대로 취해버렸다. 그래서 쌤이 진짜로 이런 이야길 했는지 나 자신의 기억을 믿을 수가 없긴 하다.

"있잖아, 황승조. 너 그거 아니? 난 사실 있잖아, 지금이 제일 스트레스 없이 행복하다?"

아마 그렇게 충격적인 말을 들은 기억이, 아무리 내가 술에 취했더라도, 왜곡되었을 리는 없다고 생각하긴 하지만.

"왜인 줄 아니? 헤, 씨발, 다 망했잖아. 나 말고도 싹 다. 얘도 망하고 쟤도 망하고. 다 공평해졌잖아, 이제는."

"그래서 힘들잖아요."

"난 잘 모르겠어. 힘든가. 사실 힘든 건 나보다 잘된 애들이 많을 때, 그럴 때 아니니. 왜 나는 저렇게 못 될까. 어른들은 말 잘 듣고 공부만 잘하면 다 성공할 거라 했는데. 그런데 왜 나는 이 모양 이 꼴일까. 그런 생각 할 때가 힘들었지. 지금은…."

"그런데 쌤, 선생님 못 하잖아요."

"잘 모르겠어, 무슨 상관이야. 아저씨들이 똑똑한 아가씨라고 맨날 놀라워하고 엄지 척! 해주는 게 내 정신건강에는 더 좋은 것 같기도 해. 그냥 어리고 평범한, 한 몇 해 일하다 없어질 기간제 여교사로 사는 것보단."

그런 이야길 쌤이 했던가? 아니면 알코올에 푹 절어버린 뇌가 만들어낸 꿈이었을까?

"있잖아, 수능날이 참 추웠지. 그리고 그날 세상이 이렇게 변해버려서 되게 억울하지, 승조야. 그렇지."

점심시간에 운동장에서 공을 차던 애들이 있었는데. 그날 이후 한 번도 공을 발에 대본 적이 없다는 생각이 스쳤다.

294

"그런데 겨울은 너희에게만 추운 게 아니었걸랑. 나는 겁나 일하면서 코피 질질 싸며 준비한 임용고시도 봐야 했고, 서울 경기 인천 다 돌아다니면서 사립 정교사 시험도 봐야 했고, 내년에 재계약 될까 안 될까 전전긍긍하면서 박환용이 나만져도 그냥 다 버티고 헤헤 웃어야 했걸랑. 너 박환용 누군지 기억해?"

백발의 한국사 선생.

"근데 이제 다 죽고 망하고 밑바닥이라 차라리 낫다 이거야. 내 멋대로 사람들한테 큰소리도 치고, 욕도 하고, 그래도 목 좋은 데 있다고 먹고살 돈도 들어오고 하는 게."

"공사하는 아저씨들이 돈 더 잘 버는 건 괜찮아요?"

"난 있지, 그분들 너어무 존경해. 나 솔직히 말할까? 김정심 김정숙 한때 존경했고, 그 아저씨들도 존경하고, 그리고 황승조 너도 존경해. 사람 사는 데 꼭 필요한 일 했잖아. 차별과 개무시에도 불구하고! 그게, 멋있었다 이거지. 내가 싫었던 건, 응? 용기도 없는 겁쟁이 모범생 샌님들이 정교사 되어서 티타늄 밥통에서 밥 퍼먹으면서 나 계약직 취급하는 거. 근데 지금은, 응? 학교도 없고 연금도 없고 복지포인트도 없어요. 얼마나 불행할까, 개네는?"

넌 내가 이해되지? 공부엔 관심 없는 애였으니까, 말랑말랑하고 젊은 가치관을 가지고 있을 거 아니야. 쌤이 몸을 바닥에 대구루루 굴리며 중얼거릴 때 들었던 생각은, 내가 한 걸까, 술이 한 걸까.

이런 방식으로만 세상이 변할 수 있는 거였을까요.

모두가 함께 나락으로 떨어져 불행해지는 방식으로만 말이에요.

민유림(30)

어쩌면 나는 연극을 하고 싶어서 그 직업을 택했던 것이
아닐까.

그리고 지금도 연극을 하고 있기에 그다지 불행하지 않다
고 스스로를 세뇌하고 있는 것은 아닐까.

맥주가 담긴 병을 한껏 흔든 후 뚜껑을 따듯 나는 살았다.
다 터져버릴 것을, 손을 온통 적시고 옷을 버릴 것을 예감하
면서도 낄낄 웃으며 오프너를 들이미는 취객처럼. 아저씨들
의 농을 일부러 더 거세게 받아쳤고, 승조의 앞에서 더 나 자
신을 나쁜 사람처럼, 나빠서 단단한 사람처럼 위장했다. 내
가 드라마 속의 비뚤어진 주인공이라고 상상하며 대사를 만
들어냈다. 그러면 불안과 우울감이 줄어들었다.

어쩌면 진운고에서의 기억을 통해 배운 진리일지도 몰랐다. 내가 가면을 쓸 필요가 없던 곳. 민유림이라는 이름 석자 외에 다른 배역을 맡을 필요가 없던 곳. 배역이 없었기에 지문도 없어서, 그래서 아무런 행동 없이 그저 숨을 쉬기만 하면 되었던 곳. 그곳에서 불행했던 기억이 강해서, 그래서 지금 아무렇게나 지껄이고 돈을 세며 웃을 수 있는 것인지도 몰랐다.

지금은 배역이 있다. 캐셔. 입이 걸고 호탕한 아가씨. 승조가 유일하게 믿고 따르는 어른. 뭐 그런 종류의, 역할이 있다. 제법 입체적이라고 생각한다.

그러나 잘 지내고 있는 척도 나 자신을 관객으로 한 연극에 불과했을지 모른다는 사실을, 단 하나의 소식으로 깨닫게 되었다.

"쌤, 애덤 라나, 결국 미국 정부에서 자국으로 송환한대요."

승조는 대단한 것을 말하는 밀정처럼 귀띔했다.

"진짜 동남아인 같아 보였는데… 미국인 맞긴 했구나. 어쨌든 전세기까지 띄운다네요, 대박이죠. 6년 만에. 역시 여권 색이 수저인가 봐요. 쌤은 사귀어봤으니까 더 잘 알죠? 걔 피부 겁나 까만색이면서, 국적 하나 믿는 거."

극에서 이렇게 빠져버리면 어떡해.

그렇다면 결국 이 극이 끝나고 말 거라는 사실을, 극 밖의 어떠한 세계가 따로 있다는 사실을 내가 알게 되어버리잖아.

이곳이 무대가 아니라 그냥 지옥이라는 사실을 너무나 뼈저리게 느껴버리고 말잖아.

갈 거면 나를 데리고 가야지. 나는 억울해졌다.

그날부터였다. 모두가 잠든 새벽 4시, 말뚝에 매인 염소처럼 진운고 교문 앞을 하루건너 하루 서성이곤 했다. 벌건 대낮에는 그 앞에 설 용기가 없었다. 고맙다는 말도 못 하며 귀신에 씐 듯 황승조의 손목을 붙잡고 피 웅덩이를 건너 교문을 뛰쳐나왔으니. 그 집단 사람들이 희재와 그 딸을 얼마나 아끼는지도, 너무나 잘 알았기에 더욱 면목이 없었다. 진운고의 누구에게도 보이고 싶지 않았다. 내가 당당한 척 연기하며 걸어갈 수 있는 범위는 딱 한 블록 앞, 승조와 나의 가게까지였다.

"저기."

매일 새벽 진운고 앞을 서성인지 딱 일주일 되던 날, 학교 담장에 따닥따닥 붙어 있던 텐트 중 하나에서 기어 나온 여자가 말을 걸었다. 떡진 머리, 형형한 눈빛, 계절과 관계없이 잔뜩 껴입은 옷차림. 얼굴이 낯선 걸 보니 식당에 자주 오던 사람은 아닌 듯했다.

"무슨 일 있대요?"

"네?"

"요 앞 식당 언니 맞죠? 아니, 요새 갑자기 여길 오락가락하길래. 왜 그러나 싶어서 궁금했어. 그래서 물어보는 거예요,

언니. 별 건 아니고."

늙은 여자가 내게 몸을 붙여오며 언니라 부른다. 나는 가면을 쓰고, 호탕하게 허리를 젖히면서 웃는다. 별 거 아니에요. 잠이 안 와서. 너무 안 와서 산책하는 김에 돌아보는 거예요.

"그렇구나. 하긴 언니도 저 안에서 살았다고 했으니까… 그때 기억나고 그러죠?"

"그렇죠."

"'그날'에도 거기 있었어요?"

나는 여자를 물끄러미 바라보았다.

"그 얘긴 식당 개업했을 때 이미 너무 많이 해서 더 이상 하고 싶지 않은데요."

"아니, 나는 여기 오기 시작한 지 얼마 안 되어가지고."

"그럼 사람들한테 물어보세요. 저한테 그날 이야기 계속해 달라고 하는 거, 고문이거든요. 죄송해요."

개업 초기에 내 이야기를 들은 사람들은 점점 소문을 부풀려나갔다. 그 소문 속에서 피웅덩이는 피바다가 되었고, 운동장에 군데군데 누워 있던 주검의 수는 열 배로 늘어나 산을 이루었으며, 김정숙과 예성은 신 혹은 악마가 되었다. 그리고 나는, 슬슬 입을 다무는 것이 소문을 부풀리는 것에 훨씬 이롭단 것을 배웠다. 그러면 역설적으로 내 존재도 사람들의 이야기 속에서 함께 부풀어 올랐다. 이제 와서 풍선에 구멍을 낼 필요는 없었다.

여자가 입을 비쭉거리더니 다시 텐트로 돌아가려 했다.

아, 잠깐만. 나는 손을 뻗어 여자의 더러운 옷깃을 잡았다.

"혹시 안에 외국인 있단 소문 들은 적 있으세요?"

"네, 있죠. 그 기자 하는 사람."

"아직 어디 가거나 하진 않았죠?"

"미국 간다는 소문은 있던데."

나는 고개를 끄덕이다, 여자에게 소리를 낮춰 다시 말을 걸었다.

"아깐 제가 너무했죠. 예민하게 굴어서 죄송해요. '그날' 일은 말하기가 너무 힘들어요. 트라우마라서."

"이해해요."

"그거 빼고 궁금한 거 있으면 물어보세요. 식당 오셔서 백반도 드시고요."

"예."

"그 외국인, 제 애인이었어요."

여자가 눈을 동그랗게 떴다. 식당 단골들도 모르는 이야기를 왜 여자에게 하고 싶어졌을까. 아마 여자의 떡진 머리 때문일지도 몰랐다. 요 앞 식당 언니가 어떤 과거를 가지고 있었는지 아무리 이야기해도 사람들은 들어주지 않을 것이다.

"말씀하신 것처럼 미국으로 송환된다고 들었는데. 그 얘기 듣고 새벽마다 얼쩡거리는 거예요. 낮엔 일이 바쁘니까."

"나쁜 놈이네. 애인이 밖에 나왔는데 본인은 거기 그대로 박혀 있단 거예요?"

"아줌마는 반대파이신가 보네요. 말씀하시는 거 보니까."

"사탄들이지. 척결해야 돼."

저도 그렇게 생각해요. 나는 한숨을 쉬며 푸념을 시작했다.

"제가 우스운 상상을 해요, 아줌마. 그 옛날 애인이, 미국인들이 타고 온 차에 올라요. 인천공항을 내비게이션에 입력한 다음 딱 시동을 걸고 교문을 천천히 나서는데, 내가 차창을 두드리는 거죠. 마지막 인사라도 하겠다고. 그런데 걔가 저를 보고 딱 다시 반하는 거예요. 맞아, 저렇게 예쁜 애인이 있었지. 안 되겠다, 데려가야지. 이번엔 진짜로 데려가야지. 차문을 열고는 자기 옆자리를 손바닥으로 팡팡, 두드리는 거죠."

말로 풀어놓으니 더 비참해서 그만 손에 얼굴을 묻고 말았다.

"아줌마, 저는 잘 살고 있다고 끝없이 제 자신을 속이고 있어요. 그렇지만 아무래도 아닌 것 같죠. 여기 와서 이렇게 나 좀 보소, 하고 있다는 것 자체가. 아주 더럽게 자존심 상하고 비참해요. 이러고 아침에 일어나면 또, 아 생각보다 괜찮네, 하고 살 거예요. 모두 불행한 상태로 깨어 있을 테니까 말이죠. 그리고 칼질하는 애 옆에서 씩씩한 척 돈 세고 농담 따먹기 하겠죠."

눈물은 안 났다. 감은 눈을 두 손바닥으로 꾹꾹 누르니 검은 시야 안으로 반복되는 빗살이나 동심원 같은 무늬들이 명멸했다. 나는 계속 중얼거렸다. 이런 감정이 뭘까요. 그냥 생각 안 하고 살까요. 내가 배웠던 것들을 다 무시하고 하루하루를 버틸까요. 연극은 끝이 날까요. 나는 어떻게 될까요. 애덤은 나를 버리고 가요. 승조도 언젠가는 나를 버릴까요.

여자가 슬그머니 다시 텐트 안으로 들어가는 게 느껴졌다. 나는 동이 틀 때까지 거기 서 있었다. 애덤이 떠날 때까지 승조가 내 외출을 눈치 채지 못했으면 했다. 그러나 확실친 않았다. 새벽 4시에 자주 운동장을 바라보곤 하던 애니까.

남희재(25)

"강한아, 자꾸 그러면 이따 예성 이모가 와서 이놈 한다, 이노옴 해."

볕이 강하게 내리쬐어 달궈진 운동장 바닥에 얼굴을 묻고 드러누운 아이를 억지로 일으켰다. 하도 울어 흠뻑 젖은 얼굴에 질척하게 묻은 모래를, 손으로 문질러 억지로 떼어내주었다.

"너 하고 싶다는 대로 안에 안 있고 밖으로 나왔잖아. 그럼 엄마 말을 들어야지. 왜 안 듣고 울어, 왜. 엄마 속상하게. 자꾸 그러면 엄마도 울 거야."

그러시든가 하는 표정으로 나를 노려보는 아이의 두 눈을 마주하면 언제나 맥이 탁 풀린다. 미운 다섯 살에 죽이고 싶은 일곱 살이라더니, 그 사이에 낀 여섯 살은 부모 머리를 돌아버리게 하는 나이였다.

"다시 써봐. 기역, 니은."

아이가 손에 쥔 나무막대기를 집어 던졌다. 곧 내려오겠다던 예성 언니는 정숙 이모하고 이야기가 길어지는지 감감무소식이었다. 그림자가 짧아져 우리 모녀의 발끝에만 간신히 붙어 있었다. 포기하고 싶지 않았는데, 아이는 이미 내게서 저만치 멀어져서는, 해바라기 하던 고양이와 손장난을 치는 중이었다.

내 아이와 단 한 순간이라도 통역 없는 대화를 직접 나눌 수 있을 날이, 언제쯤 올까.

그때까지 아이는 나를 미워하지 않고 버텨줄 수 있을까.

강한이 네 살이었을 때부터 나는 아이에게 글자를 가르치려 애썼다. 사람들이 외출할 때마다 구해다주는 그림책을 펼쳐 들고는 아이를 불렀다. 손으로 글자를 하나하나 짚어주며 책을 소리 내어 읽었다. 제본이 다 뜯어져 페이지가 너덜너덜해질 때까지 반복했다. 어린이 책은 원래 이렇게 함부로 제작되나? 내구성이 꽝이네, 라고 투덜대면서. 내가 보지 않을 때 아이가 그 책들을 발로 차고 잡아 뜯는다는 사실을 알게 된 것은 꽤 나중의 일이었다.

미변이체들과 대화할 필요가 전혀 없는 아이에게 글자를 가르치는 건 오로지 내 욕심 때문이라고, 언젠가 정숙 이모는 꼬집어 말했다. 아니라고, 사람으로서의 기본 소양을 기르게 하는 것뿐이라고 키보드 위에 얹힌 이모의 손을 향해 바락바락 소리를 질렀지만 사실은 이모의 말이 맞는다는 걸 다 알고 있었다. 오로지 내 딸과 대화를 하고 싶어서, 내 딸이 무슨 생각을 하는지 알고 싶어서, 그 애가 키보드에 이모처럼 손을 얹고 활자를 만들어내는 걸 보고 싶어서 싫다는 아이를 앉혀놓고 공부를 시켰다.

내가 노력해서 되는 게 있다면, 반드시 했겠지. 머리 뚜껑을 열고 뇌수술이라도 받아 아이와 대화할 수 있는 능력을 가질 수 있었다면 백 번을 열어젖혔을 텐데. 그러나 나 자신이 너무 무력해서 아이의 노력을 갈구했다.

2년째 아이는 자음을 떼지 못했다.

운동장 화단에 놓인 밥그릇에 들락거려 사람의 손을 타기 시작한 저 고양이들, 흐늘거리며 운동장을 천천히 걸어 다니는 미변이체들, 그리고 자기와 닮은 변이체들. 이렇게 세 종을 한 테이블에 놓아두고는 강한에게 두 가지로 분류해보라 한다면 아이는 어떻게 반응할까. 나는 아이가, 고양이와 미변이체를 한곳에 모을까 두려워 차마 묻지 못하겠다. 왜? 왜 그렇게 모았어? 물어도 대답은 예성 언니의 키보드를 통해서야 비로소 나오겠지. 말이 안 통하는 동물들이니까, 라고.

차마 물을 수가 없었다.

절망적일 때면 엄마의 저주를 생각한다. '그날' 이후 모습을 감춰버린 엄마. 이모들과 예성 언니는 모두 잊으라고, 네가 이토록 노력하고 있으니 절대 그런 일은 일어나지 않는다고 해줬지만 자꾸만 떠오른다.

"강한아."

듣는 척도 하지 않고 아이는 고양이의 엉덩이를 두들긴다. 내 목덜미에 고인 땀이 뚝뚝 떨어지고, 이마에 흩어진 앞머리가 가닥가닥 붙는다. 미변이체들의 측은해하는 시선이 등에 쏟아지는 것 같다.

나는 그만 참을 수 없어져서, 두 손으로 아이를 와락 안아 들어 올리고는 그대로 중앙현관을 향해 달린다. 아이가 버둥대며 소리 없이 운다. 어깨가 눈물로 축축해진다. 현관에 들어서서는 쿵쿵 소리를 내며 복도를 뛴다. 복도 끝에 다다르자 층계를 내려오는 예성 언니의 모습이 보인다. 아마 예성 언니가 아이를 불렀을 것이다. 제풀에 지쳐 축 늘어져 있던 아이가 팔다리를 거세게 움직이기 시작한 것을 보면.

언니를 질투하지 않으려고도 나는 종일 무진 애를 쓴다.

그러나 노력이 이겨내줄 거야.

언젠가는 서로가 무슨 생각을 가지고 있는지 직접 대화할 수 있는 때가 올 것이다.

반드시, 언젠가는.

남강한(6)

첫째 할머니가 자꾸 엄마를 울리고 둘째 할머니는 무엇을 봤느냐며 무섭게 나를 몰아세웠다. 하지만 나는 예성 이모가 올 때까지 한마디도 하지 않았다. 나는 둘째 할머니가 무섭고 싫으니까. 그 할머니는 나를 혼낼 거니까. 분명 내겐 잘못이 없고 저기 누워 있는 저 아저씨가 나쁜 사람인데도. 아저씨의 노트북은 아저씨가 몸부림치며 떨어뜨리는 바람에 완전 박살나 있었다. 그러지 않았다면 좋았을 텐데. 엄마가 얼마나 울었는지, 왜 울었는지 첫째 할머니가 엄마를 울리지도 않고 그 화면만 보고는 바로 알아낼 수 있었을 텐데. 그런데 노트북이 망가지는 바람에, 그 아저씨가 적은 내용을 엄마는 첫째 할머니에게 직접 들려줘야 했다. 애 아빠가 이 앞에서 식당 하는 걸 아느냐. 다른 여자랑 살림 차린 건 아느냐. 너도 여기서 민폐 끼치지 말고 나가서 막노동하든 몸을 굴리든 하고 살아라. 난 사실 엄마의 입에서 나온 그 이야기들을 들으면서도 무슨 뜻인지 잘 몰랐다.

문이 열렸다. 예성 이모다! 손에 뭔가를 잔뜩 들고 있었다. 저거 엄마가 좋아하는 건데.

「저 아래에서 미리 듣고 올라왔어요. 다들 난리 났어요. 무슨 일이에요, 이게…. 희재는 괜찮아요?」

나는 이모의 바지를 잡아당겼다.

「이모.」

「응, 강한아, 강한이는 괜찮지? 놀랐지. 잠깐만. 이모, 할머니랑 얘기 좀 하고.」

「아니, 이모. 잠깐만 말고. 지금.」

「응?」

「지금 나갈래. 지금.」

「강한아.」

「안 그럼 울 거야. 지금.」

운동장으로 예성 이모를 끌고 나왔다. 이쯤 되면 우리 이야길 아무도 못 들을 거다. 그래도 들릴까 무서워서 아주 작게 말했다.

「이모.」

「응, 강한아.」

「저 아저씨가 노트북으로 엄마를 울렸어. 그러더니 주먹으로 엄마를 때렸어.」

「응. 우리 강한이 얼마나 무서웠을까.」

「너무 무서웠어.」

「많이 놀랐지. 이모가 있었어야 했는데.」

「그래서, 죽으라고 했어.」

비밀을 지켜줄 사람은 예성 이모밖에 없다.

「아저씨 죽으라고 했더니 갑자기 아가미가 딱 붙어 닫혔어. 아저씨가 숨이 막혀서 막 움직였어. 그러더니 안 움직였어. 이모, 아저씨는 죽은 거야? 그게 죽는 거야?」

더웠다. 그늘에서 고양이라는 이름을 가진 고양이가 네 발을 몸 안쪽으로 집어넣어 앉은 채 졸고 있었다. 이모가 내 이름을 불러서, 다시 이모를 보았다.

「강한아.」

「응?」

「죽는다는 말, 무슨 뜻인지 알아? 누가 가르쳐줬어? 이모는 그런 말 가르쳐준 적 없는데. 엄마도 그랬을 거고.」

이모는 가끔 나를 바보로 안다. 그것만 고치면 좋을 텐데.

「저번 겨울에 고양이 아플 때. 그때 종민 삼촌이 말해줬는데. 제일 많이 아픈 벌이, 죽는 거라고. 그래서 그 아저씨가 엄마를 때리길래, 아픈 벌 받으라고, 죽으라고 했어.」

예성 이모는 무릎을 굽히고 쪼그려 앉더니, 내 손을 잡고 끌어당겨 안았다. 이모에게서 땀 냄새가 났다. 더워! 그늘로 가면 안 돼? 내 말에도 움직이지 않았다.

「강한아. 누군가에게 죽으라고 하면 안 돼.」

「그 아저씨가 엄마를 때렸어.」

「그래도… 그래도 죽으라고 소리치면 안 돼, 알겠지. 아저씨가 잘못한 거예요, 라고 말해야지 죽으라고 하면 안 돼.」

「내가 잘못한 거야?」

「아니, 그건 아니야…. 그래도 약속해. 이모가 비밀 지켜 줄 테니까, 절대로 다시는 다른 사람 보고 죽으라고 말하지 않기로.」

「아무한테도 말 안 할 거지?」

「아무한테도.」

「엄마한테도 말하면 안 돼.」

「절대로 안 할게. 그러니까 강한이도 약속 지켜.」

「응.」

이모가 새끼손가락을 내밀어서, 걸고 엄지로 도장도 찍었다.

「근데 이모.」

「응.」

「종민 삼촌이 나나 이모처럼 생긴 사람은 안 죽는다고 했는데, 삼촌이 틀린 거야?」

「글쎄. 이모도 그건 잘 모르겠네.」

「이모, 왜 울어?」

「햇빛이 너무 세서 눈이 아파, 강한아.」

「그럼 그늘로 가야지.」

「그래, 고양이랑 조금 놀다 올라가자.」

「좋아. 올라가면 둘째 할머니 없었으면 좋겠어. 둘째 할머니는 무서워.」

「그래도 할머니들은 좋은 사람들이야.」

「그건 알아.」

「오늘 엄마가 많이 놀랐을 테니까, 당분간은 강한이가 엄마 괴롭히지 말고 말 잘 들어야 해. 알겠지.」

「공부할 때만 빼면 말 잘 듣는데.」

우는 이모가 너무 천천히 걸어서, 내가 더 빨리 그늘에 도착했다.

하품하는 고양이 앞에 쪼그리고 앉았다.

〈끝〉

작가의 말

나를 낙천적인 사람이라 오해하는 지인들이 종종 있지만 나의 여유와 웃음은 극도의 두려움에서 온다. 아주 어렸을 때부터 기대를 버리도록, 가장 최악의 경우만을 상상하도록 훈련받아 왔기 때문이다. 실망하거나 절망하고 싶지 않던 마음에서 시작된 자기방어였다.

항상 실패할 것이라고, 산산조각날 것이라고 예상하며 산다.

팬데믹이 시작되었을 때 나는 생각했다. 이것은 혹시 아주 느린 멸종이 아닐까.

초기에 확진 판정을 받은 사람들이 물어뜯길 때 나는 생각했다. 정말로 멸종의 냄새가 나는데.

사람들이 모두 마스크를 쓰고 손세정제를 사용하는 지금도 나는 생각한다. 이미 멸종한 지구상의 수많은 개체들도, 자기들이 결국엔 멸종할 것을 모르고 나름의 수단을 사용해 스스로를 지키려 노력하지 않았을까.

그래서 나는, 나를 공포에 질리게 만든 바로 이 순간이 더 무서워지는 이야길 쓰자고 결정했다.

다음에 선택해야 할 것은 무대였는데, 그건 퍽 쉬웠다.

수능시험장을 무대로 설정한 이유는, 가볍게 말하자면 "수능날 세상이 멸망하면 수험생들은 진짜 불쌍하지 않냐?"라는 교사 시절의 우스갯소리 때문이었고.

무겁게 털어놓자면, 교사라는 이전의 직업이 내게 남긴 상흔, 그리고 이전의 직업을 꾸역꾸역 수행하던 내가 타인에게 남겼을 상흔이 아직도 치유되지 않았기 때문이기도 하다.

그렇게 무대가 설정되자 소설은 어쩐지, 저절로 소통과 교육을 논하는 이야기로 변해버리고 말았다.

이 소설은 결코 기분을 좋게 해주는 이야기가 아니다. 나 또한 나의 인물들에게 이토록 잔인하게 굴었던 적이 없었다. 이토록 의도를 분명히 하고 쓴 이야기가 없었기 때문은 아닐까. 나는 이 소설을 소통이라는 이름의 번듯한 이상 아래 자행되는 비논리와 부조리, 그리고 거기서 파생되는 허무함을 보이기 위해 썼다. 분명 선한 의도와 목적이 있음에도 불구하고 왜 결과는 자주 그 의도대로 도출되지 못할까. 타성에 젖어 걸었던 길만을 걷고, 지위를 이용해 기계적으로 나쁜 방식의 소통만을 하는 사람들 때문이기도 할 것이다. 또한, 서로 다른 세

대는 서로를 괴물로 인식할 수밖에 없기 때문이기도 할 것이
고. 자신이 행한 잘못들을 애써 부정하고 스스로 잊으려 하는
불완전한 사람들이 교육이라는 명목 하에 다시금 어린 누군가
를 지독한 불행에 빠뜨리기도 한다. 그러나 그럼에도 불구하
고 계속 세상이 굴러간다. 아무 일도 없었다는 듯 그 모든 비
극을 묻어놓은 채 산다. 각자 엉뚱한 이야기를 하고 숱한 거
짓말을 늘어놓는데도 어느 순간 모두 티끌 같은 일이 된다.
이들도 아마 점차 이토록 끔찍한 일들이 있었다는 걸 잊고 익
숙해질 테다.

멸종하는 그 순간까지도 모를 것이다.

＊

책을 계속 내고 있지만 여전히 무명이고 끝없이 거절의 메
일을 받는다.

투고(물론 그때도 실패를 예상하고 있었다!) 메일에 긍정적인
답신을 준 아작 출판사에게 감사하다. 코로나 시대의 수능감독
경험을 공유해준 Y선생님에게도 감사를 드린다. Y야, 비겁하게
도망쳐 나온 사람으로서 이런 말을 지껄이기도 부끄럽지만, 나
는 너처럼 한결같이 좋은 선생님들을 존경하고, 또 많이 걱정해.

'우리는 전쟁이 일어나지 않아도 멸망할 것'이라는 마름모의
대사는 프랑수아 오종의 영화 〈인 더 하우스〉에서 인용하였다.

2021년 여름
설재인

붉은 마스크

초판 1쇄 발행   2021년 6월 14일

지은이   설재인
펴낸이   박은주
편집장   최재천
기획   김아린
편집   최지혜
일러스트   이로우
디자인   김선예, 서예린
마케팅   박동준

발행처   (주)아작
등록   2015년 9월 9일(제2021-000132호)
주소   04050 서울특별시 마포구 양화로 156
              LG팰리스빌딩 1428호
전화   02.324.3945-6   **팩스**   02.324.3947
이메일   decomma@gmail.com
홈페이지   www.arzak.co.kr

ISBN   979-11-6668-613-9 03810